GEFANGENE VON AUSSERIRDISCHEN

LEE SAVINO

GOLDEN ANGEL

HAFTUNGSAUSSCHLUSS:

Die Autorinnen sind nicht verantwortlich für tatsächliche Entführungen durch Außerirdische, die sich nach dem Kauf dieses Buches ereignen könnten.

GEFANGENE VON AUSSERIRDISCHEN

Er wird mich zu seinem perfekten kleinen Lustobjekt machen ...

Wer hätte gedacht, dass das Lesen von sexy Alien-Entführungsgeschichten ein Mädchen in solche Schwierigkeiten bringen könnte?

Oder dass ein E-Reader auch das Tor zu einer anderen Galaxie sein könnte? Ich definitiv nicht ... aber trotzdem bin ich jetzt hier als Gefährtin des High Commanders der Tsenturion, genau so widerstrebend wie die menschlichen Heldinnen in den von mir so geliebten Science-Fiction-Liebesromanen.

Der Commander verlangt Gehorsam. Er hat vor, mich in Besitz zu nehmen, mich zu trainieren und aus mir sein perfektes kleines Lustobjekt zu machen.

Er glaubt nicht an Liebe. Ich glaube nicht daran, kampflos aufzugeben.

Es gibt keine Bestrafung oder keine Ekstase, mit der er mir seinen Willen aufzwingen könnte … hoffe ich jedenfalls.

Außerirdische Gefangene ist eine heiße Alien-Entführungsromanze zwischen einer widerspenstigen Menschenfrau und dem Tsenturion-Krieger, der stark genug ist, ihr Meister zu werden.

Haftungsausschluss: Die Autorinnen sind nicht verantwortlich für tatsächliche Entführungen durch Außerirdische, die sich nach dem Kauf dieses Buches ereignen könnten. ;)

1

———

Es war eine dunkle und stürmische Nacht.

Ich weiß, es ist ein Klischee, aber so ist es. Es ist dunkel und regnerisch mit Donnergrollen in der Ferne, als wäre der Himmel wütend. Ich rolle mich unter einem alten Quilt zusammen, den meine Großmutter genäht hat, und hoffe, dass sich das Wetter bald beruhigt, damit ich schlafen kann. Der Strom ist vorhin ausgefallen, so dass das einzige Licht von meinem E-Reader kommt, den ich auf den Knien abstütze.

Ich tippe und lese die nächste Seite des Buches, von dem ich aktuell besessen bin: *Tsenturion-Erzählungen: Die gefangene Braut.*

Der Tribut macht ihren ersten Schritt aus der Jabol-Kapsel auf das Deck der Tsenturion.

Reihen von Soldaten in voller Kampfmontur säumen ihren Weg zur Brücke. Sie stehen stramm, um ihren High Commander zu ehren, während er die menschliche Frau als seinen Tribut und seine Braut akzeptiert.

Als der Tribut sich dem High Commander nähert, erwacht der Bride-Trainer um ihre Taille zum Leben. In Anwesenheit ihres neuen Meisters aktiviert, sorgt der Trainer dafür, dass sie sich sofort an ihn bindet. Zwischen ihren Beinen beginnt eine niederfrequente Vibration, die ihr Geschlecht stimuliert. Der Bride-Trainer fährt fort, sie zu stimulieren, während sie auf die Brücke kommt und niederkniet, um den High Commander zu begrüßen. Er wird sie so lange stimulieren, wie ihr Meister es wünscht. Nur er hat die Kontrolle.

Der Wind heult durch die Regenrinne, als ich das Ende der Geschichte erreiche. *Verdammt!* Ich hatte gehofft, dass mich diese Bücher durch die Nacht bringen würden.

Der Donner grollt über mir, ich zittere, atme dann tief und gleichmäßig ein, so wie ich es meinen Schülern beibringe, wenn ich eine meiner Yogaklassen unterrichte. Der Akku meines E-Readers ist immer noch halb voll, und obwohl ich gerade erst die Tsenturion-Trilogie beendet habe, möchte ich sie schon wieder lesen. Ich presse meine Oberschenkel zusammen gegen die Not, die das letzte Buch verursacht hat, und mein Geist driftet zurück zu einigen meiner Lieblingsszenen. Was soll ich sagen? Diese Bücher sind so heiß.

In allen drei Bänden geht es jeweils um eine menschliche Frau, die durch ein Portal in eine außerirdische Galaxie gesaugt wird, wo sie mit einem ‚Tsenturion-Meister‘ verheiratet wird, einem riesigen, muskulösen Krieger, der sich um all ihre ... na ja ... sexuellen Bedürfnisse kümmert. Die Tsenturion sind eine außerirdische Rasse ohne Heimat, ohne einen Planeten und ohne weibliche Wesen, so dass Frauen von anderen Planeten entführt und ihnen als Gefährtin dargeboten werden. Die Geschichten sind etwas verrucht, aber auch ein wenig unklar, wer zum Beispiel die Frauen, die die Gefährtinnen der Tsenturion werden sollen, holt und gegen wen die Tsenturion kämpfen. Sie konzentriert sich ziemlich stark auf den Aspekt der Paarung, und so wurde ich schließlich in die Geschichte hineingezogen. Frauen sind so selten, dass sie mit besonderer Sorgfalt behandelt werden, aber auch darauf trainiert werden, auf die Bedürfnisse ihrer Meister einzugehen. Das ist ziemlich genial. Der größte Teil ihres Trainings erfolgt durch die Belohnung mit multiplen Orgasmen.

Eine Flut von Licht blendet mich, während mein E-Reader zu leuchten beginnt …

Verdammt! Ich schüttle das Gerät. Hoffentlich geht es nicht kaputt. Es ist das Einzige, was mich durch dieses furchtbare Wetter bringt.

Ich hasse Gewitter. Ich habe meinen Vater nie kennen gelernt; er wurde vor meiner Geburt von einem Tornado getötet. Meine Mutter starb bei einem Gewitter, als ich vier war – sie kam bei schlechtem Wetter von der nassen Straße ab. Meine Großmutter hat mich aufgezogen, bis sie letztes Jahr – wieder während eines schweren Gewitters – an einem Gehirntumor starb.

Gewitter bringen Unglück.

Ein weiterer Donnerschlag erschüttert das Haus wie ein tiefes, böses Lachen. Der Sturm wird immer lauter, der Wind nimmt zu, der Regen schlägt laut prasselnd gegen meine Fenster. Ich kuschle mich tiefer in meine Decken und ignoriere die Enge in meiner Brust. Ich ignoriere die leise Stimme in meinem Kopf, die bei Gewitter immer lauter wird und darauf besteht, dass etwas Schreckliches geschehen wird. Ich bin sicher, hier in meinem Bett. Mir kann der Sturm hier nichts anhaben. Das Schlimmste, was mir passieren kann, ist, dass mein E-Reader kaputt geht. Nicht wahr?

Ich schüttle mein Gerät und versuche, es wieder einzuschalten. Der Schein des dummen Dings wird immer heller, die Farbe ändert sich irgendwie, als ob der Bildschirm ein

Kristall wäre, der hundert Millionen Regenbögen in meine Augen zurückspiegelt. Ich kann nicht herausfinden, was damit nicht stimmt, aber ich kann auch nicht wegschauen.

Der Sturm wird lauter, der Donner dröhnt mir in den Ohren, und der Schein meines E-Readers hat sich in meinen Händen in einen Lichtball verwandelt. An meinem Körper ziept es, als befände ich mich in einem Windkanal, und der Wind ist so stark, dass er mir fast die Haut vom Körper reißt.

Ich öffne meinen Mund, um zu schreien, aber es gibt keine Luft.

Ringe aus Licht und Farbe platzen vor mir auf, und Dunkelheit ist überall um mich herum. Ich beginne in Panik zu geraten, aber ich habe nicht viel Zeit, denn der Schmerz ist unerträglich, als ob ich gleichzeitig in zwanzig verschiedene Richtungen gequetscht, gehäutet und gezogen werde. Und dann ... nichts mehr.

ICH HABE KEINE SCHMERZEN.

Gott sei Dank. Ich habe nicht nur keine Schmerzen mehr, sondern das Prasseln des Regens, das Heulen des Windes und das laute Grollen des Donners sind verschwunden. Es ist fast selig still. Obwohl ... da ist ein seltsames Summen. Sehr leise, sehr subtil.

Stirnrunzelnd öffne ich meine Augen.

Mein Herz bleibt stehen.

Das ist nicht mein Bett.

„Grüße, Dawn Cahill."

Ein Gesicht ragt über meins, aber ebenso wie das Bett und die Anrede ist es irgendwie nicht richtig. Augen, Nase, Mund, sie sehen *fast* richtig aus, so wie ein CGI fast menschlich aussieht, aber es ist falsch genug. Denn je menschlicher eine CGI-Kreation aussieht, desto falscher fühlt sie sich an, weil sie doch irgendwie nicht ganz richtig ist. Die Haut hilft auch nicht; sie ist fleischfarben, sieht aber fast durchsichtig aus und glänzt auf eine Art und Weise, wie es bei keinem Menschen jemals der Fall sein würde.

Ich schreie und versuche, mich gegen das Bett, das nicht mir gehört, aufzubäumen, und das Wesen – was auch immer es ist – zuckt zusammen, verliert seine Form, so dass Gesicht und Kopf wegschmelzen und sich der Körper in einen großen, amorphen Blob verwandelt. Das Einzige, was sich nicht verändert, ist die Farbe. Ich schreie lauter, nicht nur, weil es erschreckend ist, zu sehen, wie sich ein humanoid aussehendes Ding in ein nicht-menschliches Ding verwandelt, sondern auch, weil ich, als ich versuche, wegzukriechen, feststelle, dass ich um meine Taille herum an das Bett gefesselt bin. Außerdem bin ich völlig nackt und völlig in Panik.

„Dawn Cahill! Dawn Cahill! Halt! Beruhige dich!" Es ist dieselbe Stimme, obwohl ich nicht sagen kann, wie die Kreatur ohne Mund spricht, aber ich flippe viel zu sehr aus, um zuzuhören.

Beruhigen? Ist das dein Ernst?

Ich bin nackt, an ein Bett gefesselt, das nicht meins ist, und da spricht ein *Ding* zu mir. Wenn es jemals einen richtigen Zeitpunkt gab, um in Panik zu geraten, dann ist es jetzt.

Das Ding macht ein Geräusch, als ob es gereizt wäre, und das Nächste, was ich weiß, ist, dass ich eine Art Lufthauch im Gesicht habe und ...

Schwärze.

∽

„ZWEITER VERSUCH der Kommunikation mit dem Määnsch." Die Stimme artikuliert „Mensch" auf eine so seltsame Weise, als hätte sie noch nie zuvor dieses Wort gesagt. „Dawn Cahill?"

„Mmm?" Ich fühle mich ruhig. Ich bin ausgeruht. Vielleicht ein wenig verrückt. Ich öffne meine Augen. Da ist ... na ja, es ist kein Mensch, der auf mich herabblickt, auch wenn er vage wie einer aussieht. Die Erinnerung daran kehrt zurück, aber all das und meine Panik scheinen sehr weit weg zu sein. „Was *bist* du?"

Der Ausdruck des Dings ändert sich nicht. Die Gesichtszüge mögen vage menschlich sein, aber sie haben anscheinend nur eine Einstellung. Tatsächlich blickt er ein bisschen nach Verstopfung drein.

„Ich bin Frllil, eine Jabol-Koryphäe."

Ich blinzle. „Ich kann sehen, dass du Worte gesprochen hast, aber keines davon ergibt Sinn für mich."

Das Ding macht ein seltsames trillerndes Geräusch. „Ich glaube, in deinem Vokabular kommt mein Beruf dem eines Wissenschaftlers am nächsten."

„Und du bist ein Außerirdischer?"

„Ich glaube, das ist die korrekte Terminologie, die du mir zuweisen würdest."

„Heilige Scheiße. Ähm ... warum flippe ich nicht noch mehr aus?" Denn das sollte ich definitiv tun, und rational wusste ich das auch, aber ich konnte die Energie nicht wirklich aufbringen. Ich war durchaus etwas unruhig, aber nicht so wie vorher.

„Nach deiner negativen Reaktion auf mich vorhin kam ich zu dem Schluss, dass wir effektiver kommunizieren könnten, wenn du ein Beruhigungsmittel bekommst." Das völlige Fehlen von Ausdruck und Intonation in der Stimme des Dings beginnt mich zu gruseln. Also, soweit das eben möglich ist, während das, was er mir gegeben hat, meine Reaktionen beeinflusst. Was auch immer das für ein Beruhigungsmittel ist, es ist stark.

„Oh." Ich muss zugeben, dass dieser Zustand in vielerlei Hinsicht meinem früheren Ausraster deutlich vorzuziehen ist. Information war gut, Panik war schlecht.

Okay, Dawn, du wurdest von einem Außerirdischen entführt – der sich zu einem Blob verformen kann, was ich überhaupt nicht mehr infrage stelle –, und er ist Wissenschaftler und hat dich vermutlich in seinem Raumschiff an ein Bett gefesselt. Er hat es auch so eingerichtet, dass du nicht in Panik geraten kannst. Das ist doch gut, oder? Denn wenn ich in Panik gerate, bin ich nicht in der Lage herauszufinden, wie ich entkommen kann, aber da ich ruhig bin, sollte mir das auf jeden Fall möglich sein. Im Prinzip hat er ja bereits begonnen, gegen sich selbst und für mich zu arbeiten ... oder?

„Herzlichen Glückwunsch, Dawn Cahill, dein Interesse an der Tsenturion-Trilogie und dass du sie bis zum Ende gelesen hast, hat dich als Tsenturion-Tribut qualifiziert. Du wurdest aus deinem Volk als erster Tribut im Paarungsprogramm der Tsenturion ausgewählt.

Ich blinzle. „Ähm ... was? Du hast schon wieder aufgehört, sinnvoll zu kommunizieren."

Oder um es anders auszudrücken, es ergibt zu viel Sinn, aber mein Gehirn will nicht glauben, was er da sagt. Denn ich bin mir ziemlich sicher, dass dieser Satz *direkt* aus den unglaublich aufregenden, sexy und *furchterregend-wäre-das-echt* Büchern stammt, die ich gerade auf meinem E-Reader gelesen hatte – kurz bevor er zu glühen begann, und ich dann anfing, Schmerzen zu verspüren, dann ohnmächtig wurde und dann hier aufwachte ...

„Dawn Cahill, du wirst dich beruhigen", sagt Frllil. Es ist jedoch kein Befehl, er klingt fast nervös und weinerlich.

„Ich werde mich nicht mit dir paaren!", quieke ich und versuche, vor ihm zurückzuweichen, bis ich mich daran erinnere, dass ich ans Bett gefesselt bin. Mein Herz fängt wieder an, schneller zu schlagen. Meine Angst fühlt sich seltsam weit weg an, aber sie wird stärker. Der Gedanke, mich mit dem absonderlichen Frllil zu paaren, setzt meine künstliche Ruhe außer Kraft.

„Ich bin ein Jabol", erinnert mich Frllil ungeduldig. „Jabol haben keine Gefährten. Unsere Fortpflanzung ist viel vernünftiger und weniger chaotisch und erfordert keinen Partner. Du wirst die Gefährtin eines Tsenturion sein, von High Commander Gavrill."

Okay, ich paare mich nicht mit dem seltsamen Frllil, sondern mit einen Tsenturion-Krieger. Eine außerirdische Spezies, von der ich dachte, dass sie völlig frei erfunden sei. Eine außerirdische Spezies, die laut der Trilogie, die ich gelesen habe, aus riesigen, bulligen Krieger-Söldnern mit metallisch-goldener Haut, riesigen Schwänzen und einer Vorliebe dafür, ihre Partnerinnen zu versohlen, bestand.

„Nö. Nee, nee, nee, nee, nee, nee. Was auch immer das für eine abgefahrene Drogenfahrt ist, ich will aussteigen! Hörst du mich?! Ich will *aussteigen*! Ich mach das nicht! Das ist doch scheiße! Es ist mir egal, womit du mich einsprühst …"

Das Gas trifft mich wieder mitten ins Gesicht.

～

ICH BLINZLE. Gähne. Ich versuche herauszufinden, warum die Lichter so hell sind.

Ach so. Gefangen. Außerirdisches Raumschiff.

Dies ist das dritte Mal, dass ich damit aufgewacht bin.

Jede Hoffnung, dass ich auf irgendeinem verrückten Drogentrip bin oder dass dies alles ein schrecklicher Traum ist, schwindet. Ich warte auf den Aufstieg der unvermeidlichen Hoffnungslosigkeit, aber ich fühle mich nur taub.

„Dawn Cahill, du wirst ruhig sein."

Bilde ich mir das nur ein, oder fängt Frllil an, wirklich missgelaunt zu klingen?

„Ja, ja", gähne ich. Bin nicht sonderlich daran interessiert, wieder K.O. zu gehen. „Ich bin ruhig. Hör zu, ich weiß, ich habe die Bücher gelesen und – okay, sie waren ziemlich heiß – aber ich bin nicht wirklich daran interessiert, die Braut eines Außerirdischen zu sein. Ich habe ein Leben auf der Erde, verstehst du. Ich habe ..." Meine Stimme wird leiser. Ich wollte gerade sagen *Menschen, die sich um mich sorgen,* aber das ist nicht so wahr, wie ich es gerne hätte. Früher gab es auf jeden Fall Menschen, die sich um mich sorgten. Jetzt ... nun ja, meine Yoga-Schüler wären sicherlich enttäuscht, wenn ich nicht auftauchen würde, um den Kurs zu unterrichten. Also, eventuell.

„Ich habe Dein Lebensprofil persönlich untersucht, Dawn Cahill.", sagt Frllil. Entweder projiziere ich, oder ich werde immer besser darin, seine Emotionen zu interpretieren, aber für mich klingt er jetzt irgendwie selbstgefällig. „Du bist das, was deine Rasse als ‚Einzelgängerin' beschreibt. Du hast keine starken emotionalen Bindungen oder Beziehungen. Du hast keine Familie, deine Freundschaften sind oberflächlich, und niemand in deinem Leben wird bemerken, dass du verschwunden bist. Die einzige Bindung, die du derzeit hast, ist die an deinen derzeitigen Wohnort. Es gibt keinen Grund, weshalb du nicht ohne große Schwierigkeiten ein neues Leben anderswo beginnen könntest".

Wow.

„Brutal, Frllil", murmle ich vor mich hin.

„Ich verstehe diese Bemerkung nicht."

„Vergiss es", entgegne ich trocken, jetzt ein wenig lauter. Auch wenn ich stark sediert und die meiste Zeit wie betäubt bin, ist es trotzdem nicht gerade einfach zu hören, wie einsam und traurig mein Leben klingt. Meine tiefste Verbundenheit gilt meinem Haus? Ja ... das ist wahrscheinlich wahr. Aber es ist das Haus meiner Oma. Das ist eine echte Verbindung. Dennoch ... sein Resümee meiner Freundschaften ist leider ziemlich treffend. Viele Bekannte, keine wahren Freunde. Mein treuester Freund seit Jahren war mein E-Book-Reader.

Und jetzt hat er mich verraten.

Wer braucht bei solchen Freunden schon Feinde?

„Okay, und was jetzt?", frage ich müde und versuche, mein erschöpftes Gehirn dazu zu bringen, sich genau zu erinnern, was in den Tsenturion-Büchern als Nächstes kam. Etwas, das mit einer Untersuchung und Veränderung zu tun hat ...

SCHRECKEN DURCHFÄHRT MICH. Weit entfernter Schrecken. So fern, als befänden sich meine Gefühle auf der anderen Seite einer Glaswand. Aber ich weiß, dass ich entsetzt sein sollte.

„Was hast Du mit mir gemacht?", flüstere ich und schaue auf meinen Körper. Er sah nicht anders aus. Aber könnte ich den Unterschied erkennen? „In dem Buch haben die Frauen ... Veränderungen durchgemacht."

„Ja", sagt Frllil. „Ich habe einen Übersetzer implantiert und andere Verbesserungen vorgenommen. Deine zelluläre Regenerationsrate wurde beträchtlich erhöht, was zu einer verlängerten Lebensspanne führt, die der eines Tsenturion-Kriegers entspricht."

„Was *bedeutet* das?" Mir ist ein wenig schwindelig. Sollte ich aufgeregt sein? Entsetzt? Längeres Leben, das ist wünschenswert ... aber die Umstände und die Lebensqualität sind wichtig, erst dann kann ich wissen, *wie* wünschenswert. „Wie lange?"

Frllil seufzt. „Du wirst ruhig bleiben."

„Wenn du mir nicht sagst, wie lange ich noch leben werde, kann ich keine Versprechungen machen", erwidere ich gereizt, obwohl ich nicht noch einmal K.O. gehen will.

„Ungefähr elfhundert Erdenjahre." Frllil schaut mich an, als ich nach den Kanten des Bettes greife, auf dem ich liege, meine Brust ist vor Schreck ganz eng. Das Entsetzen scheint definitiv zu siegen. Etwa elfhundert Jahre als Gefährtin eines Außerirdischen, als sein Tribut. Und ich weiß immer noch nicht, was das bedeutet, außer von den Beschreibungen aus dem Buch, von denen ich jetzt hoffe, dass sie stark übertrieben sind. „Atme, Dawn Cahill."

Frllil macht wieder einen trillernden Ton und rückt näher. Ich schaue nach unten und stelle fest, dass er sich auf einer Art Plattform befindet, die seinen Blob-artigen Körper vom Boden abhebt. Eine schwebende Plattform. Ein Außerirdischer, der meinen Körper modifiziert. Wenn ich nicht betäubt wäre, würde ich vor Panik durchdrehen.

Ich lasse meinen Kopf zurückfallen und atme mehrfach tief ein und aus. Frllil schwebt näher. Wenn ich es nicht besser wüsste, würde ich sagen, der formlose Blob sieht vage unzufrieden aus.

„Meinen Aufzeichnungen zufolge ist die Atmung eine angeborene Funktion, die dein Körper automatisch ausführt. Eigentlich bräuchte ich dich dahingehend nicht anleiten zu müssen."

„Oh, du bist also der Experte?"

Ein weiteres trillerndes Geräusch, diesmal erfreut. „Das bin ich. Meine Studien basieren auf der Gattung der Tsenturion und dem Bestreben, eine für sie kompatible Rasse zu finden, um sie mit Frauen versorgen zu können. Ich habe sogar eine Auszeichnung erhalten. Meine Vorgesetzten übertrugen mir die Verantwortung für das Tribute-Programm."

„Okay, Frllil", versuche ich mich an seinem Namen und ahme den rollenden Triller nach, den der Außerirdische macht. „Das ist alles neu für mich. Dieses Tribute-Ding – erklär mir das."

„Aber du kennst das Tribute-Paarungsprogramm. Du hast unsere Mitteilung akzeptiert und das Handbuch gelesen."

„Handbuch?" Langsam dämmert es mir. „Der E-Reader und die Bücher, meinst du? Ihr habt sie geschickt?"

„Ja, nach der grundlegenden Überprüfung wurdest du für weitere Studien ausgewählt."

Ich erinnere mich an den Tag, als der E-Reader in meinem Briefkasten auftauchte. Ich war so erfreut, dass ich nicht auf die Idee kam, mich zu fragen, wo er herkam. Ich dachte, ich hätte einen Wettbewerb gewonnen und vergessen, dass ich teilgenommen hatte.

„Er wurde so kalibriert, dass er nur du ihn freischalten kannst. Dann überwachte er deine Reaktionen."

„Meine Reaktionen ... auf die Geschichten?" Ich erröte so sehr, dass ich Angst habe, mein Gesicht fängt Feuer. Die Tsenturion-Geschichten waren so heiß; ab Seite drei habe ich sie nur noch einhändig gelesen. „Die Geschichten über die Tsenturion – das ist das Handbuch?"

„Ja, das Handbuch diente einem doppelten Zweck: dich zu testen und deine Ausbildung als Tribut zu beginnen. Es wird dich freuen zu erfahren, dass du die Prüfung als Erste bestanden hast, Dawn Cahill. Dein Eifer, das Handbuch zu studieren, und deine Reaktionen darauf machten deutlich, dass du perfekt für das Paarungsprogramm geeignet bist."

„Oh", sage ich schwach.

„Keine Ursache. Ich freue mich, dass die Abläufe so gut funktioniert haben. Sie waren meine Idee." Frllil schwebt davon. Es ist gut, dass ich an dieses Bett geschnallt bin, sonst würde ich herunterfallen. Der E-Reader. Der blöde E-Reader. Wenn ich die Geschichten nur nicht so oft gelesen hätte ... wenn sie mich nur nicht so sehr angemacht hätten ... aber das ist ja auch nicht gerade eine Einverständniserklärung.

Bevor ich anfangen kann, mich zu ärgern, spricht Frllil noch einmal mit mir.

„Dawn Cahill, Du wirst aufpassen", instruiert Frllil. Er befindet sich unten am Fuße meines Bettes, neben einem schwebenden Teil, das wie Glas aussieht. Während ich hinschaue, erscheint ein Bild auf dem Glas – es ist eine Leinwand, auf der ein Film abgespielt wird. „Es ist an der Zeit, dass du deine Pflichten als Tribut erlernst." Das Bild kommt in den Fokus und zeigt die Nase eines riesigen silbernen Raumschiffs.

„Dies ist ein Schiff der Tsenturion. Die Tsenturion sind eine Kriegerrasse, die geschworen hat, die Galaxie zu beschützen. Sie leben auf einer Flotte von Raumschiffen, da sie keinen Heimatplaneten haben."

„Früher hatten sie einen", sage ich und zitiere, was ich aus den Büchern weiß. „Er wurde von einer feindlichen Rasse zerstört. Nur wenige männliche Krieger überlebten, weshalb sie Bräute von der Erde brauchen."

„Sehr gut, Dawn Cahill. Du erinnerst dich." Frllil macht eine Bewegung, und das Bild auf dem Bildschirm verändert sich. Er erinnert mich an einen Aushilfsprofessor, den ich einmal hatte, einen Nerd, der die Klasse kaum ansah und es vorzog, seine Lektionen einfach von seinen Präsentationsfolien abzulesen.

Das Bild auf dem Bildschirm ändert sich erneut, und ich keuche.

2

D^{awn}

„DAS SIND TSENTURION", sagt Frllil. Drei mächtige Figuren füllen den Bildschirm. Sie sind riesig, mit Arnold-Schwarzenegger-großen Muskeln unter einer Haut, die schimmert, als wäre sie aus Metall. Ihre Gesichter sind von einer Art Helm bedeckt. Zumindest hoffe ich, dass es ein Helm ist.

„Tragen sie ... eine Rüstung?"

„Ja. Die Anzüge sind ein Jabol-Design. Die Anzüge schützen und verbessern die Physiologie der Tsenturion. Die Anzüge sind nicht nur stark genug, um den meisten Waffen standzuhalten, sondern sie regulieren auch ihre Körperfunktionen für eine optimale Lebensdauer."

„Werde ich einen von ihnen bekommen?"

Diesmal klingt Frllils Trillern amüsiert. „Nein, Dawn Cahill. Du bist ein Tribut. Du hast keine Notwendigkeit, Waffen zu widerstehen. Dein Tsenturion-Meister verlangt, dass du zugänglich bist." Er dreht sich zum Bildschirm zurück, und das Bild zoomt auf die zentrale Figur. „Außerdem hat die Jabol-Technologie Fortschritte gemacht. Dein Körper wurde modifiziert, so dass du keinen Anzug benötigst. Vor der Übergabe-Zeremonie erhältst du einen Trainingsgürtel. Während der Zeremonie wird er auf den High Commander geprägt. Er wird ihn benutzen, um deine Reaktionen anzupassen und dich für ihn vorzubereiten."

Ich nehme das alles kaum wahr. Ich bin zu sehr damit beschäftigt, das scharfe, mit einem Helm umrandete Gesicht und den massiven Körper der Figur auf dem Bildschirm zu studieren. Nach einer Sekunde werden Teile des Helms zurückgezogen und enthüllen ein scharfkantiges Gesicht mit einem kräftigen Kiefer und glitzernden Augen. Seine Gesichtszüge sind ziemlich humanoid; zwei Augen, ein Mund, eine Nase. Seine Nase ist breit, und sein Kiefer ist kantiger als bei den meisten Menschen, die ich gesehen habe, aber abgesehen von dem goldenen Glanz seiner Haut unterscheidet er sich kaum von normalen Menschen. Der Goldschimmer seiner Haut kontrastiert mit dem Silbergrau der Rüstung und lässt ihn unglaublich exotisch aussehen.

Leider zieht sich sonst keine weitere Panzerung zurück, so dass ich keine Ahnung habe, wie er anderswo aussieht. Mein Blick wandert instinktiv zu seinen Lenden, und ich kann nicht anders, als an die Tsenturion-Bücher zu denken, die ich gelesen habe, und mich zu fragen, wie akkurat die Beschreibungen darin wirklich waren ...

FRLLIL GIBT einen Laut von sich, um meine Aufmerksamkeit zu erregen, und ich tue so, als ob ich dem Tsenturion nicht in den Schritt schauen würde.

„Das ist High Commander Gavrill. Er befehligt die gesamte Tsenturion-Flotte."

Ich bewege mich in meinen Fesseln und bin sowohl ängstlich als auch ein wenig erregt, aber ich schaue nicht weg. Ich präge mir den Rest seines Körpers ein. Gefahr erkannt – Gefahr gebannt! Eine Reihe von kurzen Stacheln ragt aus seinen Unterarmen, aber vielleicht ist das der Anzug. Das „Handbuch" erwähnte definitiv keine Todessta-cheln. Während ich zuschaue, dunkelt die Farbe des Anzugs von silbergrau zu tiefem Kupfer nach.

„Der Anzug reagiert auf Stimmungsänderungen. Du wirst aufpassen und dein Verhalten ändern wollen, wenn der Anzug dunkler wird. Eine hellere Farbe bedeutet, dass er zufrieden ist. Du solltest dich geehrt fühlen, als erster Tribut für die Tsenturion ausgewählt worden zu sein, da du mit dem Oberbefehlshaber Gavrill gepaart wirst.

"Warte", beginne ich, als mir etwas in den Hals sticht. „Au!" Ich winde mich in meinen Fesseln. Eine Maschine steht neben meinem Bett, eine Nadel auf einem ihrer mechanischen Arme ausgefahren. „Was zum Teufel war das?"

„Ein Stimulans", sagt Frllil ganz sachlich. „Es fördert die richtige Reaktion auf deinen tsenturischen Meister."

„Mein was?" Ich zucke immer noch so viel, wie es die Fesseln erlauben. Ein Schmerzstoß soll meine Reaktion fördern? Das und Frllils Verwendung des Wortes „Meister" beruhigen mich ganz und gar nicht. Mein Gehirn beginnt, alle möglichen Warnsignale an mich zu senden. Frllil und das Bild des High Commanders haben mich so sehr abge-lenkt, dass ich vergessen hatte, wie, ähm ... fordernd die Tsenturion in den Büchern waren. Aber das war doch nur Ausschmückung ... oder?

„Dein Meister. Die Tsenturion haben ein strenges Protokoll, wenn es um ihre Tribute geht. Mach dir keine Sorgen, der High Commander wird dich trainieren. Das ist Teil des Bindungsprozesses."

Mich trainieren!? Ich würde schreien, aber mein Mund ist zu beschäftigt, offen zu stehen. Andererseits weiß ich genau, worauf sich Frllil bezieht. Die Bücher haben es ziemlich deutlich gemacht – die Tsenturion behandelten ihre Frauen wie ein BDSM-praktizierender Dom seine Hardcore-Sub. Vielleicht sogar wie eine Sex-Sklavin. In den Büchern war das superheiß. Ich habe den Gedanken geliebt, dass ein außerirdischer Dom seine Braut trainiert, sie mit Orgasmen belohnt und mit Schlägen bestraft. Um nicht zu sehr ins Detail zu gehen, die Geschichten ... äh ... haben mich gereizt. Und zwar gewaltig. Anscheinend habe ich *zu* gut reagiert, während eine außerirdische Lebensform zusah.

Wie demütigend.

„In Zukunft wird dein Trainingsgürtel dich vorbereiten. Fürs Erste müssen wir primitive Methoden anwenden." Frllil zeigt zur Nadel.

„Womit hast du mich gestochen?"

„Pass auf", weist Frllil an. Die Bilder auf dem Bildschirm wechseln zu einer Weitwinkelansicht des Schiffes. Zwei Reihen gepanzerter Tsenturion säumen einen Weg eine Gangway hinauf. Oben stehen vier Figuren. Der High Commander vorne, mit zwei massigen Riesen auf jeder Seite. Eine kleinere Figur steht hinter ihm. Als das Bild Gavrill heranzoomt, bemerke ich, wie sich mein Körper erwärmt. Nicht so natürlich wie vorher, als ich ihn betrachtet und mich gefragt habe, was sich hinter der Panzerung seiner Lenden verbirgt ... nein, das ist intensiver. Es ist beängstigender.

Ich würde meine Beine zusammendrücken, wenn sie nicht festgebunden wären, als mein Unterleib zum Leben erwacht, ein Kribbeln, das zwischen meinen Oberschenkeln beginnt. Als Gavrill den Bildschirm wieder füllt, blüht die Erregung wie ein Wolkenpilz, der meinen Kopf mit gellendem Druck füllt und mir den Atem raubt. Meine Brustwarzen puckern, und ich spüre, wie meine Muschi sich zusammenzieht, das Kribbeln verwandelt sich in einen pochenden Schmerz, den es zu füllen gilt. Das ist das geilste, was ich je in meinem Leben erfahren habe, und das macht mir eine Heidenangst.

„Was geht hier vor?"

„Du wirst vorbereitet", sagt Frllil. „Das ist die richtige Reaktion auf deinen Meister."

„Nein", stoße ich zwischen zusammengebissenen Zähnen hervor und balle meine Fäuste. Es ist sinnlos. Der Schmerz zwischen meinen Beinen wird stärker. Nässe rinnt mir das Bein herunter. Ich stöhne, zittere und versuche, die Gefühle, die sich in mir regen, zurückzudrängen, während die Begierde in mir wächst ... Als ich den High Commander wieder anschaue, wimmere ich, während meine Muschi zuckt. Ich habe das Gefühl, ich könnte einen Orgasmus bekommen, wenn ich ihn nur lange genug anschaue, was verrückt ist, aber ... verflucht noch mal, warum sollte ich das nicht wollen.

Das Bild vergrößert sich, und der Druck lässt nach. Ich lasse keuchend den Gipfel hinter mir.

„*Nein.*" Gegen meinen Willen stöhne ich. Ich bin es nicht gewohnt, dass mir der Höhepunkt versagt bleibt.

„Nur dein Meister kann den Höhepunkt auslösen. Bis du ihm begegnest, kannst du nur vorbereitet werden."

Meine Muschi pocht, wütend darüber, dass man mir dies verweigert.

„Das ist total daneben", murmelte ich. Meine Finger zucken. Wenn ich nicht gefesselt wäre, würde ich ihm zeigen, wie gut ich meinen eigenen verdammten Höhepunkt auslösen kann, vielen Dank. Ich starre Frllil an, der meine Reaktion völlig ignoriert. Er ist viel zu froh, sich von etwas so *Unbedeutendem* wie meiner Wut beeinflussen zu lassen. Ich fange wirklich an, Frllil zu hassen.

„Das war hervorragend, erster Tribut. Ich wusste, dass ich gut gewählt habe. Der Commander wird erfreut sein."

Etwas sticht mir wieder in den Hals. Frllil bewegt sich weg, und die Lichter werden gedämpfter, seine Stimme klingt, als käme sie aus der Ferne. Es fällt mir schwer, die Augen offen zu halten, aber es ist sinnlos. „Du wirst jetzt schlafen. In ein paar Zyklen wirst du für deinen Trainingsgürtel fit gemacht. Danach werden die Tsenturion zur Paarungszeremonie eintreffen, und du wirst deinen neuen Meister kennen lernen."

~

GAVRILL

DER BORAL-NEBEL IST WUNDERSCHÖN, wolkige Ringe, durchsetzt mit Flecken von glitzerndem Staub, wie Edelsteine im Weltraum. Unser Schiff schwebt am Rande des äußersten Rings. Es wartet. Beobachtet.

Vorläufiger Scan abgeschlossen, der Bildschirm auf der Brücke blinkt. Wir schweigen alle, während meine Krieger die in dreitägiger Analyse gesammelten Daten studieren. Auf der Suche nach dem Beweis für die Anwesenheit unserer Feinde. Der Grund, warum wir hier sind. Ob wir sie finden können, und ob wir sie kriegen können, sobald wir sie gefunden haben.

„Dort." Ich tippe auf den Bildschirm, und er zoomt auf

einen dunklen Fleck hinter einer besonders dicken Staubwolke. „Das Vgotha-Schiff."

Der Schild des Schiffes hatte jede Wärmesignatur verborgen, konnte aber einem Dichtescan nicht entkommen. Das Gefühl von Triumph kommt auf.

Vorfreude summt durch das Deck, als unsere Rüstungen sich verdunkeln, ein Zeichen unserer starken Emotionen und unserer Kampfbereitschaft. Es gibt nicht einen von uns, der nicht sterben würde, um unsere Mission zu Ende zu führen, obwohl wir bereits lange an ihrer Erfüllung arbeiten und sich die Jahre bis zu ihrem Abschluss endlos vor uns erstrecken. Die Vgothas haben unseren gesamten Planeten, die gesamte Bevölkerung, an nur einem Tag ausgelöscht. Keine Überlebenden ... außer uns. Dass es uns noch gibt, das war ihr größter Fehler.

Sie hatten nicht ahnen können, dass sich unser Schiff verspäten und nicht mehr rechtzeitig zum Festival ankommen würde. Jeder wusste, dass die Tsenturion zum Paarungsfest nach Tsentur zurückkehrten. Es hätte ein vollständiger Genozid sein sollen. Stattdessen fanden wir einen Planeten vor, der nur noch aus Trümmern und geschmolzener Schlacke bestand ... es gab keine Leichen zu begraben, die Oberfläche sah aus, als sei alles weggescheuert worden. Wir wussten immer noch nicht, welche Waffe sie benutzt oder wie sie es getan hatten, aber das spielte keine Rolle mehr.

Wir jedoch hatten das einzige Wissen, das wir brauchten – ihre Identität.

„Aasfressender Abschaum", murmelt mein Zweiter Offizier Bogdan. „Sie können sich nicht verstecken, nicht einmal hinter einer Wolke ihres eigenen Söldnergestanks. Commander, wir müssen angreifen." Seine Wut ist größer als meine, denn er hatte nicht nur eine sehr große Familie und viele Geschwister besessen, die nun alle nicht mehr waren, sondern er hatte sich auch darauf vorbereitet, am Festival teilzunehmen und eine Partnerin zu finden.

Aber unser Volk war tot, und wir waren allein. Die Jabol haben versprochen, uns neue Gefährtinnen zu finden, aber keiner von uns hat diesbezüglich viel Hoffnung.

Wir konzentrieren uns stattdessen auf unsere Rache.

Ich studiere weiter die Scan-Werte. Ich werde mich nicht in die Schlacht stürzen, wie es mein Zweiter Offizier wünscht. Ich bin der High Commander und ich werde nicht leichtsinnig sein, selbst wenn es darum geht, unsere Feinde auszulöschen. Nicht, wenn es die Zerstörung meiner Schiffe bedeutet, und mit ihnen der letzten meiner Rasse. Der Boral-Nebel ist gefährlich, und wir können nicht überstürzt hindurchstürmen. Irgendwie haben es die Vgothas durch die Ringe geschafft, sind den Trümmern und dem sich bewegenden Gürtel aus Felsen und der Strahlung ausgewichen, aber ich kann den Weg, den sie genommen haben, nicht sofort erkennen, obwohl wir sie jetzt lokalisiert haben.

Da sie völlig bewegungslos bleiben, kann ich lediglich vermuten, dass sie nur einen Weg rein und raus zum Minenfeld kennen, das der Nebel erzeugt. Sie werden darauf warten, dass wir verschwinden ... es sei denn, wir können länger ausharren als sie oder wir überlisten sie.

„Commander", Arkdhem, Kommandant unserer Aufklärungsschiffe, erscheint auf einem kleineren Bildschirm. Seine Rüstung glitzert hell, ein Spiegelbild seiner Stimmung. Überraschenderweise zeigt er nicht den gewohnt stoischen Gesichtsausdruck, er sieht fast aufgeregt aus. „Ich erhielt einen Gruß von Frllil. Sie halten eine Bezahlung für uns bereit."

„Sag ihnen, sie sollen sie wie üblich an der Zwischenstation lassen." Alle zwanzig Halbzyklen bezahlen die Jabol unser Volk für seinen Schutz. Sie liefern Waffen, Nahrungsmittel, Schiffsvorräte und Technologie, während wir ihre Planeten vor den diebischen Vgothas schützen und gleichzeitig unser Bedürfnis nach Gerechtigkeit verfolgen. Eine symbiotische Beziehung, die seit über tausend Jahren andauert.

„Es ist nicht die übliche Bezahlung." Arkdhems Anzug schimmert vor Aufregung. Neugierde hellt meine Rüstung auf.

„Was ist es dann? Erstatte Bericht", schnappt Bogdan, sein Anzug blinkt mit roten Streifen der Verärgerung durch das Schwarz. Er ist wie immer voll und ganz auf unsere Mission konzentriert. Seine Entschlossenheit, die Vgothas auszulöschen, grenzt an Besessenheit. Ich bin fast genauso entschlossen, aber ich denke manchmal, dass Bogdan bereit wäre, unser Leben wegzuwerfen, wenn er dafür *ein* Schiff der Vgotha auslöschen könnte.

Deshalb ist er Zweiter Offizier, und ich bin der High Commander. Bei mir herrscht kühle Logik und keine Emotionen.

„Wir haben ein Schiff der Vgotha gefunden", informiere ich meinen Dritten Offizier, denn Bogdan hat Recht – unsere Priorität ist der Feind. Was auch immer die neue Lieferung an Vorräten beinhaltet, sie kann warten. „Ich entscheide gerade, ob wir angreifen werden."

„Entschuldigung, Commander. Ich hätte dich nicht gestört, aber du hast mir den Befehl gegeben, mich zu melden, sobald ich höre, dass der Tribut bereit ist."

Mein Anzug blinkt von Schwarz über Bronze zu Silber und reagiert damit auf meine Überraschung. Ich neige nicht zu solchen Gefühlsausbrüchen, aber dies ist ein bedeutsamer Anlass. Hoffnung steigt in meiner Brust auf.

„Die Jabol haben ein passendes Exemplar gefunden?"

Ich halte meine Stimme gleichmäßig, aber ich kann nicht verhindern, dass mein Anzug reagiert, ein silbern schimmerndes Echo, das von der Mannschaft auf der Brücke, die zuhört, widerhallt. Ich bin nicht der Einzige, der auf die Ankündigung Arkdhems reagiert. Nur Bogdans Panzer bleibt schwarz, und er schaut mich an und zeigt mit einer Grimasse, dass er sich über die Unterbrechung ärgert.

„In der Tat, Commander. Ein weit entferntes System, das nur durch ein *direth* Wurmloch zugänglich ist." Arkdhem verwendet das Jabol-Wort für „klein und fast instabil". Eine Reise durch ein solches Wurmloch ist sehr gefährlich, das verursacht sofortigen Ärger – nicht nur bei mir selbst, sondern auch bei vielen derer, die am hoffnungsvollsten aussehen. Das waren keine guten Nachrichten.

„Sie haben das Leben des Tributs riskiert?"

„Es war der einzige Weg. Offenbar ist diese Lebensform die einzige, die für unsere Rasse geeignet ist. Die Jabol berichten, dass das vorbereitende Training gut voranschreitet, und dass sie bald bereit sein wird."

Bogdan schnaubt höhnisch. „Egal, wie man sie trainiert, sie wird trotzdem kein Tsenturion sein."

Arkdhem sagt nichts. Sein strahlender Anzug verrät sein Glück. Der gutmütige Krieger lässt sich nicht ködern, egal, wie sehr Bogdan versucht, einen Streit anzufangen. Die beiden geraten oft aneinander, wobei ihre natürliche Konkurrenz oft die besten Ideen für mich hervorbringt.

„Commander", sagt Bogdan mit einer Stimme, die sowohl vor Ärger als auch vor Ekel trieft. „Sicherlich denkst du nicht daran, unseren Posten zu verlassen, nur um mit dem *Tribut* herumzutrödeln." Seiner Stimme nach zu urteilen, hätte er genauso gut ‚Tier' sagen können. Eine Gefährtin gehört überhaupt nicht zu seinen Prioritäten.

„Das Führungsschiff der Vgotha ist fast in unserer Hand. Wir haben keine Zeit für Ablenkungen."

Tausend Tsenzyklen der Entbehrung.

Keine offensichtliche Route zu dem Vgotha-Schiff

Das Versprechen einer Zukunft für meine Crew.

Es ist eine einfache Wahl.

„Die Sicherung des Fortbestands unserer Rasse ist keine ‚Ablenkung'", stelle ich fest. Arkdhems Anzug leuchtet auf, und auf der Brücke erglüht noch mehr Silber. Bogdan knirscht mit den Zähnen. „Außerdem ist es zu diesem Zeitpunkt zu gefährlich, in den Nebel einzudringen. Anstatt hier zu sitzen und abzuwarten, ob wir oder die Vgothas mehr Vorräte haben, werden wir uns um unsere Zukunft kümmern. Dritter Offizier, informiere die Jabol, dass wir auf dem Weg sind, den Tribut aufzunehmen. Sie sollte für die Prägezeremonie vorbereitet werden."

Bogdan zieht eine Grimasse, aber er streitet nicht. Sobald ich eine Entscheidung getroffen habe, weiß er, dass er sie mittragen muss. Mit einem Schwung salutiert Arkdhem und verschwindet vom Bildschirm.

„Zweiter Offizier, nimm Kurs auf das außerplanetarische Labor der Jabol. Der dritte Mond, glaube ich, des achten Planeten im Jabolianischen System."

„Aye, Commander", brummt Bogdan, obwohl sein Anzug schwärzer ist als der Weltraum um uns herum.

Dawn

In die zeremonielle *Paarungsrobe gekleidet wartet der Tribut auf ihren Meister. Ihr Quartier ist luxuriös und in den blassen*

Farben des Sonnenaufgangs der Erde dekoriert. Sie legt sich auf die Schlafplattform und lässt sich das Gewand öffnen, um ihren Körper zur Freude ihres Meisters zur Schau zu stellen. Während sie wartet, atmet sie tief, und ihr Körper beginnt mit der Prägung.

Die Tür öffnet sich. Der High Commander tritt ein, seine Rüstung schimmert golden und wird heller, als er sie sieht. Der Tribut bewegt sich nicht, sondern sieht zu, wie er sich nähert. Als er die Schlafplattform betritt, erwacht der Bride-Trainer um ihre Hüften zwischen ihren Beinen summend zum Leben …

„Dawn Cahill, du wirst aufwachen." Kühle Luft streichelt mein Gesicht. Ich öffne meine Augen, als sich die Reisekapsel öffnet und Licht hereinlässt. Ich erkenne Frllils Stimme.

Dieses Arschloch.

Der Bride-Trainer ist ein Gerät wie ein Keuschheitsgürtel, der sich um mein Becken wickelt, und um meine Hüften und zwischen meinen Beinen eng an meiner Haut anliegt. Er ist aus demselben Material gefertigt, aus dem auch die Tsenturion-Anzüge bestehen – weich wie Stoff, widerstandsfähig wie Metall, geschmeidig wie Gummi. Soweit ich weiß, wird Nanotechnologie eingesetzt, um den Gürtel an meine Haut zu binden. Er ist selbstreinigend. Er ist auch intelligent genug, um meine Versuche zu vereiteln, so zu tun, als würde ich zur Toilette gehen, damit ich mich selbst berühren kann. Wenn ich gehen muss, öffnet er sich *gerade so weit* wie unbedingt nötig und nicht einen Millimeter mehr.

Laut Frllil kann nur mein neuer außerirdischer Meister ihn aufschließen, allerdings wird er das vielleicht nie tun.

Ich habe bereits einige ‚Trainingseinheiten' hinter mir. Jeden Zyklus – das außerirdische Äquivalent eines Tages – spielt Frllil einen neuen Film für mich ab, in der Regel Clips von den Tsenturion. Jedes Mal, wenn der High Commander auf dem Bildschirm erscheint, erwacht der Trainer zum Leben. Er vibriert an den richtigen Stellen, stimuliert mich fast bis zum Orgasmus und hält mich dort. Kein Jammern, Wehklagen oder Betteln hilft mir, Befriedigung zu erhalten.

Und wie ein Keuschheitsgürtel hält er meine Finger von meiner schmerzenden Muschi fern.

„Dein Vergnügen gehört nicht mehr länger dir selbst", schimpft Frllil, während ich mich winde und um Erlösung bettle. „Es gehört dem Commander."

Ich glaube nicht, dass ich jemals jemanden so sehr gehasst habe wie Frllil. Das Leben auf der Erde scheint weit entfernt. Ich kann mich nicht einmal darauf konzentrieren, es zu vermissen, egal wie sehr ich es verabscheue, was mit mir geschieht. Es ist, als ob mein Gehirn von den unerfüllten Bedürfnissen meines Körpers gekapert worden wäre. Es gibt keine Zukunft, es gibt keine Vergangenheit, es gibt nur das immerwährend schmerzhafte und schreckliche Bedürfnis der Gegenwart. Die erste Zeit, als ich noch versucht habe, meinen Körper durch mein Yoga-Training zu beruhigen, erscheint mir wie eine ferne Erinnerung.

Die Erde ist noch weiter entfernt. Laut Frllil ist es ohnehin nicht so, dass ich viel zu vermissen hätte. Leider scheint er recht zu haben. Außer meiner Liebe zu dem Haus meiner Großmutter gab es nichts, was mich dort gehalten hat, nichts, woran ich mich hätte klammern können, außer meiner Wut darüber, dass ich entführt wurde und wofür ich trainiert werde. Aber selbst daran kann man sich nur schwer festhalten, weil die Bedürfnisse meines Körpers viel dringender geworden sind als alles andere.

Ich weiß, dass ich durch das Training von Frllil einer Gehirnwäsche unterzogen werde, aber ich kann es anscheinend nicht verhindern. Selbsterkenntnis hilft auch nur begrenzt weiter ...

Als sich die Kapsel öffnet und eine kühle Computerstimme mich anweist, aufzustehen und auszusteigen, fühle ich mich, als hätte mich jemand durch die Mangel gedreht. Nervös, unkonzentriert und frustriert wegen der nicht enden wollenden Erregungsschleife.

Ganz zu schweigen von der Aufregung, denn zum ersten Mal seit Tagen – vielleicht sogar Wochen ... ich habe irgendwie den Überblick verloren – finde ich vielleicht endlich Befriedigung. Laut Frllil ist der High Commander der Einzige, der mir den Höhepunkt gewähren kann, den ich mir so verzweifelt wünsche, und ich bin hier, um ihn zu treffen. Es steckt ein winziges bisschen Selbsterhaltungstrieb in mir, der mir sagt, ich solle rennen, nach einem Fluchtweg suchen ... aber das ist kaum wahrnehmbar im Vergleich zu dem Teil von mir, der praktisch nach Erlösung schluchzt.

Als ich von der jabolianischen Kapsel weggehe und auf die riesige Plattform vor dem Schiff der Tsenturion trete, zittern meine Beine vor Nervosität und Verlangen, und ich erblicke mein Spiegelbild in der silbernen Kapsel. Die neue und verbesserte Dawn Cahill sieht umwerfend schön aus. In den vergangenen Zyklen wurde ich gestriegelt, gezupft und herausgeputzt, bis jeder Zentimeter von mir perfekt war. Mein blondes Haar ist wie ein glänzender Umhang, der über meinen Schultern liegt, und meine Haut strahlt mit dem goldenen Gewand, in das ich gekleidet wurde, um die Wette. Sogar meine haselnussbraunen Augen scheinen größer und leuchtender zu sein.

Die Tür an der Seite des Tsenturion-Schiffes öffnet sich, und die Soldaten marschieren in gerader Linie in zwei Reihen heraus. Sie sind höllisch einschüchternd – ihre Anzüge sind an ihre mächtigen Formen angepasst und glänzen silbern im Sonnenlicht. Ihre Schultern sind so breit wie eine Tür, und sie sind alle mindestens einen Kopf größer als ich. Während ich darauf warte, Gavrill in Fleisch und Blut zu sehen, zittert mein Körper, so wie er trainiert wurde. Wenn ich nur seine Soldaten sehe, beginnt meine Muschi feucht und die Brustwarzen unter dem dünnen Gewand hart zu werden.

Mein Mund ist trocken. Furcht? Erwartung? Aufregung? Eine unheilige Kombination aus allen dreien?

Mit einem Murmeln neben mir befiehlt mir die jabolianische Kapsel, zwischen den beiden Reihen der Soldaten entlangzugehen und mich meinem Meister zu präsentieren.

Meine Muschi zieht sich bei dem Wort ‚Meister' erwartungsvoll zusammen, ohne dass der verdammte Gürtel etwas tun muss. Ich bin eine pervertierte Version von Pawlows Hund, aber das zu wissen, hilft mir nicht weiter.

Meine hauchdünnen Gewänder tanzen um meine Beine, während ich mich vorwärtsbewege, und ich fühle mich fast wie ein Schlafwandler. Diese ganze Situation ist surreal. Ich schaue nicht nach links oder rechts, sondern halte meine Augen auf den dunklen Eingang des Schiffes gerichtet. Ich habe Angst, dass ich, wenn ich einen Soldaten direkt anschaue, tot umkippen könnte. Ich hätte mich selbst nie für den Typ gehalten, der in Ohnmacht fällt, aber ich weiß, dass es zu viel für mich sein wird, sie anzusehen. Das wäre mehr Realität, als ich verkraften könnte.

Die Filme, die Frllil mir gezeigt hat, erklärten mir, warum es keine Tsenturion-Frauen gibt. Vor langer Zeit, tausend Jahre nach der irdischen Zeitrechnung, verfolgte eine feindliche Rasse namens Vgotha die Jabol. Sie dezimierten sie, entschlossen, ihre Existenz auszulöschen. Niemand wusste genau, warum. Sie kamen aus dem Nichts und begannen, die Jabol zu jagen, als ob es ein Sport wäre.

Die friedliche Rasse von Wissenschaftlern, die verzweifelt überleben wollte, schloss ein Bündnis mit den Tsenturion. Zwar waren die Tsenturion technologisch nicht so fortschrittlich wie die Jabol, doch verfügten sie über eine militärische Macht, die die Jabol niemals zu erreichen hoffen konnten. Es war ein gutes Bündnis ... aber sobald die Vgotha merkten, dass sie den Tsenturion unterlegen waren, taten sie etwas, womit niemand hatte rechnen können. Etwas so Abscheuliches, so Brutales, dass es jeder Vorstellung trotzt.

Sie hatten den gesamten Planeten Tsentur ins Visier genommen und ihn während eines tsenturischen Paarungsfestes, einer Woche, die ihrer Zukunft als Spezies gewidmet war, vernichtet. Es war absolut schrecklich, und ich konnte nicht umhin, Mitleid mit den Tsenturion zu empfinden. Die wenigen hundert verbliebenen Krieger waren jetzt allein im Universum – keine Familien, keine Gefährtinnen, kein Zuhause. Sie waren sogar noch einsamer als ich.

Das machte allerdings nichts von dem, was mir hier passierte, weniger beunruhigend.

Ich schlucke schwer. Der Commander wartet auf mich, seine Krieger auf beiden Seiten – keiner von ihnen hat in über tausend Jahren eine Frau gesehen, die mit ihrer Spezies kompatibel ist. Deshalb änderten die Jabol ihr Bündnis etwas ab und begannen, nach Tributen zu suchen, anstatt die Tsenturion mit mehr Technologie auszustatten.

Deshalb hat Frllil nach mir gesucht und mich gefunden.

Vielleicht über-interpretiere ich das, wenn ich denke, dass ich in ihren fast ausdrucksleeren Gesichtern so etwas wie Hoffnung sehe, aber es wäre verständlich. Die Luft scheint schwer vor Erwartung. Ich habe das schon so oft mit Frllil durchgesprochen, dass es fast wie ein Déjà-vu wirkt, es jetzt tatsächlich so anzugehen, als ob ich es schon eine

Million Mal zuvor getan habe ... als ob dies der Moment wäre, auf den sich mein ganzes Leben hinbewegt hat. Es ist wie das Buch, das ich gelesen habe, als ich entführt wurde, obwohl das sehr lange her und sehr weit weg zu sein scheint.

Meine Gegenwart ist mein überwältigendes Bedürfnis nach einem Orgasmus, und das Wissen, dass ich schließlich – endlich – Befriedigung erlangen werde, zieht mich weiter. Zu dem Schiff, in meine Zukunft ... zu *ihm*.

Die Worte aus meinem Buch – dem *Handbuch* – schießen mir durch den Kopf.

Der Tribut macht ihren ersten Schritt aus der jabolianischen Kapsel auf das Deck der Tsenturion.

Reihen von Soldaten in voller Kampfmontur säumen ihren Weg zur Brücke. Sie stehen stramm, um ihren High Commander zu ehren, während er die menschliche Frau als seinen Tribut und seine Braut akzeptiert.

Es ist genau wie die Geschichten auf dem mysteriösen E-Reader, die ich immer und immer wieder in meinem Schlafzimmer auf dem Dachboden gelesen habe ... und jetzt bin ich hier, lebe sie in echt und stehe kurz davor, meinen neuen außerirdischen ‚Meister‘ zu treffen. Meine Beine zittern ein wenig, als ich nach vorne trete und beginne, die Rampe zum Tsenturion-Schiff zu erklimmen.

Ich bin schon halb oben, als er erscheint. Gavrill, High Commander der Tsenturion, Anführer einer ganzen Alien-Rasse. Der Mann, auf den ich trainiert wurde zu reagieren, und sein Anblick in Fleisch und Blut raubt mir in einer automatischen Reaktion den Atem. Meine Beine zittern, und meine Knie werden schwach. Ich stehe kurz vor einem Orgasmus, nur weil ich ihn sehe. Mein Atem wird flacher und schneller, ich fühle mich wie benommen. Ich spüre, wie meine Klitoris gegen den unbeweglichen Trainer anschwillt. Es bräuchte nur die leichteste Berührung, wie von einer Feder, damit ich tatsächlich komme.

Sein gepanzerter Anzug schimmert im Licht, ein metallenes Grau. Ich versuche mich zu erinnern, was diese Farbe bedeutet. Nicht glücklich, aber auch nicht traurig oder wütend. Ich bin jetzt nahe genug, um sein energisches Kinn unter dem Helm zu sehen, seine Augen so dunkel wie Obsidian. Er schaut streng, erwartungsvoll. Ein Anführer, durch und durch.

Es stehen noch andere um ihn herum, aber ich sehe sie kaum, weil meine Augen auf ihn gerichtet sind. Es ist, als hätte sich die ganze Welt auf einen kleinen Punkt verengt, und er steht in ihrem Zentrum. Je näher ich ihm komme, desto mehr beschleunigt sich meine Atmung, desto höher steigt meine Lust, die sich nach dem Höhepunkt sehnt, der mir so lange verwehrt war. Es ist, als ob nichts anderes im Universum existiert außer uns beiden.

Als ich endlich oben auf der Rampe ankomme, habe ich das Gefühl, nicht mehr atmen zu können. Er ist so nah bei mir, einen Kopf größer, überlebensgroß, und es ist, als ob mein ganzer Körper in Flammen steht, pulsiert und pocht. Frllil hatte mir gesagt, ich solle ihm nicht in die Augen schauen, aber ich kann nicht wegsehen. Sein Blick ist beinahe hypnotisierend, er zieht mich Schritt für Schritt näher zu sich heran ... und auf dieselbe Weise näher an den Orgasmus.

Er sieht nicht unzufrieden aus, als sein Blick über mich gleitet, vom Scheitel bis zu den Fußsohlen und wieder nach oben.

Als er spricht, ist seine Stimme tief, aber kräftig und laut genug, dass alle Versammelten sie hören können.

„Ich, High Commander Gavrill, nehme meinen Tribut an."

Auf dem Empfangsdeck ertönen die Salutrufe der versammelten Tsenturion. Unter meinen Gewändern erwacht der Trainer zum Leben. Er schaltet sich fast augenblicklich aus, als ob die Nanotechnologie schlau genug ist, zu merken, dass ich schon zu nah dran bin ... aber es ist zu spät.

Ein schwaches Gefühl des Triumphes zieht sich durch die tosenden Wellen der Ekstase, die mich durchrollen. *Fick dich, Jabol-Technologie.* Ich ertrinke in meinem Orgasmus, und nichts kann ihn aufhalten. Nichts, außer der Schwärze, die sich über mich legt angesichts der schieren Intensität meines Höhepunktes, und während meine Verzückung zunimmt, falle ich.

Das Letzte, was ich spüre, bevor alles dunkel wird, sind starke Arme, die sich um mich schlingen, und meine höchste erotische Glückseligkeit ist vollkommen.

3

———

G avrill

ICH BIN SEHR BESORGT, als mein Tribut zu zittern beginnt, dann kollabiert und ihre Augen nach oben rollen, bevor sie sich schließen.

Sie ist wunderschön. So anders als eine Tsenturion-Frau und doch so ähnlich. Ihr Haar ist wie eine Galasspflanze, hell und weich, es weht sanft im Wind, als ich sie in meine Arme nehme und sie an meiner Brust halte.

„Wegtreten!", brülle ich den versammelten Kriegern zu. Viele haben einen erschrockenen Gesichtsausdruck, in ihren Anzügen spiegelt sich die Sorge wider, aber ich kann mir jetzt nicht die Zeit nehmen, darauf einzugehen. Ich wende mich an Medik, unseren Doktor, und fühle mich hilflos.

„Was stimmt mit ihr nicht? Was ist passiert?"

Er ist bereits vorgetreten, den Scanner in der Hand, und

fährt damit über ihren Körper und ignoriert meine Fragen. Die Ungeduld brodelt, aber ich lockere mich leicht, als er auf das Ergebnis des Scans schaut und seine Spannung nachlässt. Er würde nicht so reagieren, wenn etwas ernsthaft falsch wäre.

Ein kleines Lächeln spielt auf seinem Gesicht, und das lässt mich ihn für einen Moment anstarren. Er hat nicht mehr gelächelt, seit unser Planet, seine Gefährtin und seine Familie verloren gegangen sind.

„Es geht ihr gut. Ein einfacher Bewusstseinsverlust als Folge überwältigender Empfindungen."

„Der Tribut ist schwach", murmelt Bogdan. Er steht hinter mir und schwebt in der Tür, als könne er es nicht ertragen, in ihrer Nähe zu sein, aber es war mir nicht entgangen, wie er sich bewegte, als sie fiel, genauso bereit, sie aufzufangen, wie ich es war. Sein Rückzug hatte aber genauso schnell stattgefunden. Was auch in Ordnung war. Schließlich ist sie *mein* Tribut.

Das Ausmaß an Besitzanspruch und Beschützerinstinkt, das ich empfinde, ist ein wenig erschreckend und definitiv unerwartet. Aber ich bin es gewohnt, ein Beschützer zu sein, und sie ist sehr klein. Ihre Haut ist weich, sehr verletzlich, im Gegensatz zu meiner eigenen. Die Nanotechnologie ihres Trainingsgürtels schützt die entsprechenden Bereiche, aber die Wirkung hat Grenzen

„Sie ist eigentlich ziemlich widerstandsfähig", korrigiert Medik. „Dichte Knochenstruktur, anständige Muskulatur, gesundes Gewebe ..."

Er hält den Scanner über ihr Bein, und ihr Fuß zuckt. Ich halte sie ein wenig fester.

Mein Körper ist bereits auf sie vorbereitet, meine *Seela* winden sich und mein Schwanz pulsiert vor Begierde, in ihrer Weichheit begraben zu werden. Ich streichle ihre

Hüfte, während Medik weiter die Ergebnisse studiert. Dann drückt er den Scanner an ihr Knie und setzt eine kleine Injektion Nanos in sie frei. Ich erkenne das Verfahren, das er bei kleineren Verletzungen anwendet, bei denen kein großer Eingriff erforderlich ist.

„Etwas Narbengewebe", murmelt er vor sich hin. „Der Jabol hat Verbesserungen an ihrer Physiologie vorgenommen, dies aber übersehen. Eine alte Verletzung ..."

„Ist sie deshalb gefallen?", frage ich.

„Nein, nein." Medik sieht nicht von seinem Scanner auf, als er auf den Bildschirm tippt und die Nanos, die jetzt an die Arbeit gehen, dirigiert. „Sie, ah ... war überwältigt vor Lust." Seine Lippen zucken leicht, fast lächelt er." Ihre Körperreaktionen waren stärker als der Trainer ... entweder das, oder Frllil hat es etwas übertrieben, bei ihrer Vorbereitung auf dich."

„Wann wird sie wieder zu Bewusstsein kommen?"

„Jeden Augenblick. Ich habe sie in Stasis-Schlaf versetzt, solange die Nanos ihre Knieverletzung reparieren. Sie wird aufwachen, sobald das erledigt ist. Wenn das passiert, solltest du mit ihr allein sein." Medik dreht sich zu mir um, ein fast väterlicher Blick auf seinem verwitterten Gesicht. Unsere Nanoanzüge erhalten alle unsere Organe, auch unsere Haut, damit wir nicht altern, aber als die Jabol Medik die Nanotechnologie gaben, war er bereits alt. In vielerlei Hinsicht ist er zu einer Art patriarchalischem Mentor für den Rest von uns geworden, die wir nun ohne unsere Väter sind. „Schließlich musst du das Band zwischen Euch besiegeln, damit diese Paarung erfolgreich sein kann. Das geht am besten allein. Das heißt, wenn du mit ihr als Tribut zufrieden bist."

„Ich bin zufrieden", sage ich vorsichtig. Meine Worte passen zu dem beständigen Grau meines Anzugs.

Der Doktor schnaubt. Er ist ausdrucksstärker als der gesamte Rest der tsenturischen Legion zusammen. Vor der Zerstörung Tsenturs war er schon viele, viele Jahre aus der Flotte ausgeschieden, und er hat noch immer viele der Gewohnheiten aus dem zivilen Leben beibehalten. Wir alle genießen es; ein Geschmack des Lebens, das wir nie würden führen können.

Nur, vielleicht haben wir jetzt doch die Chance. Ich schaue auf die Frau in meinen Armen herab. Eine *kompatible* Frau. Ein Wunder, auch wenn sie weich, wehrlos und eine andere Spezies ist.

„Du glaubst mir nicht?", frage ich. Der Doktor ist der Einzige, der es wagen würde, mich herauszufordern.

„Ich denke, dass du so ruhig bist, ist nur ein Zeichen dafür, dass du keine Ahnung hast, was auf dich zukommt."

Anstatt beleidigt zu sein, bin ich neugierig. „Wie würdest du dich fühlen?"

„Aufgeregt. Nervös." Der Doktor rattert Emotionen herunter, die ich nicht mehr gefühlt habe – die ich mir nicht erlaubt habe zu fühlen – seit über tausend Jahren. „Ich erinnere mich, als ich meine Sulli traf." Sein Lächeln erwärmt seinen Anzug zu einem glitzernden Rosé – eine Farbe, die kein Tsenturion-Krieger jemals zulassen würde, es sei denn, sie befanden sich im Ruhestand und hatten eine eigene Familie. „Sie war das schönste Geschöpf in den Neun Galaxien. In ihrer Gegenwart konnte ich nicht einmal sprechen."

„Ein seltenes Ereignis", sagt Bogdan leise. Wir beide ignorieren ihn.

„Wenn du nicht sprechen konntest, wie hast du sie dann für dich gewonnen?", erkundige ich mich neugierig. Als unsere Welt zerstört wurde, hatte ich noch kein Interesse verspürt, am Paarungsfest teilzunehmen und mir daher nie viele Gedanken über den Prozess gemacht. Ich war davon ausgegangen, dass ich noch Jahre Zeit haben würde, bevor ich darüber nachdenken musste, wie ich eine Gefährtin gewinnen konnte, und nachdem Tsentur verschwunden war, schien es keinen Sinn mehr haben, zumal sich die Jahre hingezogen hatten, ohne dass die Jabol kompatible Frauen gefunden hatten.

Nun, da ich selbst eine Frau habe, real und leibhaftig, kann ich nicht umhin, mich zu fragen, wie andere vorgegangen waren, als sie die Bindung eingingen. Ihre Erfahrung wäre anders, denn Dawn ist ein Tribut und kein Tsenturion, aber vielleicht wären einige der allgemeinen Vorgehensweisen ähnlich. Ich hatte die Bücher über die Balzrituale der Rasse meines Tributs gelesen und fand sie aufregend. Jedenfalls waren mir die Unterschiede zu meiner eigenen Kultur nicht allzu groß erschienen, soweit ich mich daran erinnerte ... aber es war eine sehr lange Zeit vergangen, und mein Wissen war nie vollständig gewesen.

Mediks Lächeln wird nostalgisch, sein Blick unkonzentriert, als ob er etwas sehr weit weg sähe. Die funkelnde Röte seiner Rüstung dämpft sich, der Farbton wird tiefer. „Ich hielt einen Vortrag in einer medizinischen Klinik in der Nähe ihres Hauses. Sie war im Publikum, ganz hinten. Sie entschied sich, auf mich zuzugehen. Das ist die Sache mit der Bindung. Beide Partner können wählen. Sie sind gleichberechtigt.“

Bogdan schnaubt. „Nicht mehr. Dieser Tribut ist nicht wie wir. Keine Tsenturion-Frau wäre so schwach, vor bloßer Lust in Ohnmacht zu fallen.“

Er hatte nicht unrecht. Aber ich war auch nicht unzufrieden. Wir waren uns ähnlich genug. Frllil hatte ihr Training begonnen, und ich würde es abschließen, und dann würde sie mir eine perfekte Gefährtin sein. Mein Tribut.

"Du solltest ein Handbuch schreiben", schlage ich Medik vor.

„Vielleicht werde ich das." Sein Anzug trübt sich weiter ein, er wird blaugrau, als die Trauer um seine verlorene Gefährtin und seine Familie zurückkehrt. Manchmal glaube ich, er wünscht sich, er wäre bei der Zerstörung des Planeten dort gewesen, wo er hätte sein sollen – wo er sich auch befunden hätte, wäre unser üblicher Arzt nicht im Kampf gefallen. Medik hatte einer Expedition mit uns zugestimmt, während ein Ersatzmann das Training abschloss, und so war er stattdessen auf Lebenszeit bei uns gelandet.

Er richtet seine Aufmerksamkeit wieder auf seinen Scanner.

„Die Reparatur ihres Knies ist abgeschlossen, sie sollte jeden Moment aufwachen." Er blickt auf Bogdan, der wiederum auf meinen Tribut starrt. Ich unterdrücke den Drang, zu knurren, unsicher, warum ich es nicht mag, dass er sie ansieht. Er wirkt nicht feindselig ... obwohl, wenn er es wäre, würde es mich vielleicht nicht so sehr stören. Wenngleich er abschätzig über meinen Tribut gesprochen hat, kann ich nicht umhin, mich daran zu erinnern, dass er im Begriff war, in den Ruhestand zu gehen und sich seine eigene Gefährtin zu suchen, als wir unser Volk verloren.

Aber er kann sie nicht haben. Sie gehört mir.

„Ich werde sie in mein Quartier bringen", verkünde ich und halte sie ein wenig fester. „Um die Bindung zu vollenden. Bogdan, du hast die Brücke. Bring uns zurück in den Nebel. Wir nehmen die Spur der Vgotha auf."

Er nickt, und ich drehe mich schnell um und gehe zurück in das Schiff, da sie ein leises Geräusch macht. Ich nicke meinen Soldaten zu, während ich an ihnen vorbeischreite. Sie beobachten mich mit unterschiedlichen Ausdrücken von Sorge und Hoffnung, scheinen aber beruhigt, dass mit meinem Tribut alles in Ordnung ist. Sie sehen, dass ich zwar konzentriert, aber unbekümmert bin – und da Medik nicht mehr an meiner Seite ist, wissen sie, dass es ihr gut genug geht.

Sie bewegt sich leicht in meinen Armen als ich mein Quartier betrete, und ich schaue nach unten, und sehe ihre Wimpern flattern. Die Vorfreude steigt in mir, mein Schwanz schwillt an, als meine Erregung wieder stärker wird. Bogdan hat recht, sie ist keine Tsenturion, aber mein Körper reagiert trotzdem auf sie.

Ich öffne ihr Gewand und schaue sie mit Interesse an. Ihre Haut ist leicht gefleckt, etwas dunkler an den Gliedern, im Gesicht und am Bauch im Vergleich zu dem hellen Cremeweiß ihrer Brüste. Rosa Nippel verhärten sich unter meinem Blick. Ihre Färbung ist interessant und nicht unattraktiv.

Ich streiche mit den Fingern über den Trainergürtel, und als ob er meine Absichten erkennt, zieht er sich zu einem dünnen Band um ihre Hüften zurück und legt ihren Unterkörper vollständig frei. Auch dort ist sie heller. Es scheint, als ob ihre Körperfärbung so angelegt ist, dass sie die meiste Aufmerksamkeit auf die Teile ihres Körpers lenkt, die ihr das meiste Vergnügen bereiten können. Ich entscheide, dass mir das gefällt.

Ich ziehe ihre Beine auseinander und untersuche sie genauer, fasziniert von dem Rosa ihrer inneren Falten, das dunkler ist als das Rosa ihrer Brustwarzen. All die Farbvariationen ihres Körpers faszinieren mich. Das Rosa glänzt, weil sie nass ist; nach den Texten ihres Volkes ein Zeichen der Erregung. An der Spitze ihrer Falten befindet sich eine kleine Knospe. Ich kann nicht sagen, ob sie geschwollen ist oder nicht, sie sieht sehr harmlos und unwichtig aus, aber den Texten des Jabol zufolge ist sie einer der Schlüssel zu ihrem Vergnügen. Ich nehme alle ihre Körperteile aufmerksam zur Kenntnis, auch den dunkleren, faltigen Eingang zu ihrem Körper, der sich etwas weiter hinter ihren geschwollenen rosa Lippen befindet. Die Texte deuten darauf hin, dass er zum Vergnügen oder zur Bestrafung verwendet werden kann, auch wenn sie sich anfangs gegen diese Idee, sogar zum Vergnügen, wehren wird. Dieser Teil des Körpers war in ihrer Kultur ein Tabu, obwohl das offenbar zur Anziehungskraft beitrug.

Die Rituale der Tsenturion verlangen, dass wir unsere Gefährtin auf jede erdenkliche Weise in Besitz nehmen, in dieser Hinsicht scheinen wir uns ähnlich zu sein. Obwohl ich sage, dass wir die Bindung eingehen werden, weiß ich nicht, ob wir in der Lage sein werden, dies vollständig durchzuführen, so wie es Tsenturion-Paare tun, damit sie ihr Leben und ihre Gefühle vollständig miteinander teilen können. Es scheint unwahrscheinlich. Obwohl ich das weiß, gibt es einen Teil von mir, der sich danach sehnt, mein Zeichen auf ihrer Haut zu sehen und dem Universum zu verkünden, dass sie unwiderruflich mir gehört.

Ich bin entschlossen, ein guter Gefährte zu sein, also werde ich ihr große Freude bereiten und sie mir, und wir werden den Weg für die Zukunft der Tsenturion ebnen. Obwohl es ein Risiko ist, mehr Tribute durch ein instabiles Wurmloch zu bringen, müssen wir es vielleicht eingehen, wenn wir als Rasse überleben wollen.

Dies gilt umso mehr, wenn wir als wir selbst überleben wollen. Allein die Ankündigung, dass ein Tribut geholt werden konnte, hat die Moral höher als jemals zuvor steigen lassen. Es gibt einige wenige Männer, wie Bogdan, die noch nicht überzeugt sind, aber die Mehrheit ist genauso hoffnungsvoll, wie ich jetzt bin.

Als ihre Wimpern wieder flattern, rührt sie sich, ihre

Arme und Beine bewegen sich leicht. Ich bin seltsam nervös und ziehe meinen Panzer in meine Wirbelsäule zurück, damit sein blass-gelber Farbton meine unbändigen Gefühle nicht verrät. Ich kann mich nicht erinnern, wann er das letzte Mal diese Farbe hatte, und bin dankbar, dass wir allein sind und niemand meine Unsicherheit miterleben kann.

~

Dawn

ICH STÖHNE, während ich die Augen öffne, und versuche, zurückzuweichen, als ein goldfarbenes Gesicht mein Sichtfeld ausfüllt. Ich erkenne seine rauen Züge sofort, und meine Muschi zittert ... aber der Trainer vibriert nicht sofort. Mein Körper wurde darauf vorbereitet, von ganz allein zu reagieren, aber es ist immer noch seltsam, die Vibrationen des Trainers nicht zu spüren.

Noch merkwürdiger: Ich kann zum ersten Mal seit Tagen wieder klar denken.

AUF DIESEM SCHIFF ZU landen und mich dem Commander zu präsentieren, fühlt sich wie ein Traum an, aus dem ich gerade erwacht bin, und obwohl ich bei seinem Anblick Erregung verspüre, hat der Orgasmus, den ich hatte, meinen Geist klarer werden lassen. Ich bin nicht länger ein kompletter Sklave der Impulse meines Körpers, denn die Dringlichkeit hat mit der kürzlich erlangten Befriedigung nachgelassen.

Ein Punkt für die Heimmannschaft. Nimm das, außerirdischer Techniker!

Ich denke absichtlich nicht darüber nach, wie oft die außerirdische Technik mich vor diesem Moment besiegt hatte. Ein Sieg ist ein Sieg, verdammt.

„Sei gegrüßt, mein Tribut", sagt er, diese tiefe Stimme, die alles Mögliche mit meiner unteren Anatomie anstellt. Ich ignoriere meine Reaktion so gut ich kann.

„Dawn", sage ich, meine Stimme krächzt leicht, das Wort kommt ein bisschen verschwommen und undeutlich heraus.

Er runzelt die Stirn. „Was?"

„Dawn", ich wiederhole es noch einmal mit Nachdruck, um mich besser in den Griff zu bekommen. Ich spreche es bedächtig aus, entschlossen, nicht wieder zu lallen. „Mein Name ist Dawn."

Ich lasse meinen Nachnamen absichtlich weg, denn nach so vielen Tagen, in denen Frllil darauf bestand, mich mit meinem vollen Namen anzusprechen, möchte ich ihn irgendwie nie wieder hören.

Nachdem er sich einen Moment Zeit genommen hat, um über meine Erklärung nachzudenken, nickt er förmlich. „Sehr gut. Dawn."

Das englische Wort klingt seltsam, wenn er es ausspricht. Es ist ein gängiger Begriff, und auch ein Name, und irgendwie kennt der Übersetzer den Unterschied und lässt meinen Namen unbehelligt, was eine Erleichterung ist. Er blickt in meine Augen.

„Ich bin dein Meister."

Verdammt, das sollte nicht so heiß sein, aber die Muskeln meiner Muschi flattern wieder.

„Gavrill", antworte ich entschieden. „High Commander der Tsenturion-Flotte. Aber *nicht* mein Meister. Ich habe keinen Meister." Egal, was er, Frllil, oder mein Training sagen.

Er runzelt die Stirn, was verdammt einschüchternd ist, vor allem, weil ich flach auf dem Rücken liege auf etwas, von dem ich nur vermuten kann, dass es sein Bett ist, aber nach einem Moment klärt sich sein Gesichtsausdruck. Zu meinem Ärger sieht er sogar etwas selbstgefällig aus.

„Ah, ja, eure Balzrituale", entgegnet er ernsthaft. „Ich werde mir meinen Platz als dein Meister verdienen, indem ich dich dominiere und dir Vergnügen bereite, bis dein Widerstand gebrochen ist und du dich mir voll und ganz unterwirfst."

Ich blinzle verblüfft. „Wie bitte? Von welchen Balzritualen sprichst Du genau? Das ist definitiv nicht aus meinem Dating-Ratgeber."

Das kleine Lächeln, das auf seinen Lippen spielt, ist sowohl heiß als auch frustrierend, als ob er denkt, ich würde ihn anlügen oder so.

„Der Jabol gab mir Handbücher über die Balzrituale eures Planeten, sie sind Kopien von etwas, das sie deinen ‚Reader' nannten." Er dreht den Kopf und nickt in Richtung des Tisches neben seinem Bett. Ich rutsche ein wenig von ihm weg, um erkennen zu können, worauf er deutet.

Doch sobald mir der kleine Bücherstapel auf dem kleinen Tisch neben seinem Bett ins Auge fällt, erstarre ich vor Schreck.

Oh, Scheiße.

Sie haben meinen verdammten E-Reader durchstöbert und diese Bücher dann dem massiv großen, dominanten und bereits viel zu eifrigen Außerirdischen ausgehändigt?! Ich erkenne die Namen. Lee Savino. Golden Angel. Tracy St. John. Renee Rose. Aubrey Cara. Sara Fields.

Oh, das ist schlecht. Das ist so, so schlecht.

„Das sind *keine* Handbücher", sage ich und schiebe mich jetzt ernsthaft von ihm weg. Leider ist das Bett groß, und er steht auf der Kante, die mir am nächsten ist, so dass ich am Ende nur in die Mitte des Bettes rutschen kann, was ihn animiert, mir zu folgen, wobei seine Augen vor Interesse strahlen. Mist! Das ist eine ernste Zwickmühle ... Ich kann ihm entweder widerstehen, dann denkt er, ich folge den dummen ‚Balzritualen' dieser schlüpfrigen Romanzen, oder ich kann aufhören, mich ihm zu widersetzen ... in diesem Fall werde ich eher früher als später gefickt.

Mein verräterischer Körper stimmt für Letzteres, als hätte er nicht schon vor nicht allzu langer Zeit einen Orgasmus gehabt.

„Sie waren recht detailliert. Ganz ähnlich, wie sich ein Tsenturion gegenüber seiner Gefährtin verhält", erklärt er und geht mir nach. Das ist der Moment in dem ich endlich sehe, was er zwischen seinen Beinen hat.

„Wa- wa- wa- wa-" Ich bekomme nicht einmal das Wort heraus oder kann meinen Blick abwenden von seinen Lenden und dem sonderbarsten Schwanz, den ich je gesehen habe. Viel, viel verrückter als alles, was ich mir je vorstellen könnte.

Er ist golden, wie sein Körper, aber er hat *viel* zu viele Teile. Die Eichel sieht fast wie der Nackenschild einer Kobra aus; nicht pilzförmig, eher ausgestellt. Zudem zieht sich so etwas wie eine Kammlinie darüber, die aussieht, als würde sie sich verdammt interessant anfühlen. Der eigentliche Schaft wirkt fast normal, lang und gerade, obwohl er von der Spitze abwärts zunehmend breiter wird – bis dorthin, wo dann die wirklich verrückten Sachen abgehen.

Was sich wie Fransen um den Schaft herum wölbt, sind keine Schamhaare, es sei denn, Schamhaare bewegen sich von selbst und sind eher Fleisch als Haare. Weniger als einen halben Zentimeter lang, winden sich die winzigen Tentakel und meine Muschi pulsiert, und ich kann nicht anders, als mich zu fragen, wie sich das an meiner Vulva anfühlen würde ... noch faszinierender ist nur der extra-große, der Einzige, der etwa zwei Zentimeter lang ist und sich oberhalb seines Schwanzes windet. Meine Klitoris pulsiert als Reaktion darauf, denn diese Art Anhängsel gibt es sicherlich nur aus einem einzigen Grund, und egal wie verrückt das alles aussieht, ich bin immer noch erregt.

Ich gebe dem Training die Schuld.

Ich zeige darauf und schaffe es, die Worte herauszubringen. „Was ... ist ... das?!"

Er schaut hinunter zu dem, worauf ich zeige. „Ah ja, ich habe keine Erwähnung der *Seela* in den Beschreibungen eures Balzverhaltens gefunden. Vielleicht sind Tsenturion einzigartig. Sie sollen Vergnügen und Fortpflanzung sowie unseren Bindungsprozess erleichtern."

Okay, der Bindungsprozess, von dem ich dank Frllil wusste. Die Rüstung, die die Tsenturion trugen, ist Nanotechnologie, die so sehr zu einem Teil von ihnen geworden ist, dass sie fast organisch war. Durch Sex würde ein Teil der Technik des High Commanders auf mich übertragen, und er wäre danach in der Lage, meinen Trainingsgürtel mit nur einem Gedanken vollständig zu kontrollieren – definitiv nichts, was auf meiner To-do-Liste steht – und theoretisch würden sie mir auch helfen, die biologische Bindung zu erreichen, die die Tsenturion mit ihren Gefährtinnen hatten. Wenn dies gelänge, würde irgendwo auf meinem Körper ein Zeichen erscheinen, das es mir dann tatsächlich ermöglichen würde, seine Emotionen zu spüren und mit ihm zu teilen, so wie er in der Lage wäre, meine zu spüren und mit mir zu teilen.

Aber niemand hatte einen absonderlichen Alien-

Schwanz erwähnt. Mein perverses Gehirn fragt sich sofort, wie sich all diese kleinen Teile an meinen empfindlichsten Stellen anfühlen würden. Vor allem die große, die so aussieht, als würde sie direkt an meine Klitoris andocken.

Ich bin so abgelenkt, dass es dem High Commander gelingt, mich am Knöchel zu packen, und ich quietsche vor Missfallen, als er mich schnell über das Bett zu sich zerrt.

4

—————

G avrill

Die Haut meines Tributs fühlt sich weich an, und das quietschende Geräusch, das sie macht, als ich sie zu mir ziehe, ist sehr ansprechend. Eine Rüstung wie meine ist nicht nötig, um ihre Gefühle zu zeigen – sie sind in ihrem ausdrucksstarken Gesicht lesbar. Überraschung. Missfallen. Erregung.

Ich kann sehen, dass ihre Brustwarzen sich zusammenziehen, die Spalte zwischen ihren Beinen vor Feuchtigkeit glänzt und die Pupillen ihrer blauen Augen sich erweitern und die Farbe mit Schwarz füllen. Alles Anzeichen für ihr Interesse.

„Warte! Stopp!" Sie klatscht mir ihre Handflächen auf die Brust, während ich mich über sie beuge, eine Hand auf jeder Seite ihres Körpers, wie einen Käfig, wobei sie sich zu meinem Vergnügen gegen mich wehrt. Sie ist viel schwächer als ich. Dass sie in dieser Position ist, erregt mich noch mehr, meine *Seela* winden sich und versuchen, zu ihr zu gelangen. Aber ich bin unsicher, ob ich die Bindung sofort vollenden oder ob ich mich erst durchsetzen sollte.

Tsenturion-Männer sind von Natur aus dominant, wenn es um Lust geht. Ich habe schwache Erinnerungen an meine Mutter, die lächelte, wenn mein Vater ihr auf den Hintern schlug, wenn sie vorbeiging. Vielleicht wird es ähnliche Momente mit meinem Tribut geben? Sie lächelt jetzt definitiv nicht, obwohl sie sehr erregt ist.

Die Lebensweise unseres Volkes, wenn wir eine Gefährtin haben und nicht mehr beim Militär sind, ist mit unserem Planeten gestorben. Aber mein Tribut würde sie ohnehin nicht kennen. Ich habe die Rituale und das Training, wie in den Manuskripten ihres Volkes beschrieben, genau studiert. Es gab sogar einige über die Beziehungen zwischen verschiedenen Spezies, alle mit ähnlichen Instruktionen. Sie stimmen meist mit meinen fernen Erinnerungen an unser Volk überein, und sie sagen auf jeden Fall meinem Sinn für die natürliche Ordnung der Dinge zu.

Ich werde der Chef sein. Sie wird sich unterwerfen. Entgegen den Traditionen meines Volkes, werde ich das Kommando auf meinem Schiff behalten, anstatt nach meiner Paarung Zivilist zu werden, aber es ist ja nicht so, dass wir eine vollständige Verbindung eingehen werden, also sollte es keine Einwände geben. Ich werde sie oft verwöhnen, wie es ein guter Gefährte tun sollte, und sie wird meine körperlichen Bedürfnisse lindern und in meinen einsamen Nächten bei mir sein. Wenn die Jabol mit unserer Kompatibilität recht haben, werden die Tribute schließlich den Fortbestand unserer Rasse sichern, und wir können einen neuen Planeten finden, auf dem wir uns niederlassen können, sobald die Vgotha-Bedrohung beseitigt ist. Alles beginnt mit Dawn.

Ich bin mir auch bewusst, wie wichtig dies für alle meine Männer ist. Obwohl sie nur *ein* einzelner Tribut ist, bin ich entschlossen, dass sie nicht der letzte sein wird, um derentwillen. Die Reise durch ein instabiles Wurmloch ist nicht ideal, und die Jabol werden eine Bestätigung wollen, dass sich der Energieaufwand lohnt, bevor sie beginnen, uns Tribute in größeren Mengen zu besorgen.

Ich starre sie an und seufze innerlich. Obwohl ich mich danach sehne, mich sofort in ihr zu vergraben und meine *Seela* an ihrem Fleisch zu befestigen, stelle ich fest, dass ich die grundlegendsten ihrer Balzrituale noch nicht abgeschlossen habe. Ich nicke.

„Du hast recht", sage ich, obwohl mein Körper vor Lust schmerzt. „Wir sollten keine Schritte überspringen."

Verwirrung, Erleichterung und dann Enttäuschung huschten über ihr Gesicht, als ich mich von ihr zurückziehe.

Als ich sie mit mir ziehe und dabei ganz einfach mit dem Gesicht nach unten über meinen Schoß lege, schreit sie überrascht auf. Ich mag das Geräusch. Ich finde die Position auch recht angenehm. Meine *Seela* beginnen, die Seite ihres Körpers zu erkunden, die sie erreichen können, während mein harter Schwanz gegen ihr weiches Fleisch pocht. Ihr Po ist nach oben geneigt, verletzlich und blass. Ich freue mich auf die Veränderung der Farbe, von der ihre Handbücher sprachen.

~

Dawn

. . .

Als ich „Halt! Stopp!" sagte, war es definitiv nicht das, was ich im Sinn hatte.

Das ist ein echter vom ‚Regen in die Traufe'-Moment. Es ist vollkommen klar, welche Absichten er verfolgt, und doch sprudeln die Worte aus meinem Mund.

„Was machst du da?" Meine Stimme zittert, mein Gehirn versucht immer noch, das Offensichtliche ... das Unvermeidliche ... zu leugnen. Ich spüre, wie sich etwas an meiner Seite windet und mich mit sanften, kleinen Berührungen erkundet, meine Haut streichelt und an ihr zupft. Es ist unglaublich ablenkend, vor allem, weil ich fühle, wie ein bestimmter Bereich meines Körpers interessiert munter wird – *wie würde sich das dort wohl anfühlen?*

„Ich nehme meinen Platz als dein Meister ein, in der Art deines Volkes", verkündet er streng.

Ein Teil von mir möchte hysterisch lachen, weil seine formale Ansage so daneben ist ... und doch kann ich es nicht, weil er es vollkommen ernst meint. Mein Verstand rast, als ich versuche, etwas zu finden, womit ich ihm widersprechen könnte oder eine Möglichkeit, ihm seine offensichtliche Absicht auszureden, aber es ist, als ob mein Gehirn angesichts der Gefahr völlig leer ist, und dann –

Klatsch!

„Au!" Ich trete mit den Beinen. Das hat verdammt wehgetan!

„Ah. Das ist sehr schön", sagt er und klingt zufrieden.

„Nein, es ist ..."

Klatsch!

Ich heule, mehr vor Empörung als vor Schmerz, als seine Hand auf die andere Backe trifft.

Ich bin seit meiner Kindheit nicht mehr geschlagen worden, und wenn, dann waren es nie mehr als ein oder zwei Klapse. Ich habe darüber gelesen. Habe darüber fantasiert. Mit der Idee masturbiert.

Aber nichts hätte mich jemals auf die Realität vorbereiten können.

Es *tut* verdammt *weh*.

Auf das anfängliche Stechen folgt ein aufflackernder Schmerz, der viel tiefer unter der Oberfläche brennt und dann *pocht*. Besonders, als weitere feste Schläge auf bereits beanspruchte Stellen treffen. Es gibt keine Chance, sich zu befreien, da seine linke Hand mich fest auf seinem Schoß hält und er seine Beine so verlagert hat, dass mein Oberkörper noch weiter nach vorne gekippt und mein Hintern höher positioniert wird.

Klatsch! Klatsch! Klatsch!

„Bitte! Stopp", brabbele ich, bettelnd und mich an seinem Baumstamm von einem Bein festhaltend, Tränen laufen mir schon die Wangen herunter. Es fühlt sich an, als stünde mein ganzer Hintern in Flammen.

Zu meiner Überraschung und Erleichterung hört die Prügel auf und seine Hand ruht auf meinem heißen Fleisch. In Gedanken stelle ich mir vor, wie sich seine goldene Haut gegen das flammende Rot meiner Haut anfühlt. „Bist du schon bereit, mich als deinen Meister anzuerkennen?"

Ich zögere, alles in mir rebelliert gegen seine Worte, obwohl sich meine Muschi zusammenkrampft. Ich sage mir, das kommt nur von dem Pawlowschen Hundetraining, das Frllil mich durchmachen ließ, das bin nicht *ich*.

Leider bin *nicht ich* das, was er will. Er will meine Unterwerfung, er will ein Sexspielzeug, er will ein unterwürfiges Weibchen ... aber er will es nur deshalb von mir, weil ich hier das einzige weibliche Wesen bin.

„Ah", sagt er, als ich nicht antworte.

„Warte, nein!" Ich lasse einen Schrei los, als seine Hand

wieder heruntersaust, aber diesmal hört er nicht sofort wieder auf, anscheinend entschlossen, auf meinen armen Arsch Eindruck zu machen, bevor er mir noch eine Chance gibt.

Ich winde mich und buckele. Vielleicht liegt es daran, dass er kurz innegehalten und mir eine kleine Pause gegönnt hat, aber es fühlt sich an, als würde er jetzt noch härter zuschlagen. Ich trete verzweifelt mit den Beinen und versuche noch verzweifelter, wegzukommen, obwohl es so sinnlos ist. Es fühlt sich an, als sei mein Hintern geschwollen und durch und durch wund, vom Becken- kamm bis hinunter zu den empfindlichen Sitzpolstern direkt unter der Wölbung meiner Backen. Jedes Mal, wenn seine Hand auf diesen zarten Bereich fällt, heule ich auf.

Und ich weiß, dass ich ihn das nächste Mal, wenn er es verlangt, „Meister" nennen werde, nur damit das aufhört ...

GAVRILL

DIE REAKTIONEN meines Tributs stimmen sehr gut mit den Handbüchern überein, was mich sehr freut. Obwohl Tsen- turion ihren Gefährten körperliche Strafen auferlegen können, wenn dies erforderlich ist, bin ich doch sehr angetan von der Vorliebe ihres Volkes, solche Maßnahmen sowohl für den Schmerz als auch für das Vergnügen einzu- setzen. Trotz ihrer Bitten und ihres Heulens ist sie offen- sichtlich noch nicht bereit, mit diesem ersten Schritt unseres Werbens aufzuhören, da sie sich entschieden hat, ihn nicht zu beenden, als ich es ihr anbot. Obwohl meine

Erregung schmerzhaft wird, bin ich auch nicht abgeneigt, das Ganze fortzusetzen.

Das blasse Fleisch ihres Hinterns prangt jetzt in einem leuchtenden Rosa, ihre Haut fühlt sich heiß an. Jedes Mal, wenn sie tritt, werden die geschwollenen Lippen ihres Geschlechts durch ihre Erregung noch glänzender und feuchter. Der moschusartige süße Duft ist angenehm, und ich frage mich, wie sie schmecken wird.

Ich benutze eine härtere Hand als ich es später für lustvolle Schläge tun werde. Die Handbücher machen deutlich, dass es einen Unterschied geben sollte. Da dies das erste Mal ist, dass ich einer Frau den Hintern versohle, bin ich mir nicht ganz sicher, ob ich es richtig anstelle. Zum Glück ist es offensichtlich, dass ihre Reaktion trotz ihrer schmerzhaften Schreie eine erotische Erregung ist. Der Jabol hat seine Sache gut gemacht, entscheide ich. Mein Tribut ist mehr, als ich mir erhoffen konnte.

Als ich innehalte, hängt sie weinend über meinem Schoß. Ich zeichne Muster auf ihrem rosa Po nach, fasziniert von der Hitze, die von ihrem Fleisch aufsteigt.

„Wirst du mich jetzt Meister nennen?", frage ich, in der Hoffnung, dass sie ja sagt. So erfreulich ich dieses Zwischenspiel auch finde, ich bin begierig, weiterzugehen und mehr persönliches Vergnügen für mich selbst zu finden. Meine *Seela*, die sie erreichen können, reiben sich fast verzweifelt an ihrem Körper, und meine *Prime-Seela windet sich* mit dem Wunsch, sie ebenfalls zu berühren.

„Ja ..." Sie schluckt. „Ja, Meister."

Befriedigung durchströmt mich beim Klang ihrer tränenreichen Stimme, die mich als ihren Meister anerkennt. Nicht nur, weil sie die Rituale unserer beiden Rassen würdigt, sondern ich empfinde auch persönliche Freude. Es überrascht mich, wie sehr ich es genieße, zu hören, wie sie mich anerkennt, und die besitzergreifende Befriedigung, die mich erfüllt. Die Emotion ist unerwartet.

„Braves Mädchen", sage ich und schiebe meine Finger auf das geschwollene, nasse Fleisch zwischen ihren Beinen. Sie stöhnt, während ich beginne, diesen Bereich mit den meinen Fingern zu erkunden, auf der Suche nach der kleinen Knospe, die als ultimativer Lustpunkt für ihre Art beschrieben wurde.

Ich bewege meine andere Hand von ihrem unteren Rücken zu ihrem heißen Hintern und drücke sanft ihr bestraftes Fleisch, während ich die kleine, geschwollene Knospe der Lust mit meinen Fingern umkreise. Sie buckelt und zittert leicht, während sie aufschreit. Ihre Stimme scheint etwas unglücklich zu klingen, aber da Nässe meine Fingerkuppen bedeckt, weiß ich, dass sie es genießt. In den Texten wurde davor gewarnt, dass menschliche Frauen dazu neigen, sich zu schämen, dass sie erregt sind, wenn man sie beherrscht; das ist ein Zeichen dafür, dass ich richtig vorgehe.

„Oh nein ..." Sie schaudert wieder, als ich die Lustknospe kneife und sie versuchsweise zwischen meinen Fingern reibe.

Später, dessen bin ich mir sicher, wird es mir Spaß machen, den Trainingsgürtel zu benutzen, um genau herauszufinden, was sie am meisten erregt, aber im Moment bin ich zu ungeduldig, ich möchte in ihr sein, ich bin begierig auf meine eigene Befriedigung. Ich ziehe meine Finger von ihrem Körper weg und inspiziere den glänzenden Film, mit dem sie überzogen sind, bevor ich sie mit der Zungenspitze berühre.

Sie schmeckt nach Süße und Blumen, und mein Körper will sofort mehr. Ich habe gehört, dass der Bindungsprozess intensive körperliche Reaktionen und ein überwältigendes

Bedürfnis auslöst, seine Gefährtin zu besitzen, aber mit dieser Kraft hatte ich nicht gerechnet. Ich fühle mich mehr wie ein Tier als ein logisch agierendes Wesen – ganz im Gegensatz zu meinem sonstigen Ich – und werfe sie auf dem Bett auf ihren Rücken. Sie kreischt und versucht, sich herumzurollen, aber ich spreize bereits ihre Beine, um die Quelle ihres Nektars zu erreichen.

Meine vielgepriesene Selbstbeherrschung ist verschwunden, denn der Geschmack ihrer Säfte auf meiner Zunge hat ein Verlangen ausgelöst, das durch meinen Körper donnert. Sie schaut zu mir auf, benommen, aber ich konzentriere mich auf die Süße, die zwischen ihren Schenkeln nach mir ruft.

Ich falle auf sie, meine Zunge gleitet die süße Mitte hinauf, und ich stöhne, als mein Körper seine Gefährtin erkennt. Vielleicht sind wir kompatibler, als selbst der Jabol es für möglich hält. Ich habe keine Erfahrung, die damit vergleichbar wäre, nichts, was mir helfen könnte, die Triebe zu kontrollieren, die in meinem Körper wüten.

Sie schreit auf und windet sich unter meinen Händen, während ich ihre Beine weit gespreizt halte, was sie meiner Zunge vollkommen zugänglich macht und ich jeden Spalt ihrer süßen Falten lecke. Der Geschmack intensiviert sich, er wird süßer, während sich meine Körperchemie an ihre anpasst und beginnt, sich an ihr auszurichten.

Meins.

Alles meins. Instinktiv weiß ich, dass von diesem Zeitpunkt an kein anderes weibliches Wesen jemals wieder so süß schmecken, mein Verlangen so sehr erfüllen oder mir so viel Befriedigung bringen wird wie mein Tribut. Ich sauge und lecke unersättlich, und ich spüre, wie meine Rüstung an meiner Wirbelsäule entlang vibriert, und die

Nanotechnologie beginnt, auf das Hinzufügen ihrer Zellen in mir zu reagieren.

„Bitte", fleht sie, ihre Finger gleiten über meine Kopfhaut, auf der Suche nach Halt. „Oh, bitte ..."

Ich weiß nicht, ob sie von mir verlangt, aufzuhören, oder ob sie sich nach mehr sehnt, aber ich hoffe um ihretwillen, dass es Letzteres ist ... Ich könnte nicht aufhören, selbst, wenn ich es wollte.

Und das will ich *nicht*.

~

Dawn

MEIN HINTERN POCHT von den Schlägen, aber die Art und Weise, wie er mich leckt – als ob er halb verhungert wäre und ich die erste Nahrung bin, die er seit Tagen bekommen hat – lässt mich auf eine ganz neue Art pochen und pulsieren. Ich weiß nicht, ob außerirdische Zungen anders sind, aber ich weiß, dass sie *sich* anders *anfühlt*. Meine ganze Muschi kribbelt, brennt erst heiß und dann wieder kalt, und instinktiv weiß ich, dass etwas passiert, das anders ist als alles, was ich bisher erlebt habe. Es wäre erschreckend, wenn ich nicht so erregt wäre.

Er hat keine Haare, die ich greifen könnte, und ich kann nicht sagen, ob ich versuche, ihn wegzudrücken oder näher an mich heranzuziehen. Mein Körper ist ein Sog der Empfindungen, meine Emotionen stehen im Widerspruch zu dem gierigen Schmerz, der in mir aufkeimt. Ich möchte wütend sein, ich möchte ihn hassen, aber entweder das Training oder die Tatsache, dass er sich so sehr darauf konzentriert, mir Vergnügen zu bereiten, macht es mir im Moment schwer, eine der beiden Emotionen zu empfinden.

Es ist, als ob der Orgasmus, den ich draußen auf der Rampe hatte, nie stattgefunden hätte, und ich weine und schluchze und winde mich, als ob ich läufig wäre ... und genau so fühle ich mich auch. Ich verbrenne innerlich, nicht nur an der Oberfläche meines Arsches, sondern von innen nach außen. Ich spüre, wie sich die Hitze von meiner Muschi nach außen ausbreitet und mich vor diesem ungewöhnlichen Gefühl zittern und keuchen lässt.

Als er hart an meiner Klitoris saugt, komme ich fast sofort mit einem hohen, lauten Schluchzen, das fast ein Schrei ist. Ich hatte immer gedacht, dass „Schreien beim Orgasmus" nur eine Übertreibung sei, aber es ist, als wäre die Intensität der Ekstase zu groß, als dass mein Körper sie ertragen könnte, und die einzige Möglichkeit, sie herauszulassen, ist über die Stimme. Es pulsiert in Wellen durch mich hindurch, erfüllt mich und befriedigt mich dennoch nicht ganz, obwohl ich von heißer Glückseligkeit umhüllt bin.

Dann ist er über mir, und ich spreize meine Beine weiter und greife nach ihm. Vielleicht liegt es an meinem Training, vielleicht ist da einfach etwas im primitiven Teil meines Gehirns, das instinktiv abläuft, aber ich *brauche* ihn in mir. Irgendwie weiß ich, dass er der Einzige ist, der dieses Brennen beenden kann, der Einzige, der mir die Befriedigung geben kann, die mein Körper verlangt. Selbst die langen Tage des Trainings, der Vorbereitung auf ihn, ohne jemals zum Orgasmus kommen zu dürfen, hatten in mir nicht diese Art von verzweifeltem Drang erzeugt.

Ich habe ehrlich gesagt das Gefühl, als würde ich sterben, wenn wir das hier nicht zu Ende bringen.

Tränen steigen mir in die Augen, und ich ersticke fast an

meinem Schrei, als er mit einer einzigen gezielten Bewegung hart und schnell in mich eindringt. Er ist groß und seltsam geformt, und trotz meiner Erregung vermischt sich das heiße Vergnügen mit einem gewissen Maß an Schmerz, als sich meine Muskeln um ihn herum zusammenziehen und sich an die Dehnung anpassen, die seine Proportionen erfordern. Die kleinen Tentakel um seinen Schwanz streicheln meine Schamlippen, ein unglaublich merkwürdiges und doch lustvolles Gefühl.

Mein Rücken wölbt sich nach oben, als der lange Tentakel um meine Klitoris gleitet und dabei an der winzigen Noppe streichelt und zupft, ganz ähnlich wie seine Finger. Gavrills gutturales Stöhnen, als er über mir erschaudert, sagt mir, dass er die gleiche unaussprechliche Lust der Vereinigung empfindet. Meine Hände klammern sich an seinen Bizeps, die Finger versuchen, sich in das stählerne Fleisch zu graben, während ich um Luft ringe.

Er hat eine Hand auf jeder Seite von mir, und sein großer Körper fühlt sich an, als wäre er ein Käfig, und doch fühle ich mich auf seltsame Art beschützt. Er hält inne, als ob er merkt, dass ich einen Moment brauche. Erst als ich mich unter ihm winde, als Reaktion auf das beharrliche Streicheln der kleinen Dinger, die er seine *Seela* nannte, beginnt er sich zu bewegen.

Die anfänglichen Stöße sind tief und lang, während er sich langsam bewegt und ich mich winde und stöhne bei dem heißen Gefühl. Er beugt sich nach unten und nimmt eine meiner Brustwarzen in den Mund, saugt an der empfindlichen Knospe und leckt sie mit seiner Zunge. Sie kribbelt mit der gleichen wachsenden Hitze, die meine Muschi empfand, als er sie leckte, und als er seine Aufmerksamkeit auf die andere Brustwarze richtet, passiert dasselbe.

Erst als er seine Zunge ihren Weg zu meinem Hals

gefunden hat, bevor er meinen Mund in einem sengenden Kuss in Besitz nimmt, merke ich, dass es jetzt überall, wo seine Zunge mich berührt hat, kribbelt und brennt. Als er mich küsst, küsse ich ihn automatisch zurück, unsere Zungen reiben aneinander, während sich meine Leidenschaft intensiviert. Er schmeckt nach Schokolade und erlesenem Rotwein und entfacht ein Verlangen, das ich nicht verstehe, und ich werde unter ihm fast wild.

Starke Hände drücken meine Handgelenke auf das Bett, als er beginnt, mich härter zu ficken, seine Küsse ersticken meine Schreie, meine Brustwarzen reiben an seiner harten Brust, während mein wunder Arsch auf den Laken hüpft. Hitze und Schmerz und Lust prallen aufeinander und vermischen sich, und ich fühle mich schwindelig, während der Schmerz in mir wächst und meine zunehmende Ekstase immer höher und höher steigt. Hilflos unter ihm zu liegen, steigert meine Leidenschaft nur noch mehr, während er mich beherrscht und mich nur mit seinem Gewicht niederdrückt.

Ich kann aufschreien, ich kann mich winden, ich kann seinen Schwanz in mir aufnehmen ... und mehr nicht. Der Kuss endet, als seine Stöße immer wilder werden und meine Lippen brennen.

Sein merkwürdiger Schwanz reibt an der Innenseite meiner Wände, und ich schwöre, ich spüre, wie der Kopf aufflackert, sich getrennt von den Stößen bewegt und das empfindliche Fleisch meiner Muschi stimuliert. Ich spüre jede Erhebung, jede unerwartete Unebenheit, als er sich in mir bewegt, seine Stöße werden härter und schneller. Jedes Mal, wenn er in mich eindringt, streichen seine *Seela mit* einer schwungvollen Bewegung durch meine sensiblem Falten und um meine Klitoris herum, so dass ich mich unter ihm winde.

Es ist zu viel.

Es ist nicht genug.

Das Brennen in mir intensiviert sich fast schmerzhaft, während die Ekstase in mir brodelt.

Er stößt zu und füllt mich völlig aus. Diesmal streicheln die *Seela* nicht – es fühlt sich an, als ob sie mein empfindliches Fleisch umschließen und *an ihm ziehen*. Etwas drückt meine Klitoris zusammen.

Alles *pulsiert*.

Sein Mund senkt sich wieder auf meinen und verschluckt meinen Schrei, während ich mich unter ihm winde, und schaudere vor völliger erotischer Verzückung. Die *Seela* pulsieren und zupfen, schicken Welle um Welle süßer Ekstase durch mich hindurch, massieren meine Schamlippen und Klitoris und verleihen meinem Orgasmus eine völlig neue Empfindungsebene.

Ich ertrinke, und es ist mir egal.

~

GAVRILL

IRGENDWO IM HINTERKOPF ist mir bewusst, dass meine Panzerung um meine Hüften gleitet, um sich mit ihrem Gürtel zu verbinden, sodass sie uns künstlich vereint, so ähnlich wie meine *Seela, die* an ihrer Haut saugen. Von diesem Zeitpunkt an wird ihr Gürtel nur noch auf mich reagieren, und ich werde in der Lage sein, ihn, und damit auch sie, vollständig zu kontrollieren.

Was noch unerwarteter ist, ist die Art und Weise, wie sich meine *Seela* vollständig an sie geheftet und meine Bindungssequenz ausgelöst haben. Ich habe keine Ahnung, ob die Bindung jemals vollständig sein wird oder nicht, aber die Empfindungen sind noch intensiver, als ich es erwartet habe, und meine Ekstase ist explosiv. Ich spüre, wie sie sich um mich herum zusammenzieht, wie sich ihre Muskeln über meine Länge kräuseln und praktisch meinen Samen aus mir heraussaugen.

Das Gefühl ist erstaunlicher, als ich je hätte erahnen können.

Ich schnappe nach Luft und beuge meine Arme, so dass ich mein Gewicht auf meinen Unterarmen abstütze und sie neben ihre legen kann. Sie ist weich und locker unter mir und stöhnt immer noch leise, während sich meine *Seela* lösen und beginnen, ihr jetzt geschwollenes Geschlecht zu beruhigen und zu streicheln. Kleine Schauder durchströmen ihren Körper, und zunächst bin ich besorgt, aber da sie ihr Vergnügen bereiten, entscheide ich, dass sie wahrscheinlich nicht schädlich sind. Sie scheinen fast wie winzige Echos ihres Höhepunktes zu sein, und ich bin fasziniert.

Mein Tribut ist *höchst* zufriedenstellend. Bogdan hat unrecht; die Tribute werden ein Segen für uns alle sein.

Als ob meine Gedanken ihn gerufen hätten, pulsiert meine Nanotechnologie mit einer Nachricht von der Brücke.

Ich schaffe es kaum, mein Knurren zu unterdrücken, während ich mich, etwas ungehalten wegen der Unterbrechung, um meinen Tribut herum bewege. Die Vernunft setzt sich durch – sie würden mich jetzt nicht stören, wenn es nicht wichtig wäre.

Drakk, fluche ich in meinen Gedanken.

Meine Rüstung bewegt sich über die Wirbelsäule aufwärts, um eine Kommunikationserweiterung zu meinem Ohr ranken zu lassen.

„Entschuldige, dass ich dich unterbreche, Commander", sagt Bogdan, seine Stimme neutral klar und überhaupt nicht entschuldigend. „Wir haben eine Situation, die deine Aufmerksamkeit auf der Brücke erfordert."

„Ich komme", antworte ich, meine Stimme leise und bedrohlich. Wenn die Situation nicht dringend ist, lasse ich Bogdan den schmutzigsten Bereich des Schiffes säubern, den ich finden kann.

Unter mir blinzelt mein Tribut. Der zufriedene Ausdruck auf ihrem Gesicht verflüchtigt sich, und es tut mir leid, dass er verschwindet. Ihre Lippen kräuseln sich belustigt.

„Ich dachte, das hättest du schon getan", sagt sie neckend.

Seit Langem hat niemand mehr mit mir gewitzelt, so dass ich es fast nicht erkenne. Trotzdem verstehe ich ihre Worte nicht. Ich runzele verwirrt die Stirn.

Sie seufzt, ihr kleines Lächeln verschwindet. „Vergiss es."

Als sie ihren Kopf von mir wegdreht, ist der Moment vorbei. Ich spüre ein seltsames Gefühl des Unglücklichseins und des Bedauerns – beides ist mir fremd, und sie fühlen sich nicht wie meine eigenen Empfindungen an. Ich brauche einen Moment, um zu erkennen, dass meine Technik ihre Emotionen auf mich überträgt.

Mit finsterer Miene ziehe ich mich zurück. Offensichtlich funktioniert die Verbindung nicht so gut, wie sie sollte, wenn dies ihre gegenwärtigen Gefühle sind. Dennoch kann ich an der Rötung ihres Körpers, den kleinen runden roten Flecken, die meine *Seela* auf ihrem geschwollenen Fleisch hinterlassen haben, und an ihren lockeren Muskeln erkennen, dass sie befriedigt ist. Die Sprachbarriere zwischen uns ist dank der Übersetzer nicht sehr groß.

Wenn ich nicht auf der Brücke gebraucht würde, würde ich sie ihre Worte erklären lassen, aber die Bedürfnisse meiner Mannschaft und meines Schiffes müssen an erster Stelle stehen.

Trotzdem ...

Nur ungern möchte ich sie so schnell aus meinen Augen lassen. Sie wird mich auf die Brücke begleiten.

Ich stehe auf und gehe hinüber zum Schrank, wo geeignete Kleidungsstücke für sie bereitgestellt wurden. Ich habe sie auf dem Weg hierher im Replikator anfertigen lassen, basierend auf den Kleidungsstücken, die Tsenturion-Frauen während des Paarungsfestes und der Balz tragen würden. Das zarte Material scheint auf dem Schiff fehl am Platz zu sein, aber ich freue mich schon jetzt darauf, meinen Tribut darin zu sehen.

„Hier", sage ich, und nehme ein blaues Kleid, das ungefähr die Farbe ihrer Augen hat, und drehe mich um, um es ihr entgegenzuhalten. „Das wirst du anziehen."

5

—————

D^{awn}

ICH WEISS NICHT, welchen Tag oder welche Stunde oder welchen Zyklus oder welche außerirdische Zeiteinheit diese Jungs auch immer benutzen, wir gerade haben. Ich weiß aber, dass ich mich sowohl ausgelaugt als auch sehr wach fühle. Meine Beine sind wacklig, während ich dem High Commander – meinem *Meister* – *durch* den Flur folge. Ich will ihn nicht so nennen, und doch fühlt es sich irgendwie leicht und richtig an.

Kann man jemandem das Stockholm-Syndrom antrainieren? Weil ich das Gefühl habe, dass mir genau das passiert ist.

Es ist, als ob ich in der Mitte in zwei Dawns geteilt worden wäre; Dawn #1 ist entsetzt und angeekelt, ganz zu schweigen von ernsthaft angepisst, und Dawn #2 will nichts mehr als die Aufmerksamkeit und Anerkennung ihres Meisters – und einen weiteren Orgasmus. Ich bin mir nicht einmal sicher, welche Dawn sich im Moment realer anfühlt.

Ich fange mein Spiegelbild in dem glänzenden Metall ein, das den Flur säumt, und wende meine Augen schnell von dem Bild ab, wobei ich die Zähne zusammenbeiße. *Will. Nicht. Erröten.*

Ein Teil von mir ist wütend darüber, dass ich nichts anderes als ein hauchdünnes, praktisch durchsichtiges Kleid, ein Halsband und eine Leine trage. Ein anderer Teil von mir mag es, wie der Stoff sich um meine Beine legt und schwingt. Ich schaue wieder auf mein Spiegelbild und sehe, wie sich der vordere und hintere Schlitz öffnet und den dummen Trainer enthüllt, den mein *Meister* mich wieder wie einen Keuschheitsgürtel tragen lässt. Ich bin tatsächlich auch erleichtert über die Bedeckung, auch wenn ich ihn gleichermaßen hasse.

Ich sage mir auch immer wieder, dass es in Ordnung ist, solange ich in Gedanken sarkastisch bin, wenn ich ihn ‚Meister‘ nenne.

„Wo gehen wir hin?", frage ich ihn, als er in einen anderen Flur abbiegt, meine Schritte verlangsamen sich, als mir klar wird, dass er genauso aussieht wie der letzte. Alle Flure sehen gleich aus. Woher weiß er, wohin er gehen muss? Und werde ich mich hier jemals zurechtfinden?

„Zur Brücke. Es gibt eine Situation, mit der ich mich befassen muss. Komm." Er zieht an der Leine, und ich gehe wieder schneller. Entweder das oder ich falle, denn er hält bestimmt nicht meinetwegen an. Durch das Halsband und die Leine werde ich sowohl unterwürfiger als auch wüten-der. Ich hatte mich gewehrt, als er zum ersten Mal versucht hatte, mir das Halsband anzulegen. Es brauchte nur zwei harte Schläge auf meinen ohnehin schon wunden Hintern, um mich davon zu überzeugen, dass das kein Kampf war, den es sich zu kämpfen lohnt – zumindest nicht jetzt.

Zumal ich derzeit keinen Weg von diesem Schiff kannte. Ich bin seine Gefangene, und ich darf das nicht vergessen, egal, ob er mich derzeit als eine Art Sexspielzeug oder exotisches Haustier behandelt. Wir sind irgendwo im Weltraum, und das Schiff ist voll mit seiner Crew. Wenn ich fliehen will, muss ich raffiniert vorgehen.

Diese ‚Schulungshandbücher‘, die er gelesen hat – sie handeln nicht nur von Sex. Sie handeln von Frauen, die von außerirdischen Männern entführt werden, die sie beherrschen wollen; Frauen, die immer in große Schwierigkeiten geraten, wenn sie sich wehren. Also werde ich so tun, als wäre ich der perfekte kleine Tribut, den er sich wünscht. Ich werde so tun, als hätte mein Training vollständig funktioniert, und sobald ich alles über sein Schiff und den besten Fluchtweg weiß, bin ich hier weg.

Ich werde auch die kleine Stimme in meinem Kopf ignorieren, die sagt, dass ich nicht ganz so viel vortäusche, wie ich gerne glauben möchte, dass ich es tue.

Ich *werde* fliehen.

Mit so wenig Prügel wie möglich.

Ich gehe mit gesenktem Blick und vermeide es, in die Augen der Krieger zu schauen, die angesichts ihres Commanders und seines Tributs auf uns starren, und auch, weil Frllil mir gesagt hat, dass ich keinem der Krieger in die Augen sehen soll. Damals dachte ich, das sei Blödsinn, aber jetzt bin ich fast dankbar. Es ist schlimm genug, dass ich ihre Blicke auf mir spüre, und ich weiß, dass sie unter dem fast durchsichtigen Gewand die Umrisse meiner Brustwarzen erkennen können. Ich will nicht auch noch sehen, wie sie mich tatsächlich anglotzen.

Schon gar nicht, wenn ich dafür wieder bestraft werde.

Meine Entschlossenheit hält an, bis wir die Brücke betreten, auf der ein paar andere außerirdische Krieger warten. Es ist mein erster Blick in den Weltraum, und ich hebe meinen Kopf, um aus den Fenstern zu schauen. Die glitzernden Sterne gegen die Schwärze sind atemberaubend schön, wie aus einem Film. Es scheint fast nicht real zu sein.

Eine Bewegung erregt meine Aufmerksamkeit, und dann begegnet ein riesiger Tsenturion mit wütend dunkler Rüstung meinem Blick. Er blickt mich finster und aufgebracht an. *Scheiße!* Ich habe gegen das Protokoll verstoßen. Sofort richte ich meinen Blick wieder auf den Boden, wie ein guter kleiner Tribut. Lasse es so aussehen, als wäre ich völlig eingeschüchtert. Obwohl, wenn ich ganz ehrlich bin, macht mir der zornige Krieger definitiv ein wenig Angst. Ich rücke näher an *meinen* Krieger heran. Selbst wenn er mir den Hintern versohlt, mich dumm und dämlich gefickt und mich dann an die Leine gelegt hat, fühle ich mich immer noch sicher neben ihm. Es kommt mir verrückt vor, aber ich kann es nicht leugnen.

Gerade als ich das denke, macht er ein seltsames Klickgeräusch und zieht mich an der Leine nach vorne. *Idiot.* Ich spüre, wie meine Wangen vor Verlegenheit heiß werden. *Jetzt erröte ich tatsächlich.* Er sitzt auf einem großen Stuhl am Kopf der Brücke. Als ich zögere und mich frage, wo ich sitzen soll, zeigt er auf einen Platz neben seinem Stuhl. Auf dem Boden liegt eine Art Kissen, und mir wird klar, dass ich mich daraufsetzen soll wie ein verdammter Hund oder so etwas.

Oh, verdammt nein.

„Ich kann da nicht sitzen", bemerke ich und ziehe gegen meinen Halsband, um zu zeigen, wie ernst es mir ist. „Ich habe eine Knieverletzung, ich kann nicht lange auf dem

Boden sitzen", sage ich. Ich übertreibe ein bisschen – durch die jahrelange Yogapraxis bin ich widerstandsfähiger, obwohl mein Knie wirklich nach einiger Zeit weh tut.

Er wirft mir einen Blick zu, jeder Zentimeter der High Commander, der verärgert darüber ist, dass man es wagt, ihm zu widersprechen. Vor allem vor seinen Männern. Meine Knie fühlen sich etwas schwach an, aber ich weigere mich, mich zu setzen. Ich lüge schließlich nicht.

„Medik hat dein Knie repariert, du brauchst dir keine Sorgen zu machen." Die ruhige Art, mit der er das Unmögliche behauptet, lässt meinen Mund vor Überraschung offenstehen. Ich habe jahrelang Physiotherapie und Yoga gemacht, um mein Knie in Ordnung zu bringen, weil das die einzige Möglichkeit war. Ich richte meine Augen auf ihn, verschränke die Arme vor der Brust und recke mein Kinn, während ich die Blicke der Krieger an Deck ignoriere. Ich glaube ihm nicht.

Seufzend und kopfschüttelnd beginnt er, die Leine um seine Hand zu wickeln, wobei er mich an meiner Kehle dichter zu sich zieht. Ich fühle mich unangenehm an Jabba und Prinzessin Leia erinnert, außer dass dies eigentlich verdammt sexy ist, auch wenn ich es nicht will.

"Du weißt, was passiert, wenn du nicht gehorchst."

Ich stemme meine Füße in den Boden, als ich seine Absicht erkenne, aber es ist zu spät. Die Leine zieht mich nach unten und über seinen Schoß, der Arsch in der Luft, und ich quieke, als ich fühle, wie sich der Trainingsgurt zurückzieht und meine bereits geröteten Backen freilegt.

„Was?" Ich trete verzweifelt um mich und versuche, mich nach oben zu drücken. „Du darfst mich hier nicht schlagen. Ich bitte dich! Du hast mir nicht einmal die Chance gegeben, mich hinzusetzen!"

„Habe ich das nicht?" Er klingt amüsiert, und meine Wut steigert sich. Meine Absicht, smart zu sein und sanftmütig zu erscheinen, verfliegt angesichts seiner Belustigung, als er mir vor einem *verdammten Publikum* den Hintern versohlen will!

„Nein! Nicht hier, verflucht!" Ich strample mit den Beinen, während ich versuche, von seinem Schoß zu rollen. Ich bin mir bewusst, dass alle Krieger zusehen. Noch bewusster ist mir der Schwanz des High Commanders, der lang und hart unter meinem Bauch wächst, während sich die *Seela* zu winden beginnen. Der Kamm dehnt die Vorderseite seines Anzugs.

Das bringt mich auf eine Idee.

Er hält mich fest, aber ich zappele weiter, schaukle ein wenig hin und her, um die Dinge zu ... äh ... meinen Gunsten zu stimulieren.

Es hat keine erkennbare Wirkung auf ihn. Zumindest keine, die für mich in irgendeiner Weise hilfreich ist.

Meine Handgelenke sind in seiner großen Hand gefangen, meine Beine von seinem schweren Bein niedergedrückt. Ich drehe mich wie eine Bauchtänzerin, bin aber schnell machtlos. Mein Hintern brennt noch immer von den Schlägen, die er mir in seiner Kabine verpasst hat, und ich möchte das alles nicht wahrhaben und nur noch schluchzen.

Er zieht das Bisschen Kleid, das ich trage, beiseite und entblößt meinen Arsch vor dem gesamten Deck. Ich erstarre, mein ganzer Körper errötet angesichts der Demütigung. Sie können die Anzeichen der Prügel, die er mir bereits verpasst hat, auf keinen Fall übersehen, und jetzt werden sie Zeuge, wie ich erneut geschlagen werde.

Schlimmer noch, ich spüre, wie mein Unterleib vor Erwartung pulsiert. Meine Vagina hat den ultimativen

Verrat begangen. Ich werde nass. In Anbetracht der Bücher, die ich gelesen habe, und des Trainings, das Frllil mich durchmachen ließ, sollte ich vielleicht nicht so überrascht sein. Wenn man bedenkt, wie sehr mein Hintern schon wehtut und wie peinlich mir das alles ist, bin ich ziemlich schockiert, dass ich überhaupt erregt bin. Aber es hat einen gewissen Reiz, verwundbar und entblößt zu sein, der mich einfach anmacht, ungeachtet meiner anderen Emotionen.

„Wenn du hier nicht bestraft werden willst, hättest du dich hier nicht danebenbenehmen sollen", murmelt Gavrill. Trotzig denke ich an ihn mit seinem Namen und nicht – nicht einmal mehr sarkastisch – als High Commander oder meinen Meister. Seine freie Hand streicht über meine Haut und hinterlässt eine Gänsehaut. Meine Demütigung und Erregung wachsen gleichermaßen.

„Bitte nicht", sage ich, jetzt in einem viel angemesseneren Ton als zuvor. Große Finger streicheln meinen Hintern, beruhigen die wunden Stellen, bereiten mich aber auch auf die kommende Strafe vor.

„Das gehört mir, und ich kann damit machen, was ich will", erinnert er mich und klingt dabei viel zu zufrieden mit sich selbst. Das Besitzergreifende in seiner Stimme löst etwas in mir aus, auch wenn ich rational weiß, dass er bei jeder Frau, die ihm präsentiert wird, so sein würde. Das hat nichts mit *mir zu tun*, also kann ich mich nicht zu sehr darauf reagieren lassen. „Meins, um zu bestrafen, meins, um zu belohnen. Und ich muss vor meinen Männern ein Exempel statuieren."

Ich hätte ihn nicht vor den anderen herausfordern sollen. *Dumm, Dawn.* Das sagt einem doch der gesunde Menschenverstand. Obwohl ich das nicht wollte... oder etwa doch? Wollte ein Teil meines Gehirns sehen, was er tun würde? Wie er reagieren würde? Hatte ich versucht, die Grenzen auszuloten?

Falls das meine Absicht gewesen war, hatte ich die Grenze auf jeden Fall gefunden. Er ist der Oberboss, er *muss* seinen Tribut vor den anderen unter Kontrolle haben. Vielleicht kann ich ein bisschen widersprechen, wenn wir alleine sind, aber nicht vor Publikum.

Seine Handfläche knallt einmal auf beide Backen, schnell wie eine Peitsche, und entfacht das Brennen der vorausgegangenen Prügel. Ich schreie auf, meine Beine treten automatisch. So wie ich über seinen Beinen liege, ist mein ganzer Hintern zu sehen, mit Ausnahme des schmalen Streifens, der vom Gürtel verdeckt wird ... den er jederzeit wieder wegnehmen könnte. Wenn ein Krieger auf dem Deck genau hinsieht, wird er *alles* sehen können.

Auch, wie sehr mich diese Tracht Prügel erregt.

Klatsch!

Klatsch!

Klatsch!

Ich halte still und bete innerlich, dass die Tracht Prügel schon vorbei ist, während Gavrill meine rechte Pobacke umschließt und sie mit seiner Handfläche formt, bevor er sie schlägt. Er wiederholt die Bewegung mit meiner Linken, seine Bewegungen sind langsam und methodisch. Nachdenklich. Als ob ihm etwas klar wird. Ich spüre, wie sich der Trainingsgürtel zurückzieht und mich vollständig entblößt, und ich stöhne.

Er schlägt auf eine Pobacke, und ich atme tief ein. Ich tropfe praktisch auf den Boden. Er muss es merken – es ist nur eine Frage der Zeit.

Seine Finger gleiten tiefer, und meine untere Hälfte zuckt.

„Du genießt das immer noch." Er klingt ein wenig überrascht.

„Nein!" Ich verrenke meinen Hals. Er untersucht die klebrige Nässe an seinen Fingern, ein zufriedenes kleines Lächeln auf seinem Gesicht. Seine Rüstung schimmert – wechselt sie die Farbe?

„Commander", ruft einer der Krieger.

„Einen Moment", knurrt Gavrill und zieht mein schimmerndes Gewand über meine nackte Haut und deckt mich vor neugierigen Augen zu. Der Trainingsgürtel gleitet wieder über meinen Arsch und meine Muschi, kühl gegen die Hitze meines Hinterns. Oh, macht er sich jetzt etwa Sorgen um die Privatsphäre?

Er schwingt mich aufrecht und positioniert mich so zwischen seinen Knien, dass ich ihm zugewandt bin. Ich kann ihn kaum in die Augen sehen. Sein Anzug wechselt zu einem neutraleren Grau, aber da sind kleine goldene Blitze, fast in der Farbe seiner Haut. Ich weiß aus meinem Training, dass das Gold Erregung bedeutet.

„Wir werden das später fortsetzen." Er streichelt meine Hüfte, und ich zittere und versuche, mir nicht vorzustellen, welche Strafen er sich in der Zwischenzeit ausdenkt. „Du wirst deinen Platz als mein Tribut einnehmen und *dich ruhig verhalten*."

Ich beiße mir auf die Lippe und nicke. Er macht ein tadelndes Geräusch, und ich füge schnell hinzu: „Ja, Meister."

Ich bin hier in einer guten Position hier oben auf der Brücke, um etwas über das Schiff zu erfahren, wenn ich also einfach meinen Mund halten kann, dann kann ich vielleicht die ersten Schritte unternehmen, um irgendwann von hier zu fliehen.

Gavrill nickt zufrieden und schiebt mich von seinem Schoß. Diesmal knie ich gehorsam auf dem großen Kissen, das überraschend bequem ist. Als ich mich niederlasse, wird mir klar, dass er die Wahrheit über mein Knie gesagt haben muss, denn es hat nicht einmal gezwickt, als ich es belastete.

Während Gavrill seine Geschäfte führt, überprüfe ich meine Umstände. Ich bin die Gefangene eines großen, dominanten Außerirdischen, aber er wird mich nur schlagen, wenn ich böse war, und ansonsten denke ich, dass er mich ziemlich gut behandeln wird, selbst wenn er mich als sein Haustier betrachtet. Es könnte auf jeden Fall schlimmer sein, nicht wahr? Wenn ich mir die anderen Krieger aus dem Augenwinkel ansehe, bin ich mir nicht sicher, ob ich mit einem von ihnen besser dran wäre. Sicherlich nicht mit dem großen am Pult rechts von Gavrills Stuhl. Wenn er nicht mit dem Commander spricht, schaut er mich finster an. Ich erkenne ihn wieder, er war da, als ich dem Commander präsentiert wurde. Er stand hinter Gavrill zusammen mit einem anderen, älteren Tsenturion.

„Bogdan", sagt Gavrill, und der Krieger wendet seine Aufmerksamkeit von mir ab und richtet sie auf den Commander. „Du hast ein Anzeichen für den Standort der Vgotha gefunden?"

„Ja, Sir. Am Rande des Boral-Nebels. Wahrscheinlich versuchen sie, seine Energie als Tarnung für ihre Schiffe zu nutzen. Das ist effektiv, die Spur ist sehr schwer zu verfolgen, und es sieht so aus, als führe sie in den Bereich des Outer Rim, wo sie sicher Verbündete haben. Wir werden wahrscheinlich keine weitere Gelegenheit haben, sie aus einer solchen Machtposition heraus erneut anzugreifen". Bogdan senkt seinen Blick wieder zu mir. Wenn Blicke töten könnten ... Ich ducke meinen Kopf und rücke näher an Gavrills Stuhl heran, wobei ich das muskulöse Bein des

Kommandanten benutze, um dem bösen Blick seines Kriegers zu entkommen. Gavrill greift nach unten und streicht mir abwesend über die Haare. Ich sollte sauer sein, dass er mich wie eine Katze streichelt, aber stattdessen fühle ich mich sicher und beschützt.

„Es wird viele Gelegenheiten geben, den Feind anzugreifen, vor allem, wenn wir ihn ködern."

Bogdans Anzug hellt sich schlagartig zu einem wolkigen Silber auf.

„Sende die Koordinaten an Arkdhem. Er soll die Späher aussenden. Sie sollen ihre Schiffe tarnen und den Meteorgürtel entlang fliegen. Sie sind autorisiert, Feuerkraft einzusetzen, um sich einen Weg freizumachen."

„Die Vgothas werden die Emissionen der Waffen registrieren."

„Ja", sagt Gavrill und klingt plötzlich wild. Ich hebe beinahe meinen Blick, um ihn anzusehen, und fühle ein bisschen Angst angesichts dieser anderen Seite, die ich da gerade kennenlerne. „Dann werden wir sie angreifen."

„Du schlägst vor, dass wir Täuschungsmanöver anwenden?" Ich kann nicht sagen, ob Bogdan glücklich oder angewidert ist.

„Der Feind hält sich versteckt. Sie werden nicht damit rechnen." Gavrill setzt sich mit einer zufriedenen Grimmigkeit auf seinen Platz zurück, und ich bin erleichtert, dass seine Aufmerksamkeit auf die Vgothas und nicht auf mich gerichtet ist. „Dann werden wir sie vernichten."

～

GAVRILL

. . .

Die Augen meines Tributs sind nach unten gerichtet, als wir meine Gemächer betreten. Seit ihrem kleinen Ausbruch auf der Brücke ist sie ruhig. Obwohl ich ihr Schweigen dort zu schätzen wusste, fühle ich mich jetzt zunehmend unwohl damit. Als sie aufwachte, war sie jedenfalls nicht still, warum also schweigt sie jetzt?

Ich schreite zum Rand unserer Ruhestätte, schnippe mit den Fingern und zeige auf eine Stelle vor mir.

Mit wachsamen Blicken nähert sie sich mir, steht vor mir und schaut mich argwöhnisch an. Sie ist intelligent genug, um nervös zu sein, und doch gehorcht sie immer noch.

„Braves Mädchen", murmle ich. Ihre Lippen pressen sich zusammen, und ich merke, dass sie sich aus irgendeinem Grund über das Lob ärgert, aber ich genieße es fast so sehr wie ihren widerwilligen Gehorsam. Mir gefällt ihr starker Geist, solange sie gehorcht. Für sie ist mein Wille Gesetz. Immer. Dennoch gibt mir der Ungehorsam Anlass, sie zu bestrafen, was ich ebenfalls sehr genieße. Ich wünsche jedoch nicht, dass sich das vor meinen Männern wiederholt.

Als sie auf meinem Schoß lag, hatte ich fast vergessen, dass sie alle da waren und sie anstarrten ... sie begehrten sie. Ihre Augen auf uns gerichtet zu fühlen, war der Grund, weshalb ich ihre Bestrafung verkürzt hatte. Sie ist *mein* Tribut, ich muss nichts von ihr teilen, nicht einmal ihren Anblick, wenn ich es nicht wünsche.

Ihre bloße Anwesenheit hat auch von Dingen abgelenkt, die meiner Aufmerksamkeit bedürfen. Es war einfacher, als sie auf dem Kissen saß und ich sie nicht berührte.

„Du hast mir auf der Brücke nicht gehorcht, mein Tribut. Aber ich bin gerecht. Ich gebe dir eine Chance, es zu erklären, bevor ich deine Strafe beende."

Ihre Schultern heben und senken sich und fallen ein wenig herunter. Sie sieht aus, als versuche sie, sanftmütig zu erscheinen, aber sie sieht vor allem mürrisch aus.

„Sprich", befehle ich und provoziere sie. „Du bist ein fühlendes Wesen. Du hast Sprache. Benutze sie."

Ihr Mund verzieht sich zu einem trotzigen Schmollmund. Rote Flecken auf ihren Wangen. Sie weiß vielleicht nicht, dass sich ihre Hände zu Fäusten geballt haben, aber ich bemerke es – zusammen mit ihrer erhöhten Körpertemperatur. Empfindungen dringen in mich ein, die von ihrem Trainer auf meinen Anzug übertragen werden. Sie ist wütend ... und erregt.

„Bei allem Respekt", sagt sie, richtet sich auf und wagt es, mir direkt in die Augen zu schauen. Ich sollte es nicht mögen, aber ich tue es. „Du behandelst mich nicht wie eines."

„Was?" Mein Anzug blinkt vor Überraschung.

„Ein fühlendes Wesen. Du behandelst mich nicht wie eines. Du behandelst mich wie ein Haustier." Sie zeigt auf ihre Halskette und ihre Leine. „Ein Halsband? Eine Leine? Ich bin nicht dein verdammter Hund."

„Was ist ein Hund?", frage ich und runzele die Stirn über das unbekannte Wort, während ich versuche, mich ihrer Aussprache anzunähern. „Haustier" verstehe ich, die hatten wir auf Tsentur, aber „Hund" lässt sich nicht übersetzen.

„Es ist ... es ist ein Haustier." Sie stottert die Worte heraus, überrascht davon. „Ein Tier. Ein intelligentes, das sich trainieren lässt, aber einem Menschen nicht ebenbürtig ist."

So wie sie mir nicht ebenbürtig ist, aber darauf möchte ich nicht hinweisen. Es wäre unhöflich und möglicherweise sogar grausam, die Überlegenheit der Tsenturion gegenüber den Menschen hervorzuheben.

Trotzdem zucke ich mit den Schultern. Ich bin der Meister, sie ist der Tribut. Natürlich behandle ich sie anders als meine Männer. Tsenturion-Bräute wurden oft auf ähnliche Weise umworben, bis sie sich unterworfen haben, danach wurden ihnen mehr Freiheiten zugestanden ... aber sie ist keine Braut.

„Du bist mein Tribut. Du gehörst zu mir. Wenn ich mich dafür entscheide, dich meinen Männern gegenüber als mein Eigentum zu erklären, indem ich jeden Zentimeter deiner Haut markiere, ist das mein Recht.“

Ihr Brustkorb färbt sich rosa, sie schaut weg und senkt den Blick. Die Verbindung unserer Nanotechnologie scheint vollständiger zu sein als erwartet, denn ich spüre tatsächlich ihren wachsenden Zorn, auch wenn sie versucht, ihn zu verbergen.

„Das kannst du. Es wird nicht so peinlich sein, wie praktisch nackt herumzulaufen, während all deine Männer mich anstarren.“ Ihre Schultern fallen nach vorne.

Hitzige Eifersucht durchzuckt mich. Ich erinnere mich an jeden Krieger, der seine Augen auf ihre entblößte Gestalt gerichtet hat, und ich bin bereit, zur Brücke zu marschieren und zu befehlen, dass sie alle geblendet werden. Es gefällt mir, dass sie es offensichtlich vorzieht, vor ihnen bedeckt zu sein, dass sie nicht möchte, dass sie sie anschauen.

„Sehr gut. Um es klar zu sagen: In Zukunft wirst du deinen Meister respektieren. Du wirst dich nicht mit mir vor meinen Männern streiten. Tatsächlich wirst du nicht mit mir sprechen, wenn ich im Dienst bin, es sei denn, ich erlaube es Dir.“

„Ich dachte, du willst, dass ich meine Sprache benutze?“ Ihre Stimme hat eine leichte Schärfe, einen kleinen Hauch von sarkastischer Frechheit, und ich muss ein Lächeln verbergen. Warum ich ihre Haltung liebenswert finde, kann ich nicht sagen. Es gibt nur sehr wenige meiner Männer, die es wagen würden, so mit mir zu sprechen, aber sie tut es ohne Furcht, obwohl ihr Hintern von den Schlägen brennen muss. Er war noch sehr rosa, als sie auf der Brücke über meinem Schoß lag.

„Nicht in der Öffentlichkeit. Aber du hast recht – ich habe mir selbst widersprochen. Aber ich hoffe, ich habe mich jetzt klar ausgedrückt. Wenn du glaubst, meinen Befehlen nicht folgen zu können, werde ich für dich einen Knebel beschaffen."

Die Angst flackert über ihr Gesicht und ist dann verschwunden, aber ich kann sie immer noch spüren. Sie ist sehr tapfer, mein Tribut. Eine bewundernswerte Eigenschaft.

„Wunderbar", murmelt sie. „Danke, dass du das klargestellt hast."

Ich erlaube mir ein Lächeln. Sie blickt mich an und schaudert. Ich lächle breiter.

„Jetzt, da die Angelegenheit geklärt ist, schulde ich dir noch eine Strafe", sage ich ruhig. Innerlich zittere ich vor Freude, während ich dasitze und mir über das Knie streichle.

Sie zaudert, dann beginnt sie sich zögerlich zu bewegen, sehr langsam. Ich greife nach ihrer Hand, ziehe sie schneller nach vorne, und sie erlaubt mir, ihren kleinen Körper über meine Beine zu ziehen.

Ich lasse mir Zeit, sie zu platzieren, das Band in ihrem Haar zu lösen und die schimmernde Masse über ihre Schultern zu verteilen. Der blaue Stoff ihres Kleides gleitet von ihrer perlmuttfarbenen Haut herunter und legt das dunklere Rosa zwischen ihren Beinen frei.

Ihr Gewand reicht wirklich nicht aus, um sie vor den Blicken meiner Krieger zu verbergen. Ich werde zusätzliche blickdichtere Kleidungsstücke vom Replikator entwerfen lassen, die sie außerhalb unserer Räume tragen kann. Es wird sie eher wie eine Braut aussehen lassen als wie eine Tsenturion-Frau in der Balzphase, aber ... sie *ist* bereits als mein Eigentum erklärt worden. Auch wenn sie keine Tsenturion ist, so ist sie doch in gewisser Weise jetzt meine Braut. Ein passendes Argument, wenn jemand es wagt, das in Frage zu stellen.

Innerhalb unseres Quartiers wird das eine ganz andere Sache sein. Vielleicht werde ich ihr befehlen, dort ohne Kleidung zu sein. Ja, und ich befehle ihr, sich innerhalb der ersten Minute nach Betreten zu entkleiden oder bestraft zu werden.

Die Bestrafung meines Tributs ist viel zu erfreulich für mich. Schon jetzt windet sie sich in Erwartung. Die Farbe ihres Hinterns ist zu einem zarten Rosa verblasst, aber ich merke, dass er immer noch empfindlich auf meine Berührung reagiert, wenn ich den weichen Hügel streichle.

Als ich mich räuspere, hört sie auf, sich zu bewegen, sie hält sich ganz still, fast so, als hoffe sie, dass ich sie dann irgendwie nicht bemerke.

„Deine Haut hat noch die Farbe von unseren früheren Sitzungen", verkünde ich stolz und denke, sie wird es wissen wollen. Die Handbücher wiesen darauf hin, dass menschliche Frauen ein Interesse daran haben, zu wissen, wie ihr Hintern nach einer Bestrafung aussieht. „Da meine Aussage eine gewisse Zweideutigkeit aufwies, werde ich mich kurzfassen. Wenn du das nächste Mal öffentlich ungehorsam bist, werde ich viel härter sein."

Sie grunzt und schnaubt leise, während ich mit der breiten Hand auf ihre kleinen, engen Backen schlage. Ich achte besonders auf die Falte zwischen ihrem Bein und dem abgerundeten Gesäß, ein Bereich, den ich zuvor schon bedacht, auf den ich mich aber nicht konzentriert hatte. Jedes Mal, wenn meine Handfläche auf diesem empfindlichen Bereich landet, stockt ihr der Atem, und sie schreit ein wenig. Ich halte inne und frage mich, ob ich diese Sitzung weiter ausdehnen sollte. In den Handbüchern wurde umrissen, welche Vorteile es hat, einen Tribut zu schlagen, bis sie Emotionen zeigt. Nach allem, was sie durchgemacht hat, muss sie vielleicht ein Mal gut und gründlich weinen.

Dennoch stelle ich fest, dass ich, wie schon zuvor, erpicht darauf bin, zum nächsten Teil überzugehen. Mein Schwanz, die *Seela* und die *Prime Seela* drängen alle gegen meinen Anzug, drohen auszubrechen, begierig darauf, wieder in ihr zu sein. Und ich bin nicht der Einzige, der das bemerkt.

Mein Tribut zappelt und drückt sich an meinen Schwanz. Ich weiß, dass sie versucht, meine Begierde anzuregen und ihre Prügel früher zu beenden. Amüsiert und selbst hocherregt beschließe ich, sie zu verwöhnen. Anscheinend bin ich jetzt, da wir allein sind, *sehr* nachsichtig. Und ihr Hintern hat schon jetzt ein schönes, heißes Rosa, dank der Tatsache, dass ich mich seiner schon früher angenommen habe. Die Nässe zwischen ihren Beinen ist ein deutlicher Hinweis auf ihre Erregung.

Ich hebe sie von meinem Schoß hoch und schiebe sie zur Seite, so dass sie über die Bettkante gebeugt liegt. Meine Rüstung sendet eine Botschaft an das Bett, und sie gibt ein kleines Geräusch der Überraschung und des Erschreckens von sich, als sich das Bett zu erheben beginnt, bis sie auf der perfekten Höhe ist, um meinen Schwanz zu empfangen. Die neue Position bedeutet, dass sie mit den Zehenspitzen kaum den Boden berührt, so dass das volle Gewicht ihres Körpers auf dem Bett ruht.

Sobald sie auf meinem Schwanz aufgespießt ist, kann sie

sich nicht mehr bewegen, sie wird zwischen dem Bett und mir eingeklemmt sein. Ich lächle, sehr erfreut über ihre missliche Lage.

„Meister ... bitte ... warte", fleht sie. „Lass mich umdrehen ..."

„Nein", sage ich, ergreife ihre Hüften und schiebe meinen Schwanz in ihre feuchte Hitze.

6

———

D^{awn}

ICH SCHREIE AUF, als Gavrill hart und schnell in mich eindringt. Ich wusste, dass ich innerlich und äußerlich wund sein würde, aber das war nicht der Grund, warum ich mich umdrehen wollte. Genau wie ich dachte – fürchtete –, sondierte der lange Tentakel über seinem Schwanz sofort den Eingang zu meinem Arsch, während er in mir ist. Ich versuche, mich vorwärts und weg von der aufdringlichen Berührung zu bewegen, aber in dieser Position kann ich nirgendwo hin. Alles, was ich tun kann, ist zu versuchen, mich zur Seite zu schlängeln, während er sich tief in mir hält und stöhnt. Seine *Seela* streicheln meine Schamlippen, während die lange *Seela* meinen Anus umkreist.

Es fühlt sich besser an, als ich es will.

Invasiv. Pervers. Angenehm.

Ich versuche, die Pobacken zusammenzukneifen, aber

meine Position lässt das nicht zu, und ich wimmere leise, während ich mich unbehaglich winde.

Ja, ich habe darüber gelesen, aber ich habe es nie wirklich *getan*. Manche Fantasien sollen einfach nur Fantasien bleiben.

Ja, ich hatte versucht, ihn davon abzulenken, mich wieder zu schlagen – ich würde viel lieber Sex haben, als noch mehr Strafen hinzunehmen –, aber ich dachte, er würde mich wieder auf den Rücken legen. Es war mir nicht in den Sinn gekommen, was ich hier riskierte, bis er mich über das Bett gelegt hatte und mir die Art und Weise, wie sich alles entwickeln würde, klar wurde.

Als er sich zurückzieht, entspanne ich mich leicht, bis er wieder nach vorne drängt und sich in mir vergräbt. Jedes Mal, wenn er das tut, spüre ich seine lange *Seela*, die sondiert, erforscht ... und ich traue mich nicht, etwas zu sagen, weil ich ihn nicht auf neue Gedanken bringen will. In Anbetracht des Lesestoffs habe ich nicht viel Hoffnung, dass mein Arsch jungfräulich bleibt, aber ich werde mich an jede Hoffnung klammern, die ich habe.

Aber wie immer helfen mir meine Fantasien kein bisschen.

Je mehr sein Tentakel mein winziges Loch neckt, desto besser fühlt es sich an, und desto mehr beginnt mein Verstand sich an all die Szenen aus meinen Lieblingsbüchern zu erinnern. Der dominante außerirdische Meister fordert die Unterwerfung seiner menschlichen Sklavin, erforscht sie trotz ihrer Proteste *überall* und nimmt sich schlussendlich ihren Arsch vor ... vielleicht macht es ihr sogar Spaß, aber vielleicht auch nicht.

Sein harter Körper klatscht gegen meine empfindlichen Backen, während er mich reitet, und entfacht so erneut den Funken der Lust, dass sich meine Muschi erregt um ihn zusammenzieht. Obwohl ich sowohl innerlich von unserer vorherigen Begegnung als auch äußerlich von den Schlägen wund bin, reagiere ich bereitwillig auf ihn. Die Erhebungen massieren die Innenseite meiner Wände, dieser seltsam geformte Kopf flattert in mir und stimuliert mich an den richtigen Stellen.

Ich weiß nicht, ob es am Training liegt oder am Stockholm-Syndrom oder ob es nur die Erfüllung meiner Fantasien oder eine unheilige Kombination aus allen dreien ist, aber es scheint, als hätte sich mein ganzes Universum auf diesen einen Raum, auf diesen einen Moment verengt. Ich spanne mich um ihn herum an, mein Rücken wölbt sich leicht, meine Schamlippen schwellen unter der Massage seiner *Seelas* an. Die Verlegenheit und die Beklemmung, die ich empfinde, als ich meinen jungfräulichen Arsch erforschen lasse, versickert, während meine Lust steigt, und die Empfindungen, die aus diesem Bereich kommen, tragen zu meiner wachsenden Ekstase bei.

Mein Gefühl der Hilflosigkeit steigert meine Erregung nur noch, und ich winsele, während er sich Zeit lässt und es offensichtlich genießt, mich zu reiten. Jeder Stoß bringt mich dem Orgasmus ein wenig näher, aber er ist so bedächtig, jeder Streich so dosiert, dass es mich ein wenig um den Verstand bringt. Ich kralle mich an den Laken fest, während ich mich auf einen Orgasmus zubewege, den ich noch nicht ganz erreichen kann.

„Bitte ..." Das Flehen entgleitet meinen Lippen, meine Muschi ist um seinen dicken Schaft gepresst und versucht, ihn tiefer hineinzuziehen, ihn länger dort zu halten. „Bitte ..."

～

GAVRILL

DER SÜßE KLANG meines bettelnden Tributs spornt mich an.

Ich hatte mir Zeit gelassen, hatte meine Kontrolle – nach der Wildheit unserer ersten Begegnung – auf den Prüfstand gestellt, und mir war nun deutlich bewusst, dass es sich vorhin um eine Entgleisung gehandelt hatte. Dass diese es mir erlaubt hatte, vollständig in den Reizen ihres Körpers zu schwelgen, hatte zwar einen zusätzlicher Ansporn geboten. Aber als sie nun anfängt zu betteln ... spüre ich, wie meine Triebe wieder wachsen und auf ihr unterwürfiges Flehen antworten.

Leise stöhnend beginne ich, mich ein wenig härter und schneller zu bewegen, meine *Seela* winden sich und streicheln sie. Das kleine, runzlige Loch, dessen Berührung sie so sehr störte, zwinkert mir zwischen ihren rosa Backen zu, während sie unter meinen Stößen vibrieren. Ich habe viele Pläne, diese Öffnung zu erforschen, eine, die die Tsenturion nicht besitzen, die aber in allen Texten ihres Volkes eine wichtige Rolle spielt.

Meine *Prime-Seela* sondiert ihre Enge mit jedem Stoß, und ich kann mir nur vorstellen, wie angenehm ein so enger Kanal wäre, speziell wenn mein Tribut unter mir wimmert und sich unterwirft, so wie es jetzt ist. Ihre Nässe nimmt mit jedem Stoß zu, ihr Stöhnen wird lauter, wenn ich von hinten in sie hineinpflüge, meine Hände greifen ihre Hüften, drücken sie ans Bett und halten sie fest, während ich mein Vergnügen habe.

Sie genießt es offensichtlich auch, und es ist, als ob sich mein Bedürfnis von ihrem nährt ... meine Kontrolle entgleitet meinen Fingern, und es ist mir egal. Mein ganzes Augenmerk gilt der süßen Umklammerung ihres Körpers, ihren köstlichen Lustschreien, wenn sie beginnt, um mich herum zu zucken, und meinem eigenen dringenden Verlangen.

Ich nehme sie härter, schneller und stöhnend vor Vergnügen, während sie ihren eigenen Höhepunkt herausschluchzt. An der Art und Weise, wie sich ihre Beine bewegen, kann ich erkennen, dass sie von Gefühlen überwältigt wird, und das spornt mich nur noch mehr an, sie härter zu nehmen. Ich greife ihre Hüften, drücke sie nach unten und halte sie fest, während ich in sie eindringe, immer und immer wieder. Die Wände ihres Körpers ziehen sich zusammen und versuchen, mich an Ort und Stelle zu halten, aber sie ist zu glatt, und meine Stöße sind zu stark.

Ihre Schreie sind zusammenhanglos geworden, füllen meine Ohren und nähren die dunkle Sehnsucht, die durch ihre Anwesenheit entstanden ist. Ich knurre leise, stoße immer wieder unerbittlich zu, bis mein eigener Orgasmus endlich erwacht. Mein Samen spritzt, während ich mich in ihr vergrabe und sie mich melken lasse. Meine *Seela* haben sich wieder an sie geklammert, ziehen an ihrem Körper und halten uns fest zusammen, während ich mich in sie entleere. Stöhnend erschaudere ich, sie wimmert so köstlich unter mir und stößt dann ihren Atem in einem rauen Seufzer aus.

Mein eigener Körper fühlt sich seltsam schlaff an, meine Zufriedenheit ist so überwältigend, dass es fast beunruhigend wäre, würde ich mich nicht so gut fühlen. So richtig.

Verwundert streiche ich mit der Hand über ihren Rücken und über die weichen Backen ihres Hinterns, die sich noch leicht warm anfühlen. Die Geräusche, die sie macht, sind so leise, dass ich sie kaum höre, gerade genug, um mich wissen zu lassen, dass sie noch bei Bewusstsein und ansprechbar ist.

Als ich mich leicht zurücklehne, so dass meine Finger den Bereich erkunden können, den meine *Prime-Seela* sondiert hat, reagiert sie wesentlich deutlicher.

~

Dawn

„WARTE!" Meine Stimme ertönt mit einem hohen Quietschen und lässt mich wie eine Zeichentrickmaus klingen, während einer von Gavrills großen Fingern an meinem Hintereingang herumstochert. Meine Beine treten aus, aber meine Muskeln sind nach meinem Orgasmus so schlabbrig und schwach, dass ich genauso gut einfach hätte liegenbleiben können. Nicht, dass es einen großen Unterschied gemacht hätte, selbst wenn ich mich nicht so schlapp gefühlt hätte.

Doch er ignoriert mich und taucht seinen Finger nach unten bis zu der Stelle, an der er noch in mir ist, sammelt dort die Nässe ein und kehrt zurück, um gegen mein Poloch zu drücken. Ich hatte mich endlich an das Gefühl gewöhnt, dass sein Tentakel-Ding mich dort zwar umkreist, neckt und an den zarten Nervensträngen saugt, von deren Existenz ich bisher nichts ahnte, aber es war nicht wirklich in mich eingedrungen.

„Nein ..." Mein Protestschrei ist kaum ein Wimmern, als sich das winzige Loch dehnt und sein Finger hineinrutscht. Verlegenheit durchströmt mich, als er den jungfräulichen Eingang zu meinem Körper sondiert, sein Finger wühlt sich hinein und macht mir unangenehm bewusst, dass es sich nicht ganz so unangenehm anfühlt. Das leichte Brennen beim Dehnen reicht nicht aus, um wirklich zu schmerzen, und so ausgefüllt zu sein, fühlt sich fast gut an.

Ich wimmere, während er mit dem Finger pumpt und forscht, und mein Körper verkrampft sich instinktiv und versucht, ihn hinauszudrängen. Das bedeutet, dass ich jeden Millimeter seines Fingers spüren kann, wenn er sich in mir bewegt.

„Du bist hier sehr eng", sagt er und klingt zufrieden, „ich freue mich darauf, deine Unterwerfung zu vervollständigen, indem ich dich in dieser Öffnung nehme".

Die sehr formale Formulierung, die er für den Akt verwendet, lässt ihn nur noch verkommener klingen. Ich bin auch nicht besonders glücklich darüber, dass er es meine „Unterwerfung" nennt, aber ich kann mich auch nicht dazu durchringen, zu widersprechen, denn genau so fühlt es sich an. Als würde er mich mit seinem seltsamen, außerirdischen Schwanz buchstäblich in die Unterwerfung ficken.

Ein Schwanz, der in mir weicher geworden war, aber jetzt wird er wieder härter und dicker. Die überempfindlichen Wände meiner lustgetränkten Muschi können den Unterschied genau spüren, und ich winsle. Ich kann unmöglich noch mehr Lust empfinden. Menschen sind nicht dazu bestimmt. Es ist mir egal, welche Upgrades Frllil meinem Körper verpasst hat, um mich darauf vorzubereiten, ein Tsenturion-Tribut zu werden – wenn Gavrill mich noch einmal fickt, sterbe ich wahrscheinlich.

Leider haben Tribute kein Mitspracherecht.

Ich schluchze, als er wieder zu stoßen beginnt, meine wunde Pussy flattert protestierend und mein Arsch krampft sich um den Finger, den er jetzt in meinen Hintern hin und her schiebt.

GAVRILL

ALS BOGDAN SICH MELDET, um mich mit einer Stimme voller Missbilligung zu fragen, ob ich zu meiner Schicht auf die Brücke komme oder nicht, ist mein Tribut fast besinnungslos. Ich habe sie bis zur völligen Unterwerfung befriedigt. Ihre Brustwarzen sind von der Aufmerksamkeit meines Mundes und meiner Finger gerötet, ihre Schamlippen sind ebenso rot und geschwollen und durch den Sog meiner *Seelas* mit vielen violetten Kreisen markiert, und sie hat nicht einmal protestiert, als ich den Trainingsgürtel benutzte, um ihren Hintern zu füllen und das enge Loch für meinen späteren Gebrauch zu dehnen. Tsenturion haben nicht die ‚Stöpsel‘, die in ihren Handbüchern erwähnt werden, aber ich habe den Gürtel benutzt, um das zu schaffen, was ich für eine gute Annäherung daran halte.

Ich habe nicht mehr gezählt, wie viele Orgasmen ich hatte, geschweige denn, wie viele ich ihr gegeben habe. Das Kennenlernen ihres Körpers, das Erforschen dessen, was sie mag und was sie nicht mag, wie ihr Höhepunkt am intensivsten wird, hat mich völlig in den Bann gezogen. Ich habe auch die Stunden nicht mehr gezählt. Vollkommen untypisch für mich. Zum ersten Mal in meinem Leben komme ich zu spät zu meiner Schicht.

Dennoch zögere ich noch seltsamerweise, sie zu verlassen, obwohl sie nicht mehr in der Lage ist, mich zu unterhalten. Während ich mich energiegeladen fühle, ist es offensichtlich, dass sie Ruhe braucht. Wahrscheinlich benötigt sie auch Nahrung.

Stirnrunzelnd treffe ich eine schnelle Entscheidung und

rufe Arkdhem. Ich würde zwar gerne meinen Tribut mit auf die Brücke nehmen, aber das wird für sie nicht sehr erholsam sein und mich ablenken. Aber ich möchte sie auch nicht allein lassen, zumal sie nach all der anstrengenden Tätigkeit hungrig oder durstig aufwachen könnte. Ich werde auch jemanden anweisen, mir etwas zu essen zu bringen, sobald ich auf der Brücke bin.

Von allen meinen Männern, mit Ausnahme von Medik, vertraue ich Arkdhem am meisten. Er ist der Kommandant unserer Aufklärungsschiffe und recht jung für den Posten, aber er hat ihn wohlverdient. Von Anfang an hat er sich stark für das Tribute-Programm eingesetzt, aber er ist nicht begehrlich oder gierig und schaut zu mir auf wie zu einem älteren Bruder. Keiner meiner Männer würde mich respektlos behandeln oder meinem Tribut schaden, aber ... Arkdhem wird der respektvollste und am wenigsten neidische sein.

„Ja, Commander?" Arkdhem antwortet sofort auf meinen Ruf.

„Arkdhem, ich habe einen neuen Auftrag für dich, wenn du bereit bist, ihn anzunehmen."

„Ja, Commander", erwidert er ohne zu zögern. „Was immer du wünschst."

„Vielleicht willst du zuerst hören, worum es geht", antworte ich etwas amüsiert. „Ich habe Dienst auf der Brücke, aber ich möchte meinen Tribut nicht völlig unbeaufsichtigt lassen. Sie schläft derzeit, wird aber wahrscheinlich Nahrung benötigen, wenn sie aufwacht. Ich möchte dich bitten, sie auf dem Schiff zu begleiten, während ich anderweitig beschäftigt bin."

„Commander, es wäre mir eine Ehre." Die Aufrichtigkeit in seiner Stimme bestätigt meine Wahl. „Ich kehre sofort zum Hauptschiff zurück."

„Sie ist in meinem Quartier. Ich werde dir Zugang gewähren, bevor ich gehe."

Er wird nicht lange brauchen, um sein Schiff anzudocken und sich auf den Weg hierher zu machen, und es ist unwahrscheinlich, dass mein Tribut in absehbarer Zeit aufwachen wird. So sehr ich ihren Anblick auch genieße, kontrolliere ich jetzt mit meinem Willen die Nanotechnologie, und der Gürtel breitet sich von der Vorderseite nach unten und dann wieder über ihre Muschi nach hinten aus, von wo aus er in ihrem zweiten Eingang eingebettet ist. Ich lasse ihn dort in ihr, um mein zukünftiges Eindringen zu erleichtern. Alle Handbücher wiesen darauf hin, dass es den weiblichen Menschen helfen würde, in ihrer unterwürfigen Haltung zu bleiben und sie an ihre hilflose Verwundbarkeit gegenüber ihrem Meister zu erinnern.

Sobald die Nanotechnologie an Ort und Stelle ist, suche ich das Kleidungsstück aus, das sie am meisten bedeckt, ein undurchsichtiges rosa Kleid mit Schlitzen an der Seite, und ziehe sie an. Sie murmelt kaum hörbar, während ich sie auf dem Bett umher bewege, abgesehen von einem kleinen Wimmern, als ich ihre Brust streichle, bevor ich sie bedecke. Arkdhem ist immer noch nicht eingetroffen, aber ich kann es nicht länger hinauszögern.

Meinen unerwarteten Widerwillen niederdrückend, zwinge ich mich, den Raum zu verlassen. Es fühlt sich falsch an, mich von ihr zu trennen, was meine Entschlossenheit, dies zu tun, nur noch verstärkt. Diese schnell wachsende Bindung macht keinen Sinn und ist ganz und gar nicht bequem.

Wie sehr dies der Fall ist, wird noch deutlicher, als ich die Brücke erreiche und mich Bogdans finsterer Miene zuwende. Mein Zweiter Offizier ist wütend, seine Rüstung dunkel und von siedendem Rot durchzogen, und er macht sich nicht einmal die Mühe, seine Emotionen zu verbergen.

„Wird das zur Gewohnheit, jetzt, da du einen Tribut hast?", fragt er, seine Stimme fordernd.

Normalerweise würde ich ihm nicht erlauben, mich vor der Besatzung auf diese Weise zu befragen, aber sie alle verdienen eine Antwort.

Ruhig begegne ich seinem Blick, meine eigene Rüstung flackert lediglich in ihrem neutralen Grau. Jetzt, da ich auf der Brücke bin, fühle ich mich souvoerän und konzentriert.

„Es wird nicht wieder vorkommen", sage ich, „aber ich werde empfehlen, dass diejenigen, die Tribute erhalten, in Zukunft auch eine Auszeit bekommen. Es ist unwahrscheinlich, dass irgendjemand von uns nach einer so langen Zeit der Abstinenz in der Lage sein wird, dem tiefen Schwelgen zu widerstehen. Vielleicht ist es unvernünftig zu erwarten, dass die Dinge ganz normal weitergehen, wenn ein Tribut neu eintrifft".

Meine Erklärung macht einige Männer der Besatzung heiterer. Ich bin mir nicht sicher, ob sie von der Idee ihrer eigenen Tribute oder von der Idee zusätzlicher Zeit mit den Frauen nach ihrer Ankunft begeistert sind. Bogdan sieht einfach wütender denn je aus.

„So, bedeutet das, dass der Mensch jetzt oberste Priorität hat?" Er kocht praktisch vor Wut, und seine Anschuldigung dämpft die gute Stimmung im Raum.

Ich blicke ihn mit finsterer Miene an, meine eigene Rüstung verdunkelt sich leicht: „Meine oberste Priorität ist und wird immer unser Volk sein. Ich bin in dem Moment gekommen, als du mich vorhin gerufen hast, nicht wahr? Wie ich es immer tue und immer tun werde. Aber auch die Veränderung unserer Situation muss berücksichtigt werden".

Sein Kiefer verkrampft sich, und er ist offensichtlich nicht ganz zufrieden mit meiner Antwort, aber ich habe keine andere, die ich ihm geben kann. Einen Tribut zu haben, ist anstrengender, als ich gedacht hatte, und ich denke, meine Männer werden das anfangs auch so empfinden. Die Faszination für etwas Neues wird verblassen, sogar der Drang zur Kopulation sollte weniger werden, wenn meine Wünsche gestillt sind, und Bogdan wird das schließlich einsehen.

"Du wirst es verstehen, wenn Du deinen eigenen Tribut hast und in der Lage bist, deine eigenen Bedürfnisse zu befriedigen", sage ich ihm.

„Ich will keinen menschlichen Tribut", spuckt er aus, seine Stimme voller Ekel und Spott, bevor er von der Brücke stürmt.

In seiner Abwesenheit herrscht Schweigen, und ich widerstehe dem Drang, mir den Kopf zu reiben. Ich weiß nicht, warum sich Bogdan wie ein Kind aufführt, aber ich werde ihm auch nicht nachjagen. Offensichtlich braucht er Ruhe.

„Ich nehme seine, wenn er sie nicht will", sagt Vander, mein diensthabender Pilot. Lachen bricht die Spannung im Raum, und sogar ich muss lächeln.

„Wir werden sehen. Jetzt bring mich auf den neuesten Stand. Wo stehen wir bei der Suche nach den Vgotha?", will ich wissen.

Immer noch auf der Suche, da es schwierig ist, der Spur durch die Ionenbahnen der äußeren Ränder der Wolke zu folgen, und bis jetzt haben sie den Köder, den unsere Aufklärungsschiffe ausgeworfen haben, noch nicht geschluckt. Während die Brücke berichtet, schickt mir Arkdhem die Nachricht, dass er in meinen Gemächern angekommen ist und mein Tribut noch schlummert. Ein kleiner Teil von mir, von dem ich nicht einmal wusste, dass er angespannt ist, löst sich jetzt, und ich kann mich ganz auf die anstehenden Angelegenheiten konzentrieren, da ich weiß, dass sie bewacht wird.

~

Dawn

ICH ERWACHE MIT EINEM KNURREN. Nicht, dass *ich* knurre, mein Magen knurrt. Ich bin *am Verhungern*. Das ist nicht allzu überraschend, wenn man bedenkt, dass ich das letzte Mal gegessen habe, bevor ich als Tribut präsentiert wurde, und … nun ja, ich habe keine Ahnung, wie lange Gavrill mich erotisch gequält hat, aber es ist lange her. Meine Muschi fühlt sich gründlich missbraucht an, meine Oberschenkel machen den Eindruck, als wäre ich einen verdammten Marathon gelaufen, und obwohl ich geschlafen habe, fühle ich mich immer noch sehr ausgelaugt.

Ich bin auch sehr … voll … an einer Stelle, an der ich es nicht gewohnt bin, voll zu sein.

Nach unten greifend, stöhne ich, als meine Finger auf den verhassten Trainingsgürtel treffen, der mich unter dem hauchdünnen Kleid, das ich jetzt trage, bedeckt. Ich habe eine verschwommene Erinnerung an Gavrill, der meinen Gesichtsausdruck begierig beobachtete, als er die Nanotechnologie des Gürtels in meinen Hintern schob und mich winden ließ, obwohl ich zu diesem Zeitpunkt vor Erschöpfung praktisch handlungsunfähig geworden war. Die Kontrolle, die er über den Gürtel hatte, war mehr als nur ein wenig erschreckend, da der Gürtel *an mir hing*.

Der dreckige Perversling hatte mich dann gefickt, während mein Arsch ausgefüllt war, und ich war so hart gekommen, dass ich Sterne gesehen hatte, bevor ich quasi ohnmächtig wurde.

„Tribut? Bist du wach?" Die tiefe Stimme kommt aus der Dunkelheit und lässt mich schreiend zurückschrecken ... wohin ich genau fliehen will, kann ich auch nicht genau sagen, aber meine Hände und Beine strampeln unkoordiniert in alle Richtungen.

„Wer ist da?", frage ich und mein Herz klopft. Das war *nicht* Gavrills Stimme, und ich glaube nicht, dass ich sie vorher schon einmal gehört habe. Obwohl es nicht so ist, dass ich mir Stimmen eingeprägt hätte. Aber ich würde mich ziemlich sicher an die wütende Stimme auf der Brücke erinnern, Bogdan.

„Lichter an". Auf Befehl gehen die Lichter in der Kabine an, und ich blinzle schnell, während meine Augen sich an die Helligkeit gewöhnen. Auf einer der Sofas im Hauptbereich der Kabine sitzt ein Tsenturion-Krieger, der, abgesehen von seinem Kopf, voll gepanzert ist. Seine Rüstung zeigt ein helles Grau, fast ein Himmelblau. Es ist eine sehr unbedrohliche Farbe, und ich entspanne mich wieder.

„Sei gegrüßt, Tribut des Commanders, ich bin Arkdhem, und ich bin hier, falls du etwas brauchst, während der High Commander auf der Brücke ist."

Ich hätte fast über seine eifrige Formalität gekichert, außer ...

„Bitte, nenne mich Dawn und nicht Tribut des Commanders oder Tribut", bringe ich vor, schon in der Erwartung, dass er es ablehnen wird, aber stattdessen nickt er mit dem Kopf und sieht aus, als würde er sich konzentrieren.

„Sehr gut, Dawn", sagt er und spricht meinen Namen

genauso aus, wie Gavrill es tat, als ich die Bitte an ihn richtete. Eine Bitte, die er seither ignoriert hat. „Kann ich jetzt irgendetwas für dich tun?"

Wie auf Stichwort knurrt mein Magen.

„Essen?", frage ich voller Hoffnung. „Und Wasser? Vielleicht etwas zum Zähneputzen?"

Für einen Tsenturion entpuppt sich Arkdhem als ziemlich unbekümmert. Er erinnert mich irgendwie an einen eifrigen Welpen. Er zeigt mir, wie man sowohl die Dusche als auch die Reinigungsmöglichkeiten im Badezimmer benutzt, obwohl ich im Moment eigentlich nur Letzteres benutze. Ich brauche auf jeden Fall eine Dusche, aber zuerst muss ich dringend etwas essen. Es hat aber gutgetan, mir den Schlaf aus dem Mund zu bürsten. Ich fühle mich etwas seltsam, wenn ich mir den Mund einfach mit einer geschmacklosen Flüssigkeit ausspüle, die im Grunde nur Wasser zu sein scheint, aber ich spüre ein Kribbeln, und mein Mund scheint danach sauberer zu sein.

Essen gibt es in der Cafeteria. Arkdhem bot an, es bringen zu lassen, aber ich wollte aus der Kabine raus. Wenn ich jemals fliehen will, muss ich die Umgebung erkunden, richtig? Als ich ihm sage, dass ich lieber mehr vom Schiff sehen möchte, ist er sehr aufgeschlossen und begleitet mich direkt aus der Tür hinaus. Auf wackeligen Beinen gehend, sage ich mir, dass dies eine gute Idee ist. Meine Muskeln können ruhig etwas Bewegung vertragen, bei der meine Beine nicht gespreizt sind oder nutzlos herunterhängen. Zum Glück ist der Trainingsgürtel weich an meiner Muschi, sonst wäre mir das viel unangenehmer.

Ehrlich gesagt, fühle ich mich viel besser, als ich sollte. Meine Gliedmaßen sind geschmeidig und locker, als hätte ich eine befriedigende Yogastunde hinter mir. Ich kann nicht anders, als mich zu fragen, ob es an den Veränderungen liegt, die Frllil an meinem Körper vorgenommen hat, um mich darauf vorzubereiten, ein Tribut zu sein.

Gavrills Halsband hängt immer noch um meinen Hals, aber Arkdhem hat zu meiner Erleichterung keine Leine angelegt. Anscheinend ist dieses Recht nur meinem *Meister* vorbehalten. Darüber beschwere ich mich definitiv nicht.

Draußen in den Korridoren des Schiffes schaue ich mir alles an, und da Arkdhem so entgegenkommend ist, stelle ich so viele Fragen, wie mir einfallen. Nicht, dass seine Antworten für mich sehr hilfreich wären.

Wo sind wir in Bezug auf meine Galaxie? *Keine Ahnung.*

Weiß er, wie ich hierhergekommen bin? *Durch ein instabiles Wurmloch.*

Wie reist jemand durch ein Wurmloch, insbesondere durch ein instabiles? *Durch ein Portal oder eine von den Jabol entworfene Kapsel. Aber soweit er weiß, bin ich das einzige Wesen, das jemals durch ein solches gereist ist.*

Es wird schnell klar, dass er kein Problem damit hat, meine immer offensichtlicher auf Flucht ausgerichteten Fragen zu beantworten, denn es *gibt* kein Entkommen. Die Tsenturion kennen nicht einmal die ungefähre Position der Erde, denn sie hatten nichts damit zu tun, mich hierherzuholen. Um zurück in meine Heimat zu gelangen, brauche ich die Jabol. Und um zurück zu *ihnen* zu gelangen, bräuchte ich ein Schiff und einen Navigator.

Als wir die Cafeteria erreichen, hat sich Hoffnungslosigkeit in mir breit gemacht.

„Mach dir keine Sorgen", sagt Arkdhem sanft und klopft mir mit seiner riesigen Hand auf die Schulter, „du wirst hier bei uns glücklich sein. Der High Commander ist der Beste der Besten, und er wird dich gut behandeln".

„Richtig." Bitterkeit wallt in mir auf. „Ich muss einfach akzeptieren, dass ich mein Zuhause nie wiedersehe."

Für einen langen, ernsten Moment studiert mich Arkdhem: „Ich weiß, du glaubst nicht, dass ich es verstehe, aber ich verstehe es. Das tun wir alle."

Ich schäme mich, als ich merke, dass es den Tatsachen entspricht. Sie alle haben ihren gesamten Planeten und jeden darauf verloren. Wenigstens weiß ich, dass die Erde noch da ist. Mein geliebtes Haus steht noch. Für die Schülerinnen und Schüler meiner Yogaklasse geht das Leben weiter, als ob alles völlig normal wäre. Und ich habe keine unmittelbare Familie, niemanden, der durch meine Entführung erheblich verletzt würde. Mein Leben hat sich völlig verändert, ich habe alles verloren ... aber zumindest weiß ich, dass es immer noch da draußen ist.

„Tut mir leid", flüstere ich.

Er lächelt nur und klopft mir noch einmal auf die Schulter, bevor er mich zu einer Maschine in der Wand führt. Dort ist eine Öffnung, in der ein Tablett steht. Ich nehme an, so bekommen sie ihr Essen. Frllil hat mir immer nur Tabletts gebracht, also weiß ich nicht, woher er das Essen hatte, aber wenigstens hatte ich etwas Zeit, um herauszufinden, was ich mag. Arkdhem besteht auch darauf, einige seiner Lieblingsspeisen hinzuzufügen, die ich noch nie probiert habe – es war ja nicht so, dass der Jabol mir jemals die Auswahl von einem Buffet oder so ermöglicht hätte.

Es ist schön, wenn sich jemand darum kümmert, was ich will, auch wenn es nur ums Essen geht. Ich will es nicht zugeben, aber ein kleiner Teil von mir sehnt und wünscht sich, es wäre Gavrill neben mir, der mir hilft, neues Essen auszuprobieren und nicht Arkdhem.

7

Dawn

Als Corin auf der Brücke eintrifft, um das Kommando für die nächste Schicht zu übernehmen, sind Arkdhem und mein Tribut noch beim Essen. Sie sind schon seit geraumer Zeit dort, und ich runzele besorgt die Stirn, während ich den Flur hinunterschreite. Brauchen Menschen ungewöhnlich lange, um zu essen, oder hat sie etwas anderes aufgehalten?

Als ich den Speisesaal erreiche, ist die Szene, die ich erblicke, unerwartet und nicht ganz willkommen.

Mein Tribut sitzt in der Mitte einer Gruppe meiner Krieger, die alle zusehen, wie sie in etwas beißt, das wie ein Stück Korrunfrucht aussieht. Sofort weiten sich ihre Augen vor Freude über den reichhaltigen Geschmack, ihr ganzes Gesicht leuchtet auf.

„Das schmeckt genau wie Schokolade!" Sie schiebt sich

den Rest der Frucht in den Mund, sieht fast selig aus und summt auf eine Art, die den Geräuschen viel zu ähnlich ist, die sie in meinem Bett gemacht hat.

Die Eifersucht zerreißt mich, so heiß und schnell, dass meine Rüstung tatsächlich in einem leuchtenden Orange flackert, als würden Meteoriten durch sie hindurchgehen. Als ich das sehe, unterdrücke ich meine unbändigen Emotionen, bevor die Farbtöne jemandem auffallen können. Es gibt keinen Grund zur Eifersucht, nur weil sie sie hören können. Niemand berührt sie, sie beobachten sie nur.

Sie hören ihr zu.

Und sie scheinen von ihr ebenso begeistert zu sein wie ich.

Es ist nur verständlich, sage ich mir. Sie sind neugierig. Und sie ist schön. Interessant. Exotisch. Die Erste der Tribute. Die Hoffnung für die Zukunft.

Trotz meiner Logik spüre ich immer noch meinen Besitzanspruch, meine Eifersucht, die unter der Oberfläche meiner erzwungenen Ruhe brodelt. Zumindest ist nichts davon auf meiner Rüstung zu erkennen, wo meine Krieger es sehen können. Nicht, dass einer von ihnen Bogdans Eistellung zu haben scheint, aber ich bin der High Commander, und ich würde niemals freiwillig Schwäche zeigen.

Ich habe mich wieder selbst unter Kontrolle, bewege mich nach vorne, und die Bewegung fällt Arkdhem ins Auge. Er steht sofort auf und salutiert, wobei er mit der Hand gegen seine Brust schlägt, was die anderen bemerken und zu einer Kettenreaktion führt, sodass der Rest meiner Krieger das Gleiche tut. Mein Tribut schaut verwirrt auf die plötzlichen Formalitäten – die an Orten wie der Cafeteria oder auf der Brücke, wo gearbeitet wird, nicht unbedingt notwendig ist. Arkdhem neigt dazu, zu salutieren, wenn er mich sieht, ungeachtet dessen, was er tut, es sei denn, es wäre gefährlich, dies zu tun.

„High Commander", sagt er, „mir war nicht klar, wie viel Zeit vergangen ist. Wir haben Dawn mehr von unserer Küche gezeigt, als der Jabol es getan hat".

„Das sehe ich", antworte ich und nicke mit dem Kopf, „sie scheint die Korrunfrucht zu mögen".

Mein Blick trifft auf ihren, und sie lächelt mich zögernd an. Hoffnungsvoll. Ich verstehe nicht, was sie sich erhofft, aber sie scheint sich zu freuen, mich zu sehen, und das freut mich, und es mildert auch einen Teil meiner Eifersucht.

„Es schmeckt wie mein Lieblingsdessert zu Hause", sagt sie, fast schüchtern, als ob sie sich fragt, ob es angebracht ist zu sprechen oder nicht. Umso mehr freut es mich, dass sie sich offensichtlich bereits auf die Erwartungen einstellt, die ich an sie gestellt habe.

„Dann sollst du so viel davon haben, wie du willst", sage ich und fühle mich dabei ziemlich großmütig. „Jetzt würde ich gerne zurück ins Quartier. Wenn du noch Hunger hast, dann können wir etwas davon mitnehmen".

Es gibt keine Anzeichen von Enttäuschung bei den Männern um uns herum, aber ich spüre das wie eine greifbare Sache. Aber sie haben die Aufmerksamkeit meines Tributs lange genug gehabt.

Mein Tribut schüttelt den Kopf: „Ich bin fertig, danke. Meister".

Die ehrende Formel wird am Ende angeheftet, als hätte sie es fast vergessen, aber ich werde nachsichtig sein, denn sie lernt noch, und es scheint nicht beabsichtigt zu sein. Meine Krieger beginnen sich zu zerstreuen, als ich mich an ihre Seite bewege und die Leine an ihrem Halsband befestige. Sobald ich das getan habe, spüre ich, wie ich mich noch weiter entspanne, so als ob ihre körperliche Bindung an mich etwas vervollständigt hätte, was mir innerlich fehlte.

Mir ist unangenehm bewusst, dass einige von Bogdans Anschuldigungen der Wahrheit nähergekommen sein könnten, als ich zugeben möchte.

∼

Dawn

BLÖDE LEINE. Das Geräusch, wenn sie einrastet, wiegt schwerer als eine zuschlagende Tür. Die kurze Illusion, wieder ich selbst zu sein, ist verschwunden.

Schlimmer noch, ein Teil von mir hat sich über Gavrills Erscheinen gefreut und empfindet jetzt ein Gefühl der Befriedigung, von ihm angeleint worden zu sein. Ich war wirklich froh, ihn zu sehen, wenngleich auch etwas misstrauisch, da ich definitiv nicht still gewesen bin, und der leere Ausdruck auf seinem Gesicht wirkte nicht besonders vielversprechend. Aber er schien nicht wütend zu sein.

Aus irgendeinem Grund habe ich das Gefühl, dass er besitzergreifend ist, vielleicht sogar eifersüchtig, aber ich kann mir nicht vorstellen, woher das stammt, weil ich das in seinem Ausdruck oder seiner Körpersprache überhaupt nicht lesen kann.

„Danke, dass du dich um meinen Tribut gekümmert hast", sagt er zu Arkdhem. Wieder werde ich in zwei Dawns zerrissen – die eine, die sich dagegen sträubt, wieder zum ‚Tribut' entmenschlicht zu werden, und die andere, die dumm genug ist, sich als etwas Besonderes zu fühlen, weil er sie als *seinen* Tribut bezeichnet.

Ich ermahne mich, dass er jede Frau so genannt hätte. Wenn mir etwas passierte, würden sie mich wahrscheinlich einfach durch eine andere Frau ersetzen, und dann würde er sie seinen Tribut nennen.

Ich bin tatsächlich so dumm, dass der Gedanke ernsthaft weh tut. Wenn das Stockholm-Syndrom Wasser wäre, würde ich jetzt im Ozean schwimmen.

„Es war mir ein Vergnügen, High Commander", sagt Arkdhem, absolut aufrichtig. Ich lächle ihn an. Ich mag Arkdhem; er scheint ein netter Kerl zu sein – ein netter Tsenturion.

Nachdem er Arkdhem von seinen Babysitter-Pflichten entbunden hat – denn so fühlt es sich im Moment an –, führt mich Gavrill zurück in sein Quartier. Er schweigt den ganzen Weg über, und ich auch. Mit den anderen Tsenturion zu sprechen, hatte sich nicht gerade als einfach herausgestellt, weil sie alle Fremde waren, aber irgendwie war es einfacher gewesen, als mit diesem ganz speziellen Tsenturion hier zu reden. Es war mir egal, was sie von mir dachten, außer auf eine ganz allgemeinen Art und Weise.

So ungern ich es auch zugeben wollte, es war mir wichtig, was Gavrill von mir hielt.

Ich war auch hin- und hergerissen zwischen einem Gefühl der Erleichterung und des Friedens, wieder in seiner Gegenwart zu sein, und der Wut darüber, wieder an der Leine geführt zu werden. Darüber hinaus werde ich auch müde, und als er mich in das Quartier führt, gähne ich.

Seine dunklen, scharfen Augen nehmen das sofort wahr: „Du brauchst mehr Ruhe?"

„Wahrscheinlich", antworte ich und versuche, ein erneutes Gähnen zurückzuhalten: „Ich glaube, der Hunger hat mich geweckt, bevor ich zu Ende geschlafen habe. Meister."

Der Blick in seinen Augen wird schärfer. Ich spüre, wie sich meine Herzfrequenz ein wenig beschleunigt, als er nach vorne tritt und sich leicht über mich beugt. Seine Finger umfassen mein Kinn und neigen meinen Kopf nach hinten, damit er mir in die Augen sehen kann.

„Es ist dein erster Tag, und du bist müde, also werde ich nachsichtig sein", murmelt er mit sanfter, aber fester Stimme, „aber du wirst lernen, mich Meister zu nennen, oder du bekommst den Hintern versohlt, bis du dich wieder erinnerst".

„Ja, Meister", sage ich sofort, die Ehrbezeugung kommt jetzt sehr leicht über meine Lippen, wenn er mich so ansieht und mich so hält. Ich bin mir plötzlich meines Körpers sehr bewusst, die Pobacken kribbeln in einer Art Vorfreude, obwohl sie noch immer von vorhin wehtun, meine Brustwarzen verhärten sich, meine Schamlippen schwellen an, und mein Arsch ballt sich um den Nanotech-Plug, den der Trainingsgürtel geschaffen hat.

Ich will die Reaktion niederringen, aber wie kann ich mich selbst bekämpfen?

„Braves Mädchen", sagt er, und Wärme durchströmt mich. Verdammt, ich sollte es nicht so sehr mögen, wenn er das sagt. Es sollte mir egal sein, was er denkt, denn meine Unterwürfigkeit soll nur gespielt sein.

Aber es ist mir nicht egal. Und es gefällt mir.

Dann zieht er an der Leine und holt mich so mitsamt dem Halsband näher zu sich heran, während sich sein Mund für einen Kuss zu meinem senkt. Ich habe keine Ahnung, wie ich nach mehrmaligem Ficken immer noch geil sein kann, aber die Erregung lodert sofort in mir auf, und ich spüre, wie ich im Gürtel nass werde.

Er stöhnt gegen meine Lippen, hebt mich auf und trägt mich zum Bett hinüber, einen Arm um meine Taille, der andere hält meinen Nacken, während ich meine Beine um ihn schlinge, um das Gleichgewicht nicht zu verlieren. Seine Rüstung schiebt sich bereits zurück und verschwindet in seiner Wirbelsäule, so dass die nackte Haut zurückbleibt. Er reißt mir praktisch das dünne Kleid vom Leib, und der Trainingsgürtel zieht sich sofort von meiner Muschi zurück, aber nicht von meinem Arsch.

Ich stöhne, als er sich in meinem hinteren Kanal bewegt. Er wird nicht größer, und er fickt mich auch nicht, sondern zittert einfach in mir und erzeugt ein völlig neues Gefühl, das reines Vergnügen ist.

~

GAVRILL

ICH HATTE WIRKLICH VORGEHABT, sie ruhen zu lassen, ohne sie wieder zu nehmen, aber als sie mich so süß ‚Meister‘ nannte, besonders nachdem meine Eifersucht geweckt worden war, waren mein Schwanz und meine *Seela* sofort lebendig geworden. Ich wollte und musste sie wieder besitzen. Sie wirklich beherrschen.

Mein Tribut wimmert unter mir, während ich die Invasion des Gürtels durch ihren Hintereingang beeinflusse und sie den Bewegungen meiner Schwanzspitze anpasse. Ich ergreife ihre Handgelenke, nehme beide in eine Hand und halte sie über ihrem Kopf fest, während ich eine ihrer üppigen Brüste mit der anderen umschließe. Das weiche Fleisch liegt angenehm in meiner Hand, und ich senke meinen Mund zu ihrer Brustwarze, während mein Schwanz zwischen die Lippen ihrer Muschi taucht.

„Oh ... oh bitte ...“ Sie stöhnt und wölbt sich leicht, als

ich anfange, in sie hineinzustoßen. „Zu voll ... bitte, Gavrill ... Meister ... Ich bin zu voll ...“

Ich sollte sie dafür bestrafen, dass sie mich bei meinem Namen genannt hat, aber ich merke, ich höre ihn gern aus ihrem Mund. Sofort treffe ich die Entscheidung, dass ich sie, solange sie mich in der Öffentlichkeit richtig anspricht, nicht dafür bestrafen werde, dass sie mich privat, im Rausch der Leidenschaft, so nennt.

Ich ignoriere ihr Flehen und weiß, dass sie es ertragen kann. Ich fühle die nasse Umklammerung ihrer Hitze und die Wellen des Gürtels durch die dünne Wand zwischen ihren Kanälen, während ich tiefer eindringe. Ich lecke ihre Brustwarze mit meiner Zunge und knabbere sanft an der zarten Knospe, so dass sie sich vor Leidenschaft anspannt, während ich sie tiefer in meinen Mund sauge. Sie windet sich, ihre Arme drücken nach oben gegen meine Hand, als versuche sie, sich zu befreien, aber ohne Erfolg.

Wenn ich sie das nächste Mal nehme, werde ich sie mit Bändern am Bett festbinden, damit ich die Hände frei habe, um zu tun, was ich möchte, aber im Moment bin ich zu begierig, wieder in ihr zu sein. Ich halte sie mit meinem eigenen Gewicht fest, während ich anfange zu stoßen, und stöhne vor Vergnügen mit meinen Mund voller zartem Fleisch ihrer Brüste, während sich die Muskeln ihrer Muschi um mich herum zusammenziehen.

Meine *Seela* streicheln ihre Schamlippen und die Klitoris, mein Körper hat bereits gelernt, wie sie es am liebsten mag. Wieder in ihr zu sein, verschafft mir eine fast unbeschreibliche Erleichterung; der Vergleich, der sich hier anböte, ist, dass es sich anfühlt, als käme ich nach Hause. Sie spannt sich unter mir an, wölbt sich, während ich in sie hineinstoße und aus ihr herauspumpe. Ich beeinflusse den Trainingsgürtel so, dass er beginnt, in ihr zu wachsen und sich wieder zu verkleinern. Er kann zwar nicht stoßen, aber ich kann mich so am ehesten dem annähern, wie es wäre, ihren Arsch damit zu ficken.

Es ist unglaublich, wie der Gürtel sich gemeinsam mit meinem eigenen Schaft bewegt. Das Gefühl von ihr unter mir, um mich herum, der Duft von ihr, der meine Nase füllt ... es ist alles, was ich will, alles, was ich brauche, und ich verliere mich in ihr.

～

Dawn

DIESES MAL BIN ich mir sicher, dass ich wirklich an einer Überdosis sexueller Lust sterben werde. Ich werde völlig von ihm beherrscht, völlig überwältigt von dem, was er mir antut.

Ich kann nicht einmal protestieren, während ich in wachsender Ekstase schluchze.

Ich bin so voll, so sensibilisiert. Jedes einzelne meiner Nervenenden hat sich in einen Empfänger der Lust verwandelt. Die Bewegung in meinem Arsch entspricht seinen Stößen in meine Muschi, wodurch perverse und befriedigende Empfindungen entstehen, die meine Verzückung noch steigern. Meine Klitoris bettelt um Gnade, während sie unter der Aufmerksamkeit seiner *Seela* anschwillt. Glücklicherweise hat sich der Schmerz, den ich beim Aufwachen empfunden hatte, während ich gegessen habe, aufgelöst, und mein Körper ist bereit, ihn wieder aufzunehmen.

Selbst wenn das nicht der Fall gewesen wäre, bin ich mir nicht sicher, ob er hätte aufhören können.

Seine Stöße sind unerbittlich, seine Hände und Lippen

besitzergreifend, als ob er mich trinken würde, als ob er nicht genug von mir bekommen könnte. Ich weiß, wie sich das anfühlt, denn mir geht es genauso. Meine Beine spreizen sich weiter, meine Hüften neigen sich nach oben, um seine Stöße zu empfangen, mein Körper ist begierig darauf, ihn so tief in mir zu spüren, wie ich kann, um noch voller zu sein, obwohl ich mich schon fühle, als würde ich gleich platzen.

Als der Gürtel in mir zu vibrieren beginnt, schreie ich, während pure erotische Ekstase durch mich donnert, ungezähmt und unnachgiebig, auch wenn sie mein gesamtes Nervensystem überlastet. Die Wellen der Verzückung fegen über mich hinweg, kräuseln meine Zehen, meine Beine, und wölben meinen Rücken gegen Gavrils raue Stöße, die mich auf immer höhere Ebenen des Vergnügens schicken. Die Schwingungen erschüttern den Kern meiner Existenz, und mein ganzes Universum verengt sich auf uns beide.

Es gibt einen Moment, in dem ich seine Freude, sein Bedürfnis, seine Einsamkeit und seine besitzergreifende Freude darüber spüre, dass er mich hat ...

Mein Höhepunkt kommt in einer weiteren intensiven Welle, und ich spüre, wie sein Körper sich an meinen klammert, wie seine Tentakel an meinen Schamlippen saugen, während er in mir anschwillt und pocht, während sein Samen in mich hineinquillt. Ich bin geblendet von der weißglühenden Ekstase, dem Gefühl, in jeder Hinsicht *eins* mit ihm zu sein, und selbst während ich mich in orgasmischer Euphorie winde, beginnt mich die Dunkelheit der Bewusstlosigkeit zu umhüllen und rettet mich vor der Intensität der körperlichen und emotionalen Raserei, die ich erlebe.

G AVRILL

I CH BIN um meinen Tribut gewickelt, ihren erschöpften Körper an meinen gepresst, als mein Com ertönt. Ich bin schon eine Weile wach, aber ich bewege mich nur ungern, weil ich mich so wohlfühle mit ihrem warmen, weichen Körper, der so eng an mich geschmiegt ist. Tsenturion scheinen weniger Schlaf zu benötigen als Menschen – oder vielleicht bin ich einfach mehr an viel körperliche Aktivität gewöhnt.

Die Botschaft ist von Medik, der mit mir über meinen Tribut und das Tribute-Programm im Allgemeinen sprechen möchte. Ich habe nichts dagegen. Früher, auf Tsentur hatten Krieger, die in ihre zivile Lebensphase wechselten, oft einen Mentor, der ihnen durch den Prozess half. Obwohl ich nicht in eine andere Lebensphase wechsle und mein Tribut keine Tsenturion-Braut ist, habe ich einige Fragen an einen Mann, der schon einmal eine Gefährtin hatte. Ich möchte auch, dass er sie untersucht, damit ich mir sicher sein kann, dass ihre Erschöpfung normal ist und sie gesund bleibt.

Während ich ihm zurückschreibe, trifft eine weitere Nachricht ein.

Bogdan, mit dem gleichen Wunsch wie der Doktor. Obwohl ich bezweifle, dass seine Ansichten über das Programm die gleichen wie die von Medik sind.

Ich antworte beiden – wir werden vor meiner nächsten Schicht gemeinsam zu Abend essen. Es wird interessant sein, die gegensätzlichen Argumente von Medik und Bogdan zu hören, und ich werde mich heraushalten können, während ich ihre Argumente und deren Vorteile durchdenke, ohne mich auf eine der beiden Seiten stellen zu müssen. Wenn wir die Zeit haben, unsere militärischen Exkursionen zu planen, habe ich solche Taktiken als ein nützliches Instrument für meine Entscheidungen empfunden.

Glücklicherweise habe ich noch einige Stunden Zeit, bevor ich mich mit ihnen treffen muss.

Hier mit meinem Tribut zu liegen, ist nicht die produktivste Nutzung meiner Zeit, aber meine Motivation, etwas anderes zu tun, ist sehr gering. Mir fällt nichts anderes ein, was meine Aufmerksamkeit *erfordert*. Es ist keine Schande und auch nicht falsch, sich in diesen Momenten, in denen ich nicht im Dienst bin, auf sie zu konzentrieren. Vielleicht hilft es mir, mich auf meine Mission zu konzentrieren, wenn ich auf der Brücke bin.

Sobald ich mich an meinen Tribut gewöhnt habe, wird sie mich nicht mehr so ablenken.

8

———

Dawn

„Bei unserer nächsten Mahlzeit speisen wir in Gesellschaft. Ich vertraue darauf, dass du dich benehmen wirst.“

Während er mich instruiert, fährt Gavrill mit seinen großen Händen über meinen nackten Körper. Ich kann nicht umhin, bei seiner Berührung vor Lust zu zittern. Der Trainer summt zwischen meinen Beinen, und ich stöhne. Ich kann nicht glauben, dass ich immer noch geil bin.

Ich sollte wütend sein. Sogar sehr wütend.

Aber stattdessen hat er mich mit sanften Liebkosungen geweckt, während der Gürtel gegen meine Klitoris und in mir vibrierte, und nun winde ich mich auf meinem Rücken liegend. Außerdem bin ich mit an das Kopfteil des Bettes gefesselten Händen aufgewacht, so dass ich ihm völlig ausgeliefert bin. Anscheinend will er mich quälen, indem er jeden Teil meines Körpers berührt, aber mich nicht befriedigt. Die Tatsache, dass er eine Rüstung trägt, die seine nackte Haut verdeckt, führt mich zu der Frage, ob er mich ficken oder mich einfach nur in den Wahnsinn treiben will.

„Ja, Meister", antworte ich pflichtbewusst. Es fällt mir schwer, vernünftig zu denken, während Gavrils Hände weiter umherwandern. Ich zwinge mich, mich zu konzentrieren. „Wer wird sich uns anschließen?"

„Zum einen mein Zweiter Offizier Bogdan."

Großartig. Der finstere Krieger von der Brücke. Klingt nach Spaß.

Gavrill muss meine Reaktion aufgenommen haben, denn er fügt sofort hinzu: „Mach dir keine Sorgen, Dawn. Gehorche mir, und ich lasse nicht zu, dass ein Krieger gegen dich spricht."

„Vielen Dank, Meister. Ich werde brav sein", flüstere ich, eine sehr Tribut-artige Antwort. Ein Teil von mir besteht darauf, dass ich nur die Rolle spiele, die ich spielen muss, um zu überleben – am besten ohne noch mehr Prügel – aber tief in mir weiß ich, dass ich auch sein Ansehen bei seinen Männern nicht gefährden will, und ich möchte, dass er stolz auf mich ist, so sehr sich das auch nach Stockholm-Syndrom anhört.

„Wenn du brav bist, dann wirst du belohnt", sagt er sanft und seine Hände gleiten über meinen Bauch. Meine Muskeln zittern unter seiner Hand und bringen mich zum Wimmern. Es kitzelt nicht wirklich, aber es ist nahe dran. „Bogdan könnte versuchen, dich zu ärgern. Es liegt in seiner Natur. Befolge das Protokoll, und selbst er wird nicht in der Lage sein, gegen dich zu sprechen."

„Folge dem Protokoll." Ich seufze. Bei all meiner Entschlossenheit, den lieben kleinen Tribut zu spielen, weiß selbst ich, dass ich darin nicht gerade gut bin. Das Protokoll von Tsenturion ist, wie Frllil erklärt hatte, lächerlich streng. Ich verstehe, dass es nicht die *ganze* Zeit befolgt werden muss, aber anscheinend in meinem Fall wohl doch ... „Mit anderen Worten, sei still und gehorsam wie eine gute kleine Vorzeigegattin".

Seine großen Hände halten inne. „Was ist eine Vorzeigegattin?"

„So etwas Ähnliches wie ein Tribut", sage ich schnell und will nicht ins Detail gehen. Es gibt schließlich genug Ähnlichkeiten, aber da Gavrill und die anderen Tsenturion die Idee der Tribute zu verehren scheinen – obwohl ich eher wie ein Haustier als ein Mensch behandelt werde – möchte ich nicht, dass er denkt, ich würde Tribute verunglimpfen. Ich bezweifle, dass das gut ankommen würde.

Er akzeptiert meine Erklärung, seine Hände beginnen, sich wieder zu bewegen und streicheln die Seiten meiner Brüste, während er erklärt.

„Während unserer Mahlzeit wird zwar Gehorsam von dir verlangt, aber nicht unbedingt Schweigen. Unser zweiter Gast möchte mit dir ins Gespräch kommen. Medik ist der Versierteste unter uns, wenn es um Paarung und Bindung geht. Er hatte vor dem Großen Angriff eine Familie und eine Gefährtin. Auf seinen Rat hin wies ich den Jabol an, im Universum nach geeigneten Bräuten zu suchen."

Ich muss also dem Doktor für meine Entführung danken.

Trotz der Erregung, die durch meinen Körper summt, regt sich mein Zorn.

Gavrill legt einen Finger auf meine Lippen, als wolle er mein Stirnrunzeln wegwischen. „Du wirst ihn mit Respekt behandeln. Medik ist mein ältester und engster Freund und mein Mentor."

„Ist Medik sein richtiger Name?", frage ich. „Mein Übersetzer lässt es wie ‚Doktor' klingen, aber es scheint, dass dies eher die Position ist, die er innehat ..."

„Er ist unser Doktor, und sein Name *ist* sein Titel. Wir

alle nannten ihn so, während er im Dienst war, und sein wahrer Name ging mit unserer Welt verloren. Er wünscht nicht, mit ihm angesprochen zu werden." Sein Blick wird unscharf, als ob er intensiv über etwas nachdenkt. „Ich weiß nicht einmal mehr, wie sein Name war."

Ich kann gerade noch ein Kopfschütteln unterdrücken. Medik scheint für Gavrill das zu sein, was in diesem Universum einem Freund am nächsten kommt, und er kennt nicht einmal seinen richtigen Namen. Wenn das ein Mädchen nicht davor warnt, sich emotional an ihn zu binden, dann weiß ich auch nicht. Leider bin ich mir nicht sicher, ob es so einfach sein wird.

Ich *will* ihn nicht mögen, aber ich tue es trotzdem.

Nicht nur, weil er offenbar auch beabsichtigt mich in ungekanntem Maße zu befriedigen. Ja, er hat mir den Hintern versohlt, mich an die Leine gelegt und mich wie ein Haustier behandelt ... aber er ist offensichtlich auch ein guter Anführer, er kann überaus sanft sein, er schaut mich mit so etwas wie Ehrfurcht an, und er ist unglaublich geradlinig. Ich bin mir nicht sicher, ob die Tsenturion überhaupt wissen, wie man lügt. Nach allem, was ich gesehen habe, sind sie alle völlig aufrichtig in allem, was sie sagen und tun.

Das alles hat definitiv etwas Anziehendes an sich.

Keine Vermutungen, keine Spielchen.

Das bedeutet, dass es im Moment ganz klar ist, dass Gavrill es genießt, mich zu seinem eigenen Vergnügen zu quälen.

„Die Essenszeit naht. Bald ist es soweit, sich vorzubereiten." Seine Hände fassen an meine Hüften, und der Trainer weicht zurück und entblößt meine Muschi. Mein Arsch hingegen ist immer noch voll, und ich spüre, wie der dünne Streifen zwischen meinen Pobacken nach unten führt. Sofort krampft mein Körper, meine Muschi wird noch feuchter als beim Gürtel, alles in der Erwartung, dass er mich wieder nimmt.

"Bist du bereit für mich?", murmelt Gavrill. Eine Hand streichelt meine Schamlippen, während die andere meine rechte Brust bedeckt. Da er mich die ganze Zeit überall berührt hat, *nur nicht an* diesen Stellen, fühlt es sich doppelt so intensiv an, und ich wölbe mich gegen seine Finger. Sie schlüpfen in meine Muschi, testen meine Nässe und erkunden meine Schamlippen.

„Ja ...“

„Ja, was?“

„Ja ... Meister.“ Mein Atem kommt in kleinen Stößen. Sinnliches Bedürfnis durchströmt mich, pulsiert an meinen Brustwarzen und zwischen meinen Beinen.

„Ich bin nicht sicher.“ Wenn ich es nicht besser wüsste, würde ich sagen, er neckt mich gerade. Aber dafür ist er zu stoisch ... oder? „Vielleicht sollte dich bis heute Abend warten lassen.“

Ich wimmere, während er meine Brustwarze kneift, der heiße Stachel der Lust rast direkt in meine Muschi und lässt mich um seine Finger krampfen, während sie tiefer in mich gleiten. Der Gedanke, dass er mich so am Höhepunkt hindert, macht mich manisch. Ich weiß, dass ich schon Schlimmeres durchgemacht habe, als Frllil mich für ihn vorbereitet hat, aber das spielt jetzt keine Rolle ... Ich will meinen Orgasmus, und ich will ihn *jetzt*.

„Wenn du mich jetzt kommen lässt, werde ich während des Essens nicht abgelenkt sein“, erkläre ich ihm. So erregt ich auch bin, es ist erstaunlich, dass ich ein logisches Argument finden kann.

„Oder du wirst dich ganz auf mich konzentrieren und auf den Befehl warten, der es dir erlaubt, zu kommen.“

Ich erröte bei dem Gedanken, vor einem Publikum zum

Orgasmus gebracht zu werden, und bin unsicher, ob ich eher entsetzt oder nur erregt bin. Ich will es nicht wirklich herausfinden. „Du willst doch nicht, dass ich ... für sie eine Vorstellung gebe, oder?"

Seine Reaktion schockiert mich. Zuerst denke ich, dass ich mir nur einbilde, dass ich tatsächlich spüren kann, was er fühlt, aber die Verdunkelung seines Anzugs und die Art und Weise, wie sich sein Kiefer zusammenpresst, lässt mich fragen, ob ich recht habe ... ob ich tatsächlich fühlen kann, wie ihn die gewalttätige Besessenheit packt. Ich keuche, während meine Haut fast schmerzhaft kribbelt, als ob ich auf die seltsame Welle äußerer Emotionen reagiere.

"Du wirst niemals für sie eine Vorstellung geben." Seine dunklen Augen spießen mich förmlich auf, seine Hand zieht sich an meiner Brust zusammen, Finger drängen tief in mich hinein. Ich keuche, wölbe mich, meine Handgelenke zerren an den Fesseln angesichts des angenehmen und schmerzhaften Kribbelns entlang meiner Nerven, und es wird nur noch stärker, während er spricht. „Sprich nie nicht mehr davon. Denk nicht einmal daran."

„Meister", keuche ich, während die summende Energie auf meiner Haut stärker wird. Ich fühle mich, als wäre ich getasert oder vom Blitz getroffen worden. Wenn mir nicht jedes Haar vom Kopf abstünde, wäre ich sehr überrascht. Es *tut weh*. „Ich wollte nichts Falsches sagen. Bitte ..."

Der elektrische Strom stirbt ab. Gavrill hält inne und beruhigt mich, während ich fast ersticke. Die Besessenheit, die mich ergriffen und meine Haut zu straff gespannt hatte, löst sich, und ich kippe um und schnappe nach Luft. Die Hand auf meiner Brust hat sich entspannt, und seine Finger gleiten aus mir heraus und versuchen nicht mehr, mich mit groben Stößen zu bestrafen.

„Verzeih mir", sagt er, und ich zucke vor Überraschung

zusammen. Eine Entschuldigung war das Letzte, was ich von meinem strengen Meister erwartet hätte. Seinem bestürzten Gesichtsausdruck nach zu urteilen, hat ihn sein Verhalten ebenfalls schockiert. „Ich wollte dich nicht erschrecken. Es ist lange her, dass ich etwas so Seltenes und Kostbares besaß. Ich möchte es nicht teilen."

Eifersüchtig. Ich hatte ihn gefragt, ob er wollte, dass ich vor seinen Freunden eine sexuelle Vorstellung gebe, und seine Antwort war eine Eifersucht, die so intensiv war, dass sie mich fast erstickt hatte. Obwohl er anscheinend nicht gemerkt hatte, was mit mir geschehen war. Hatte ich seine Gefühle gespürt? Oder waren das, was ich für seine Emotionen hielt, in Wirklichkeit nur seine Manipulation des Trainingsgürtels gewesen? Konnte er das tun?

Er fährt mit den Händen über mich und streicht über das, was sich jetzt wie rohe Haut anfühlt.

Ich wimmere wieder, und er beschwichtigt mich, seine Stimme und Hände beruhigen mich.

„Du bist *mein* kleiner Tribut. Du gehörst *mir* und nur mir allein." Seine Rüstung weicht zurück, als er sein Gewicht über mir verlagert und meine Beine mit seinen Handflächen spreizt. Der elektrische Strom hat mich sowohl empfindlich gemacht als auch den Wunsch nach mehr hervorgerufen. Ich bin gefesselt und wünsche mir, ich könnte ihn berühren, und doch erregt es mich, dass ich es einfach nicht kann. Sein Schwanz streicht über meine Klitoris, bewegt sich auf meinen Eingang zu, und ich stöhne. „Schhh. Ich bin dein Meister. Ich werde mich um dich kümmern und dir Vergnügen bereiten, und es wird dir an nichts fehlen."

Ich schreie auf, als er in mich eindringt, meine Hüften recken sich vom Bett hoch und betteln wortlos um mehr.

GAVRILL

ICH BIN WIEDER AUßER KONTROLLE, aber das ist mir egal.

Der Gedanke, dass mein Tribut anderen diese Seite von sich zeigen könnte … wenn sie ihr leises Stöhnen hören und sehen, wie sie ihren Kopf in Ekstase zurückwirft, hat mich mit Leidenschaft, Besitzanspruch und Wut entflammt. Zum ersten Mal verstehe ich den tsenturischen Impuls, unsere Gefährtin zu markieren, damit alle sehen können, zu wem sie gehört. Ich wünschte fast, es wäre möglich, dies auch bei einem Menschen zu tun, obwohl jeder bereits weiß, dass sie mir gehört.

Es ist ein unlogischer Wunsch.

Aber das spielt für mich in diesem Augenblick keine Rolle.

Knurrend ficke ich sie härter und spüre, wie ihre heiße Nässe mich fest umklammert, während sie sich unter mir windet. Ihre Hände gefesselt zu haben, ist genauso erfreulich, wie ich es mir vorgestellt hatte. Ich bin zwar nicht abgeneigt, mich von ihr berühren zu lassen, aber dass sie so hilflos ist, ist berauschend.

Ich spüre, wie sich der Kopf meines Schwanzes in ihr aufplustert, über ihre Wände streicht und wie sich meine *Seela* winden. Auf den Schamlippen sind überall kleine Male zu sehen, wie oft ich in ihr zum Höhepunkt gekommen bin, wobei mein Körper versucht hat, sich vollständig mit ihrem zu verbinden. Ich schiebe meine Arme unter ihre Beine und spreize sie weit, so dass ich zusehen kann, wie mein Schwanz in und aus den prallen Lippen ihrer Muschi gleitet. All die kleinen Spuren, die ich dort an ihr hinterlassen habe, erfüllen mich mit einem Gefühl höchster Befriedigung und dem Wunsch, mehr Spuren an ihrem ganzen Körper zu hinterlassen.

Ich beuge mich nach vorne und hämmere in sie hinein, während ich in ihre Schulter beiße. Nicht so hart, dass es blutet, aber fest genug, um sie zum Keuchen zu bringen. Ich sauge, zupfe an ihrem Fleisch, so wie meine *Seela* an den Lippen ihrer Muschi ziehen, wenn ich zum Höhepunkt komme. Ich kann ihre Haut auf meiner Zunge schmecken, wenn ich sauge. In den Handbüchern stand, dass dies eine Markierung hinterlassen würde.

Es ist nicht das Zeichen eines Tsenturion, aber es wird *mein* Zeichen an ihr sein.

„Bitte ... oh, bitte ... Meister ...“ Ihr Körper versucht, sich gegen meinen zu bewegen, trotz der Fesseln an ihren Handgelenken, und ich spüre, wie ihre Muskeln anfangen, um meinen Schwanz zu flattern, als sich ihr Höhepunkt nähert.

Ich lasse ihre Schulter aus meinem Mund frei und sehe mit einem Gefühl begeisterten Genusses den dunkelroten Fleck, den ich auf ihrer Haut hinterlassen habe.

„Komm für mich“, sage ich und es ist mehr ein Befehl als eine Erlaubnis. „Komm auf meinem Schwanz, Dawn.“

Ihr Name rutscht mir ungewollt heraus. Er klingt seltsam und fühlt sich auf meiner Zunge komisch an, gleichzeitig scheint es aber auch sehr richtig zu sein. In den Handbüchern verwendete der Meister im vorletzten Moment oft den Namen seiner Frau. Besonders, wenn er ihr befahl, für ihn zu kommen.

Der hohe Schrei, den sie ausstößt, als sich ihr Körper um mich herum zusammenzieht, ist alles, was ich hören möchte. Sie fällt unter mir auseinander, während ich mich härter und schneller bewege, mein Körper drängt mich, sie zu füllen, sie zu fordern, sie *zu besitzen*.

Mein ... sie gehört mir ... ganz allein mir.

Meine *Seela* heften sich an ihre Muschi, mein Schwanz schwillt gegen ihre zusammengedrückten Wände an, während der Kopf steif wird. Ich lasse mein eigenes tiefes Stöhnen intensiver Ekstase heraus, während ich zu pulsieren beginne, mein Samen spritzt in sie hinein und füllt sie aus. Sie pulsiert um mich herum und zieht an meinem Schwanz, als sei ihr Körper hungrig nach allem, was ich ihr geben kann. Ich beuge mich über sie und keuche, während jeder Krampf ihres Körpers mich dazu bringt, gegen sie zu stoßen, wobei meine *Prime-Seela* an ihrer Klitoris zupft und uns in einem Kreis der Leidenschaft zieht, der sich von den Reaktionen des anderen nährt.

Nachdem ich alles gegeben habe, ist mein Tribut wieder schläfrig vor Befriedigung, sie wimmert leicht, während ich mich sanft von ihrem Körper löse. Ihre Schamlippen sind frisch geschwollen, die Abdrücke meiner *Seela heben* sich von der Blässe ihrer Oberschenkel ab, aber nicht so sehr wie der tiefrote Fleck, den mein Mund auf ihrer Schulter hinterlassen hat. Ich sehe sie an, sowohl zufrieden als auch ... unzufrieden. Etwas daran ist nicht genug, obwohl ich weiß, dass mehr nicht möglich ist.

Während ich darüber nachdenke, wie ich mich zufriedenstellen kann – vielleicht, indem ich die Markierung größer mache –, piept mein Kommunikator und mir wird klar, dass wir zu spät zum Essen kommen. Bogdan ruft mich an, offensichtlich verärgert über die Unpünktlichkeit.

Sofort weise ich den Trainingsgürtel an, sie wieder zu bedecken, um den entzückenden Anblick ihrer Muschi zu verdecken. Ich wünschte, er könnte ihren Körper vollständig bedecken, aber eine solche Notwendigkeit war nicht vorhergesehen worden.

Zumindest waren mehr undurchsichtige Kleider bereits früher, als sie noch schlief, in den Raum geliefert worden.

„Komm, mein Tribut", sage ich, stehe auf und gehe eines von ihnen holen. Das Rote, so beschließe ich, passt zu der Markierung auf ihrer Schulter, auch wenn sie unter dem Stoff des Kleidungsstücks verborgen sein wird. „Wir müssen uns beeilen, wir kommen zu spät zum Essen."

Medik wird es nicht stören, aber Bogdan wird wohl etwas mürrischer reagieren.

Ich bin auch verunsichert. Verspätungen dulde ich weder bei mir noch bei anderen. Was mich am meisten stört, ist mein Ärger, wenn ich beim Kuscheln mit meinem Tribut unterbrochen werde. Es ist nicht die Reaktion, die ich von mir selbst erwartet hätte.

Aber dies ist nur ein Essen, keine Verpflichtung, erinnere ich mich selbst. Ich würde mich mehr darüber ärgern, so abgelenkt zu sein, und weniger über die Unterbrechung zürnen, käme ich erneut zu spät zum Dienst auf die Brücke.

Andererseits hätte ich, bevor ich meinen Tribut bekam, überhaupt niemals gedacht, dass ich zu keinem Anlass jemals zu spät kommen würde.

Ein ungutes Gefühl durchströmt mich, als ich sehe, wie mein Tribut das rote Kleid anzieht. Ich verändere mich, und ich bin nicht sicher, was ich davon halten soll.

~

Dawn

GAVRILL SCHWEIGT, als er mich schnell in den Raum führt, in dem wir essen werden. Es ist nicht die Cafeteria, es ist ein kleinerer Raum in der Nähe der Cafeteria. Ein Besprechungsraum? Eine Offiziersmesse? Da bin ich mir nicht sicher.

Die beiden anderen Tsenturion warten dort auf uns, als wir eintreten, beide haben nicht Platz genommen, sondern stehen noch. Irgendwie sieht es so aus, als hätten sie sich gestritten, beide entfernen sich voneinander, als wir eintreten.

Nach dem, was Gavrill mir über Medik erzählt hat, bin ich mir nicht sicher, wie ich ihn begrüßen soll. Auch wenn ich wütend darüber sein möchte, dass er dafür verantwortlich ist, dass die Tsenturion die Jabol beauftragten, ihnen Gefährtinnen zu besorgen, so ist es doch nicht so, dass das Ganze persönlich gegen mich gerichtet war. Und da Gavrill ihn als seinen ‚ältesten und engsten' Freund beschrieben hat, möchte ich instinktiv einen guten Eindruck auf ihn machen. Als Gavrill mich ihm zuerst vorstellt, erröte ich, beuge meine Knie zu einem kleinen Knicks, und Gavrill bezeichnet mich stolz als seinen Tribut ... und ich komme mir dann sofort dumm vor, weil alle drei Männer mich verwirrt anschauen. Aber die Augen des älteren Außerirdischen sind freundlich.

„Tribut", begrüßt er mich mit einer tiefen, leicht näselnden Stimme. „Ich habe lange darauf gewartet, dich begrüßen zu dürfen. In meinem eigenen Namen und im Namen der Überlebenden der Rasse der Tsenturion: Willkommen!" Er legt eine Hand auf seine Brust und verneigt sich. Es ist nicht ganz dasselbe wie der Gruß, mit dem die Krieger Gavrill ihren Respekt erweisen, aber es fühlt sich trotzdem feierlich an. Ich weiß nicht, was ich sagen soll, nicke mit dem Kopf auf und ab und mache einen halben Knicks, bevor ich merke, was ich tue.

Ich schaue hilflos zu Gavrill auf, der mich auf so etwas nicht vorbereitet hat. Frllil übrigens auch nicht. Nein, bei

Frllil hieß es immer nur „sei still, sei unterwürfig, erfreue den Commander", und für Gavrill war es „Sex, Sex, Sex". Niemand hat mir beigebracht, was gute Umgangsformen für die Kommunikation mit einem Tsenturion sind, der tatsächlich mit mir *sprechen* wollte. Gavrill schaut mich nur ausdruckslos an. Ich habe keine Ahnung, was er denkt.

Hinter ihm schnaubt Bogdan verächtlich. Ja, keine Unklarheit darüber, was *er* denkt. Der Krieger im dunklen Anzug salutiert vor Gavrill, ignoriert mich völlig und marschiert an mir vorbei zu seinem Platz am großen Tisch. Zumindest hat er nichts Unhöfliches gesagt. Trotzdem ist er immer noch ein Idiot. Ich beiße mir auf die Zunge, damit ich sie ihm nicht herausstecke.

Als ich wieder zu Medik schaue, schenkt mir der Tsenturion ein leichtes Lächeln, das kleine Fältchen um seine Augenwinkel hervorruft. Er ist wie die Tsenturion-Version eines Großvaters, und der kleine Moment zwischen uns gibt mir ein besseres Gefühl.

„Bitte, setz dich, Medik." Gavrill legt seine großen Hände auf meine Schultern und lenkt mich zum Tisch; das Gewicht seiner Berührung beruhigt mich. „Du erweist uns eine große Ehre damit, an unserem Tisch Platz zu nehmen."

„Eine Feier ist angebracht, nicht wahr?" Der Arzt richtet sich so weit auf, wie es seine gebeugten Schultern zulassen. Seine Bewegungen sind, verglichen mit den Kriegern, ein wenig steif und langsam. Er muss viel älter sein als sie.

Der Tisch hat die Form eines Dreiecks. Bogdan steht auf einer Seite, der Arzt auf einer anderen. Damit bleibt eine Seite für mich und Gavrill übrig. Mein Gesicht wird heiß, als mir einfällt, dass ich vielleicht wieder auf ein Kissen auf dem Boden delegiert werde. So viel zum Beweis, dass ich ein fühlendes Wesen bin. Ich knirsche mit den Zähnen, entschlossen, nichts zu sagen. Gavrill wurde zwar ziemlich besitzergreifend, als es darum ging, dass ich vor seinen Freunden eine sexuelle Vorstellung gebe, aber ich weiß nicht, ob das auch bedeutet, dass ich nicht mehr den Hintern versohlt bekomme.

Er hatte bereits demonstriert, dass er durchaus bereit ist, mich zu bestrafen, wenn Publikum anwesend ist.

Ich stolpere ein wenig, als Gavrill mich in Position manövriert. Es gibt kein Kissen, aber es gibt nur einen Stuhl. Der High Commander setzt sich und klopft sich auf sein Knie. Meine Wangen pulsieren heiß vor Verlegenheit, ich zucke zur Seite und setze mich behutsam auf seinen Schoß. Zumindest muss ich nicht auf dem Boden sitzen.

Flecken auf dem Tisch leuchten auf, und es erscheinen Platten mit Speisen. Ein ganzes Sammelsurium völlig seltsam aussehender Gerichte, von denen mir nur einige wenige bekannt vorkommen, weil mir die Krieger in der Cafeteria sie gezeigt hatten. Ich möchte nach der köstlichen Korrunfrucht greifen, aber Gavrill zieht ein anderes Gericht zu uns – mehrfarbige Haufen mit der Konsistenz von Eiscreme, wenn Eiscreme wie Juwelen glühen würde. Der Arzt schaut mich an, wobei er über etwas blickt, was aussieht wie ein Stapel grüner Seekrabbenbeine mit roten Dornen.

„Ich habe den Jabol wegen der Ernährung deines Volkes konsultiert", sagt Medik. „Die Nanos haben dein System dahingehend verändert, dass es Nahrung aus unseren Lebensmitteln verdauen kann, aber Essen ist mehr als Nahrung, meinst du nicht auch?"

Ich nicke und schlucke. Wenn ich wirklich darüber nachgedacht hätte, hätte ich mich auf ein Festmahl mit seltsamen Gerichten vorbereiten können. Ich hatte bereits in der Cafeteria erfahren, dass Frllil mir nicht wirklich alles gezeigt hatte was die Tsenturion essen.

Auf dem Teller vor Bogdan befindet sich etwas, das wie ein Stück verkohltes Fleisch aussieht. Aus dem Anzug des Kriegers ragt eine lange, krallenartige Rasierklinge, mit der er sich in sein Essen hackt. Aus dem geschwärzten Kadaver tritt lila Schleim aus. Das ist definitiv nichts, was ich schon mal gesehen habe. Ich schließe meine Augen für einen Moment und sage meinem panischen Magen, er solle sich beruhigen. Ich muss das nicht essen.

9

Gavrill

Ich spüre die Anspannung meines Tributs, als sie das Essen vor uns anschaut. Die Erinnerung daran, wie sie mit meinen Kriegern im Speisesaal war, steigt in mir auf, und ich möchte sofort derjenige sein, der sie auch mit neuen Dingen bekannt macht. Ich hebe einen der Klöße auf und bin mir sicher, dass ich keinen von ihnen gesehen habe, als sie beim letzten Mal neue Speisen ausprobierte.

Als ich ihn ihr zum Essen hinhalte, fängt sie an, mit den Händen danach zu greifen, und ich mache ein missbilligendes Geräusch. Ich werde sie mit dem versorgen, was sie braucht. Sie schaut mich kurz an, dann senkt sie schnell ihre Hände auf ihren Schoss und öffnet gehorsam ihre Lippen, um mir zu gefallen. Selbst der Akt des Fütterns erregt mich, trotz meines kürzlichen Höhepunkts. Alles, was sie tut, erregt mich.

Der Ausdruck auf ihrem Gesicht, als sie den süßsauren Geschmack erkundet, lässt es so aussehen, als ob sie sich nicht sicher ist, ob sie es mag oder nicht. Sicherlich hatte sie die Korrunfrucht viel mehr genossen, aber ich möchte ihr Dinge zeigen, die sie bei den anderen nicht probiert hat.

„Vielleicht können wir dir bei Gelegenheit beibringen, wie man den Replikator benutzt", sagt Medik zu ihr und schaut ihr offensichtlich auch beim Essen zu. Das macht mir nichts aus, denn er hat ein persönliches Interesse an ihrer Gesundheit.

Bogdan murmelt etwas von „Zeitverschwendung, die Schwachen zu versorgen", aber Medik ignoriert ihn. Ich werfe Bogdan einen finsteren Blick zu, dem er ausweicht, indem er sich wieder auf sein Essen konzentriert, offensichtlich im Bewusstsein, dass er meinen Unmut ausgelöst hat. Es passt auch nicht zu ihm, so abfällig gegenüber denen zu sein, die schwächer sind als wir. Die Krieger der Tsenturion sind als Beschützer bekannt, und es ist nichts Unehrenhaftes daran, kein Krieger zu sein. Vielleicht hat meine Verspätung zum Essen seinen Zorn doch mehr geschürt, als ich dachte.

„Es wird ihr die Eingewöhnung erleichtern, wenn sie sich mit vertrauten Dingen umgeben kann. Und wir werden das Vorgehen immer wieder nutzen, mit jedem neuen Tribut." Der Arzt nimmt eine der dornigen Früchte und beginnt, sie zu schälen. „Das heißt, wenn du das Programm als Erfolg siehst und dich entscheidest, es fortzusetzen."

„Ja", sage ich sofort und greife mit der Hand fester nach meinem eigenen Tribut. Ich habe sie zwar erst im vorigen Zyklus erhalten, aber unsere Kompatibilität wurde bereits unter Beweis gestellt. Ob wir in der Lage sein werden, uns fortzupflanzen, ist noch nicht erwiesen, aber ich vertraue der Einschätzung des Jabols, und ich werde meinen Kriegern den Trost und die Erleichterung durch einen Tribut nicht verweigern, nur um darauf zu warten, dass es tatsächlich geschieht.

„Wartet!" Mein eigener Tribut setzt sich in meinem Schoß auf und unterbricht uns. Ich runzele die Stirn – nicht, weil ich verärgert bin, sondern weil ich ihr Leid spüre und es nicht verstehe. „Du meinst doch nicht, dass du *mehr* Frauen hierherbringen willst?" Sie klingt entsetzt, und ich weiß nicht, wie ich antworten soll. Unser Ziel ist ja offensichtlich.

„Das Überleben unserer Rasse hängt davon ab", sagt Medik leise.

„Nein!" Sie dreht sich auf meinem Schoß um, ihr Leid wächst mit jedem Wort. Ich sollte sie dafür bestrafen, dass sie so freimütig war – obwohl ich ihr gesagt hatte, sie brauche nicht zu schweigen, grenzt ihr Verhalten an Respektlosigkeit –, aber die Stärke ihrer Gefühle berührt mich, und ich weiß nicht, wie ich reagieren soll. „Das könnt ihr nicht tun. Die Frauen, die ihr entführen werdet – haben ein Leben, vielleicht sogar *Familien* ..."

„Commander, wenn ich sprechen darf", setzt Bogdan an, aber mein Tribut spricht einfach weiter, ohne ihn auch nur anzuschauen. Ich blicke ihn ebenfalls nicht an, ich studiere ihr Gesicht. Ihre blauen Augen füllen sich mit Tränen, ihre Wangen erröten durch die Kraft ihrer Empörung.

„Ihr könnt nicht einfach Frauen aus ihrem Leben reißen und von ihnen erwarten, dass sie sich mit einem Tsenturion verbinden. Es ist mir egal, wie viele Orgasmen ihr ihr verschafft, sie wird euch nie verzeihen".

„Hattest du eine Familie, Dawn?", erkundigt sich der Arzt mit ruhiger Stimme. Die Frage zieht unserer beider Aufmerksamkeit auf ihn. Ich kenne die Antwort bereits, und ich weiß, dass er sie auch kennt, aber er versucht, etwas klarzustellen. Ich beschließe, ihm die Führung zu überlassen, obwohl ich noch nicht sicher bin, worauf er damit hinauswill, aber unsere Ziele sind die gleichen.

„Nein. Ich meine, das hatte ich, aber sie starben, als ich jung war." Sie dreht sich zu mir zurück, ihre blauen Augen groß und flehend. Seltsamerweise fühle ich, wie ihr Flehen an mir zerrt, obwohl ich weiß, wie meine Antwort lauten muss. „*Ich* hatte niemanden, aber die nächste Frau vielleicht. Ihr könntet sie ihren Kindern wegnehmen ..."

„Was, wenn wir Frauen nehmen, die keine Bindungen zur Erde haben?", unterbricht Medik sie. „Das Programm ist darauf ausgerichtet, ungebundene Frauen anzulocken." Es wurde absichtlich so entworfen. Tsenturion wollen keine Frauen, die bereits Partner oder Kinder haben.

„Wie ist das möglich?" Sie wirft ihre Hände hoch. „Wenn sie von der Erde sind, haben sie Bindungen."

"Hattest du Bindungen?", insistiert Medik. Er ist nicht verärgert oder versucht, grausam zu sein. Sein Gesichtsausdruck ist geduldig, sogar ein wenig traurig. Ich fühle die gleiche Melancholie. Sogar Bogdan ist ruhiger geworden, nicht mehr bereit, zu unterbrechen. Zwar will auch er keine weiteren Tribute von der Erde, aber das Thema bringt die große Einsamkeit zur Sprache, die wir ertragen. Er hat aufgehört zu essen, seinen Blick auf die Fenster und die Leere da draußen gerichtet.

Kein Tsenturion ist mehr an einen Planeten oder eine Familie gebunden. Diejenigen von uns, die übriggeblieben sind, sind die Familie der anderen, aber das ist nicht dasselbe. Wir würden niemals jemandem, der kein Feind ist, freiwillig das Gleiche vorenthalten.

〜

Dawn

. . .

„BEI MIR WAR ES ANDERS", sage ich zu Medik. „Ich war einsamer als die meisten Menschen."

Das ist wahr. Diese Enthüllung hatte mich geschmerzt, als Frllil mich darauf hinwies, aber das tut sie jetzt nicht mehr. Wenn überhaupt, dann bin ich erleichtert, dass es niemanden auf der Erde gibt, der mich vermissen könnte. Ich hatte keine Freunde oder regelmäßige Kontakte zu irgendjemandem. Es ist schon komisch, dass es nötig war, in eine andere Galaxie gesaugt zu werden, in der ich der einzige Mensch bin, damit mir klar wurde, wie allein ich gewesen bin.

Aber es ist besser so, denn obwohl ich entschlossen bin, irgendwann nach Hause zu kommen, bin ich auch pragmatisch genug, um zu erkennen, dass das vielleicht gar nicht möglich ist. Es ist mir lieber, dass niemand verzweifelt nach mir suchen wird, ohne je Antworten zu finden. Ständig werden Menschen vermisst, und das hinterlässt großen Schmerz; zumindest wird mein Verschwinden niemandem wehtun. Ich würde nicht sagen, dass ich mich mit meinem Schicksal abgefunden habe, aber ich erkenne, dass dies vielleicht mein Weg sein könnte.

Auf jeden Fall aber muss ich verhindern, dass dies jemand anderem passiert.

„Ich war allein", wiederhole ich, ein wenig verzweifelt. „Aber bei der nächsten Frau ist das vielleicht nicht der Fall. Ihr könnt nicht einfach so weitermachen."

„Wir haben keine Wahl, Dawn", sagt der Arzt, seine Stimme ist müde und schwer. Gavrills Hand ruht plötzlich auf meinem Nacken, über dem Halsband, in einer fast tröstlichen Geste. Ich spüre, wie mir die Tränen kommen, als ich merke, dass sie es ernst meinen. „Wir waren zu lange allein. Die Krieger erinnern sich fast nicht mehr daran, wie es ist, mit einer Frau zusammen zu sein. Jetzt, wo du hier bist, entsinnen sie sich. Sie haben begonnen, sich nach einer Gefährtin zu sehnen, und zum ersten Mal seit unzähligen Zyklen haben sie Hoffnung. Wir können das Programm jetzt nicht abbrechen."

Eine tiefe Stille erfüllt den Raum, und ich kann fast spüren, wie die Traurigkeit schwer in der Luft hängt. Sogar Bogdan ist betroffen, obwohl sein Blick zum Arzt wanderte, als dieser sagte, dass sie das Programm jetzt nicht beenden könnten. Ihre Rüstungen schimmern silbrig grau, und ich schwöre, ich kann Gavrils Emotionen wieder spüren. Das, oder die Nanotechnologie stimmt mich irgendwie auf seine Gefühle ein.

Er ist traurig, aber es geht darüber hinaus. Eine tiefe Trauer, die sehr alt zu sein scheint – Erinnerungen an seine verlorenen Lieben? Und etwas Frischeres, Vertrauteres, ein Schmerz, der sich mit seinem eigenen Bedauern vermischt. Die Reue ist seine, aber der Schmerz fühlt sich an wie meiner. Ein Echo meiner eigenen Gefühle. Ich drehe mich um, um auf die scharfen Kanten seines Gesichts zu starren, ohne ihn zu sehen. Fühle ich, was er fühlt? Und wenn es so ist – fühlt er, was ich fühle?

„Commander", wirft Bogdan ein, während Gavrill und ich uns anschauen. „Wenn ich darf. Ich erhebe Einspruch gegen das Programm."

Nun. Hätte nie gedacht, dass ich mal mit Mister ‚Groß-Finster-und-Launisch' übereinstimme. Schweigend drehe ich mich um und schaue ihn an, während Gavrill den Fokus auf seinen Stellvertreter verlagert. Das traurige Grau hat sich bereits zu einem neutraleren Grau verdunkelt. Wie ich den Unterschied erkennen kann, weiß ich nicht, aber ich bin mir sicher.

„Ich bin mir dessen bewusst", antwortet ihm Gavrill,

seine Stimme ernst. „Aber nachdem du Mediks Argumente gehört hast, was sind deine Rechtfertigungen?"

„Diese Tribute sind für unsere Mission nicht notwendig." Bogdan zeigt mit der Hand in meine Richtung. Es würde nicht so bedrohlich aussehen, wenn die Kralle, mit der er sein Essen geschnitten hat, nicht immer noch aus seinem Anzugsarm ragte. Rote Streifen durchziehen vorübergehend seine Rüstung. „Sie sind eine Ablenkung. Sie werden uns bei unserem Ziel nicht helfen."

„Und was ist unser Ziel?", fragt Medik, dreht sich zu Bogdan und hebt die Augenbrauen. Das erinnert mich an einen Lehrer, der einen widerspenstigen Schüler konfrontiert.

Bogdans große Hände ballen sich zu Fäusten, seine dunklen Augen sind grimmig. „Unseren Feind zu vernichten."

„Und was dann?", hakt Medik nach. „Was tun wir, wenn der Feind weg ist? Setzen wir unsere Mission, die Jabol zu schützen, fort? Was ist mit unserer Spezies? Die Bedürfnisse der Krieger nach einem Leben jenseits von Rache? Seit Jahrzehnten leben wir als Krieger, schützen die Schwachen und sichern die Ordnung in die Galaxie. Aber wann sind sie an der Reihe, ein Leben zu haben? Eine Familie?"

Bogdans Anzug ist so schwarz, dass er Licht in seine Obsidian-ähnlichen Tiefen zu saugen scheint. „Kommandant, wir brauchen nicht ..."

„Ich bin anderer Meinung", sagt Gavrill und streicht mir mit den Fingern über den Nacken. „Die Krieger sind fasziniert von meinem Tribut. Viele von ihnen wollen schon jetzt, da wir wissen, dass es möglich ist, ihren eigenen Tribut. Wir waren zu lange nur Krieger, die sich auf ein Ziel konzentriert haben. Viele der Männer sind müde. Wir vergessen nicht, aber Rache kann nicht ewig der Sinn unseres Lebens sein. Wir brauchen etwas, *wofür* wir kämpfen können, und ich glaube, die Tribute werden uns dies ermöglichen.

„Und wenn sie gar nicht kämpfen wollen?", ist Bogdans grollende Antwort, während seine Augen aufblitzen. „Wir haben unsere Krieger in den Ruhestand geschickt, wenn es für sie an der Zeit war, sich eine Gefährtin zu nehmen. Man kann nicht beides sein, ein Krieger und ein Gefährte."

„Das war in der Vergangenheit der Fall", räumt Medik ein. „Aber die Umstände haben sich geändert. Wir haben nicht mehr den Luxus, unser Leben so einzuteilen, wie wir es früher getan haben."

„Aber – "

„Ich stimme Medik zu", sagt Gavrill und unterbricht damit das Argument, das Bogdan vorbringen wollte.

Bogdans Stiefel machen beim Aufstehen ein dumpfes Geräusch auf den Boden. Rote Blitze durchzucken seine Rüstung. „Wenn es schon entschieden ist, dann sehe ich keinen Sinn in meiner Anwesenheit."

Ich sitze ruhig auf Gavrills Schoß, als Bogdan aus dem Raum stürmt, offensichtlich wütend über Gavrills Entscheidung. Es ist zum Kotzen, weil ich das Gleiche will wie er, wenn auch aus einem ganz anderen Grund. Auf der anderen Seite kann ich verstehen, was Medik und Gavrill sagen. Wie ging das alte *Star Trek*-Sprichwort? Etwas über das Wohl der Vielen, das wichtiger ist als das Wohl des Einzelnen, oder so etwas.

Sie sind bereit, das Leben einiger weniger Menschenfrauen für das Wohl ihres Volkes zu opfern. Es sind in Wirklichkeit mehr als nur ein paar, aber Frllil hatte mir gesagt, dass es jetzt nur noch einige hundert Tsenturion gäbe. Verglichen mit der Zahl der Frauen auf der Erde ist das ein

Tropfen auf dem heißen Stein. Und ohne sie werden die Tsenturion aussterben.

Es gibt keine richtige Antwort, und das lässt mein Herz schwer werden.

"Gib ihm Zeit. Er wird schon wieder zu sich kommen." Der Arzt bedient sich an einem Stück des geschwärzten Fleisches auf Bogdans zurückgelassenem Teller. Der violette Glibber ist jetzt hart und orangefarben. Igitt. „Er hat tiefere Gefühle als die meisten anderen. Deshalb tut er gern so, als würde er überhaupt nichts empfinden."

„Vielleicht", murmelt Gavrill. Er nimmt ein weiteres Scheiben-Dingens, um mich zu füttern, aber ich schiebe es weg. Immer noch verunsichert wegen der Dinge, die ich fühle – meine eigenen Emotionen werden verstärkt und zu mir zurückgespiegelt – schüttle ich den Kopf. Übelkeit steigt hinten in meiner Kehle auf. Obwohl ich weiß, dass es hoffnungslos ist, obwohl ich die Gründe dafür verstehe, muss ich noch einmal fragen.

Zumindest weiß ich, was mit meinen Verwandten geschehen ist, als sie mich verlassen haben. Ich kann mir nicht vorstellen, wie schrecklich es wäre, wenn jemand, den ich liebe, verschwinden würde und ich nicht wüsste, was mit ihm geschehen ist ... und es auch *nie* erfahren würde. Und dass diese Person am anderen Ende des Universums wäre und sich fragt, was ihre Lieben zu Hause denken, was sie tun ...

Der Jabol hat es bei mir richtig getroffen, aber wer sagt, dass er es jedes Mal richtig hinkriegt? Selbst ein Fehler wäre schon einer zu viel.

„Versprich mir, dass ihr das Programm nicht fortsetzen werdet." Ich versuche, die Tränen zurückzuhalten, lege meine Hände auf seine Brust und schaue ihm in die Augen, flehend. „Versprich es."

Gavrills Augen werden schwarz wie Bogdans Anzug, ein tiefer Brunnen, in dem ich ertrinken könnte. Endloser, leerer Raum. Die Emotionen, die ich fühle, schwellen an, wie unsere Einsamkeit, Gefühle, die sich gegenseitig nähren, genauso wie unsere Leidenschaft.

Plötzlich keuche ich, ersticke an Tränen, eine tiefe Trostlosigkeit, die mich auslaugt und leer zurücklässt ... tausend Jahre Herzeleid, Isolation, Hoffnungslosigkeit, und ich ertrinke darin. Die Dunkelheit seiner Augen dehnt sich aus und verschlingt mich ganz, und ich falle, falle.

Zwei Gedanken rauschen durch mich hindurch und füllen meinen leeren Körper:

Ich bin ganz allein.

Und ... das leiseste Flüstern ...

Ich will nicht mehr allein sein.

GAVRILL

ALS MEIN TRIBUT zum zweiten Mal in zwei Zyklen in meinen Armen ohnmächtig wird, bin ich fast am Ende. Sicherlich ist es nicht normal oder gesund, dass sie so oft bewusstlos ist. Irgendetwas muss mit ihr nicht stimmen. Obwohl ich dem Jabol vertraue, mache ich mir Sorgen, dass sie ihr vielleicht aus Unwissenheit einen Schaden zugefügt haben. Sie ist schließlich der erste Mensch, den einer unserer beiden Spezies gesehen hat.

„Was stimmt nicht mit ihr?", frage ich und versuche, nicht so verzweifelt zu klingen, wie ich mich fühle. Medik steht bereits, mit einem Stirnrunzeln im Gesicht, als er sich auf meine Seite des Tisches bewegt. Ich schiebe mich zurück, damit er sie mit dem Scanner, den er immer bei sich trägt, untersuchen kann. In meiner Brust steigt Panik auf, sie zieht sich schmerzhaft zusammen.

„Geduld, Gavrill", murmelt er, als er den Scanner über sie hält und beginnt, ihn von den Schultern bis zur Hüfte zu führen, und ihre Lebenszeichen überprüfet. Dass er mich bei meinem Namen und nicht bei meinem Titel nennt, ist ein Zeichen dafür, dass er meine Notlage erkennt, aber höflich genug ist, sich nicht dazu zu äußern.

Meine Rüstung ist burgunderrot mit violett schimmernden Obertönen, die meine Verärgerung und meine Angst, deutlich zum Ausdruck bringen. Medik macht ein seltsames Brummgeräusch, während er auf die Anzeige des Scanners schaut.

„Was?", frage ich.

„Nichts."

„Es ist nicht nichts, sag mir, was mit ihr los ist", fordere ich.

Medik blickt zu mir auf, seine Augen sind freundlich. Geduldig: „Ich versuche nicht, schlechte Nachrichten vor dir zu verbergen, es gibt buchstäblich nichts, was mit ihr nicht in Ordnung wäre, soweit ich das sehen kann. Ihr Körper ist in einwandfreiem Zustand, abgesehen davon, dass sie bewusstlos ist".

Er bewegt er den Scanner neben ihrem Kopf nach oben, und dann heben sich seine Augenbrauen.

„Irgendwas stimmt nicht mit ihr, oder?" Mich packt eine Angst, wie ich sie seit Jahrzehnten nicht mehr gespürt habe: „Kann man das in Ordnung bringen?" Hatte ihr der Weg durch das Wurmloch geschadet? Oder hat der Jabol etwas falsch gemacht? Oder, schlimmer noch, ist es etwas, das ich getan habe?

„Nichts Dauerhaftes", sagt Medik mit Nachdruck. Er

wirft mir einen Blick zu, hebt die Augenbraue: „Das ist eigentlich sehr interessant. Das sind ähnliche Ergebnisse, wie ich sie von einer Tsenturion-Frau erwarten würde, die gerade dabei ist, sich mit ihrem Mann zu verbinden. Ich denke, dass einige der Veränderungen ihrer Gehirnwellen sie überwältigt haben".

Ich bin überrascht, einen Anflug von Enttäuschung darüber zu verspüren, dass seine Beschreibung „ähnlich" besagt, und nicht „gleich". Auch ein Anflug von Sorge, dass sie dadurch in Ohnmacht fallen könnte. Das ist den Tsenturion-Frauen nicht passiert, oder? Mir ist klar, dass ich es eigentlich nicht weiß. Ich war nie genug daran interessiert, am Paarungsfest teilzunehmen, um die Einzelheiten zu erfahren, obwohl ich ein grundlegendes Wissen darüber hatte aus der Beobachtung meiner Eltern und anderer verbundener Paare.

„Das ... würde eine Tsenturion-Frau genauso auf den Bindungsprozess reagieren?", frage ich neugierig.

Medik macht meine Hoffnungen sofort zunichte.

„Nein", sagt er, schüttelt den Kopf und zeigt auf etwas auf dem Scanner: „Sie waren schließlich Tsenturion, mit zunehmender Bindung reiften ihre Gehirne während der Balzphase heran, zumal wir biologisch alle dafür geschaffen sind. Da sie keine Tsenturion ist, ist es nicht überraschend, dass Dawn einige andere Reaktionen zeigt. Sie scheint unverletzt zu sein, obwohl ich sie gerne zur weiteren Beobachtung auf die Krankenstation bringen würde. Wir können von ihr viel darüber lernen, was uns bei den zukünftigen Tribute erwartet."

„Natürlich." Sofort hebe ich sie in meine Arme, fühle mich etwas ruhiger, während sie seufzt und sich, selbst in ihrem unbewussten Zustand, an mich schmiegt. Ich hatte nicht einmal bemerkt, dass ich begonnen hatte, eine schwache Hoffnung auf eine vollständige Tsenturion-Bindung zu hegen, aber das scheint jetzt doch eher unwahrscheinlich zu sein.

Dennoch könnte es vielleicht etwas Annäherndes werden, da sie einen „ähnlichen" Prozess durchläuft. Was auch immer sie erreicht, und der Einfluss der Nanotechnologie, die es mir bereits ermöglicht hat, viele ihrer körperlichen Reaktionen zu spüren und ihre Emotionen für mich zu interpretieren, wird ausreichen müssen.

Wir sind fast auf der Krankenstation, als mein Com sich meldet. Ich öffne die Leitung und bin schon *jetzt* genervt von demjenigen, der das Bedürfnis hat, mit mir zu sprechen.

„High Commander?" Die unsichere Stimme von Corin, der derzeit das Schiff befehligt, während Bogdan und ich außer Dienst sind, erklingt in meinem Ohr. Ich runzele die Stirn, denn normalerweise ist Corin genauso selbstsicher wie ich oder Bogdan, sonst wäre er nicht qualifiziert, auf dem Stuhl des Kapitäns zu sitzen.

„Ja, Corin?" Ich versuche, die Ungeduld aus meiner Stimme herauszuhalten.

„Ah, High Commander, ich ah ... nun, die dritte Schicht hat begonnen und ..." Seine Stimme verhallt, unsicher und zögerlich, denn es ist schwierig, dem Kommandeur der gesamten verbliebenen Tsenturion zu sagen, dass er zu spät zu seiner Schicht kommt.

Ich schließe die Augen, hin- und hergerissen zwischen meiner Pflicht und der Frau in meinen Armen. Dieses Gefühl ist für mich schockierend ... aber ich will sie beschützen. Es ist nicht nur meine Aufgabe, mich um sie zu kümmern, sie ist auch so hilflos und schwach. Wie könnte ich etwas anderes tun als auf sie aufzupassen? Ich kann nicht zulassen, dass ich deshalb meine Pflichten vernachlässige, und ich weiß das. Der Drang, bei ihr zu bleiben, ergibt für mich keinen Sinn, und doch spüre ich ihn sehr stark.

„High Commander? Ich kann stattdessen Bogdan auf die Brücke rufen, falls ...“

„Nein.“ Ich schneide Corin mit scharfer Stimme das Wort ab. Das Letzte, was ich brauche, ist, dass Bogdan erfährt, dass ich wegen meines Tributs zu spät zum Dienst erschienen bin. Er braucht keine zusätzliche Munition für seine Argumente gegen das Tribute-Programm. Ich werde unsere Fähigkeit, unser Leben als Krieger mit unseren Tributen in Einklang zu bringen, besser unter Beweis stellen müssen. „Ich werde sofort da sein. Ich entschuldige mich für meine Verspätung.“

„Ja, High Commander.“

Ich kann das Salutieren von Corin fast durch das Com sehen.

Medik sieht mich mit hochgezogenen Augenbrauen an, als wir in die Krankenstation einbiegen. „Gibt es ein Problem?“

„Nein“, sage ich bockig. Ich werde nicht zulassen, dass es zu einem Problem wird. „Aber ich muss gehen; es ist meine Schicht auf der Brücke, und das Schiff braucht seinen High Commander. Tu für sie, was du tun musst. Ich werde Arkdhem schicken, um sie zu eskortieren, wenn du fertig bist. Wir werden unser Gespräch über das Programm zu einem anderen Zeitpunkt fortsetzen müssen.“

„Sehr gut. Bitte leg sie hier hin“, sagt Medik und dirigiert mich zu einem der leeren Betten.

Sanft lege ich meinen Tribut nieder. Ihr blasses Gesicht zerrt an meinem Herzen, und der Wunsch, an ihrer Seite zu bleiben, bis sie ihre schönen blauen Augen wieder öffnet, ist überwältigend. Meine Füße fühlen sich schwer an, als ich mich umdrehe und auf die Tür zugehe, aber ich zwinge mich trotzdem, in Bewegung zu bleiben, während ich bereits eine Mitteilung zu Arkdhem schicke. Es tut weh, dass ich mich nicht selbst um meinen Tribut kümmern kann, aber zumindest kann ich ihr einen geeigneten Begleiter zur Seite stellen – einen, der mir sofort Bericht erstatten wird, wenn sie aufwacht.

10

Dawn

Piep. Piep. Piep. Eine Maschine zwitschert im Takt meines Herzschlags. Ich öffne meine Augen und sehe eine unscharfe grau-beige Umgebung.

„Sei unbesorgt, Tribut."

„Dawn", murmle ich. „Bitte. Ich bin es so verdammt leid, Tribut genannt zu werden, als ob das alles ist, was an mir zählt." Besonders wenn ich flach auf dem Rücken liege, verletzlich bin und Schmerzen habe, möchte ich meinen Namen hören. Meinen richtigen Namen, ausgesprochen von jemandem, der vorgibt, dass es ihn interessiert.

"Dawn, also", wiederholt die tiefe Stimme, sanft und erfüllt von dem, was nach aufrichtiger Fürsorge klingt. Meine Sicht klärt sich, ich versuche, die Feuchtigkeit, die in meinen Augen aufsteigt, durch Blinzeln zurückzudrängen. Der Doktor ist über mich gebeugt, sein kantiges Gesicht sanft vor Sorge. „Bleib ruhig. Es geht dir gut."

„Was ist passiert?"

Seine Lippen verziehen sich zu einem Lächeln: „Eigentlich hatte ich gehofft, du könntest mir das sagen. Als außenstehender Beobachter schien es mir, dass du mit dem Commander gesprochen hast, bevor du ziemlich plötzlich ohnmächtig wurdest. Der Scanner zeigte neue Hirnwellen an, die ich bisher noch nicht von dir aufgezeichnet habe und die denen einer an einen Partner gebundenen Tsenturion-Frau sehr ähnlich sind, aber ich brauche mehr Informationen, bevor ich etwas Definitives sagen kann."

Neue Hirnwellen? Das klingt ein wenig erschreckend. Verändert sich tatsächlich mein Gehirn?

Obwohl er Tsenturion ist und ich ihn nicht wirklich kenne, fühle ich mich bei Medik seltsamerweise genauso wohl wie bei jedem meiner Ärzte zu Hause. Ich vertraue ihm auch instinktiv, und ich möchte nur, dass er mir sagt, was das Problem ist und wie es behoben werden kann ... aber was er sagt, ergibt Sinn.

Ich blinzle, während ich mich aufsetze. Sofort schwebt seine Hand neben mir, für den Fall, dass ich Hilfe brauche, aber ich schaffe es alleine.

„Ich ... Ich erinnere mich nur noch, dass ich in Gavrills Augen geschaut habe, und sie waren so dunkel, und dann hatte ich das Gefühl, ich würde in sie hineinfallen. Ich fühlte mich auch so allein, obwohl ich auf seinem Schoß saß, ich fühlte überwältigende Einsamkeit und Traurigkeit und Trauer ... aber es fühlte sich nicht so an, als ob diese Gefühle wirklich meine waren, falls das einen Sinn ergibt."

Zu meinem Erstaunen zieht ein Lächeln über Mediks Gesicht, breit und fröhlich, was ihn etwa zehn Jahre jünger aussehen lässt als die über siebzig Menschenjahre, die er umgerechnet derzeit alt ist.

„Du hast seine Emotionen gespürt!" Die Aufregung in seiner Stimme befremdet mich ein wenig. „Eine Nebenwirkung der Bindung. Die Bindung kann wie ein Spiegel zwischen den Partnern wirken. Wenn zwei Partner eine starke Emotion teilen, wird das Gefühl zwischen ihnen verstärkt. Meistens äußert sich dies als Leidenschaft, aber ... in diesem Fall war es offensichtlich anders. Du musst auf die Emotionen des Commanders zugegriffen haben, während du bereits deinen eigenen Gefühlsstrom erlebtest. Dein Körper war unfähig, damit umzugehen, und hat abgeschaltet. Ein einfacher Bewusstseinsverlust."

Ich starre ihn an, ohne zu wissen, was ich sagen soll, da er offensichtlich so erfreut ist und ich so verwirrt bin.

Glucksend wendet er sich ab, und als er sich wieder umdreht, hat er ein Glas Wasser in der Hand. „Hier, trink. Du musst immer ausreichend trinken, gut essen und genug Ruhe haben. Offensichtlich ist der Bindungsprozess für eine Tsenturion-Mensch-Paarung schwieriger als für zwei Tsenturions."

Gehorsam nehme ich das Glas und trinke, während ich versuche, mich an die Momente zu erinnern, bevor ich ohnmächtig wurde. Was habe ich gefühlt? Einsamkeit. Extreme, seelenzerstörende Einsamkeit. Die Art von Einsamkeit, die ich mir nie erlaubt habe. Auf der Erde war es leicht, so zu tun, als wäre ich introvertiert oder super unabhängig, als wäre ich zu beschäftigt für mehr als ein kurzes Gespräch mit einem Schüler, während ich meine Wasserflasche im Yoga-Studio auffüllte. Ich hatte mir eingeredet, dass ich auf diese Art glücklich war.

Hier draußen, im tiefen, fremden Weltraum, ohne einen Menschen oder jemanden, den ich kenne, kann ich mich vor diesen Gefühlen nicht mehr verstecken. Und als sie von Gavrill und seiner eigenen tiefen, rohen Angst verstärkt wurden ... empfand ich buchstäblich alle Gefühle auf einmal.

„Also wurde ich einfach ohnmächtig." Danke, Nanotech. Nicht genug, dass ich mich meinen eigenen Emotionen stellen muss, jetzt muss ich mich vielleicht auch noch mit den Gefühlen von jemand anderem auseinandersetzen? Und wie tief und dauerhaft wird diese Bindung sein? „Wird das häufiger vorkommen?"

Der Doktor schwenkt ein scheibenförmiges Instrument über meinen Körper und schwebt einen Moment über meinem Herzen, bis es einen zufriedenstellenden Piepton abgibt. Er zuckt mit den Schultern. „Da sich deine Gehirnwellen anscheinend angepasst haben, glaube ich nicht, dass es wieder passieren wird, obwohl wir es durch dein biologisches Anderssein nicht genau wissen können."

„Du meinst die Tatsache, dass ich ein Mensch und nicht für diese Bindungen geschaffen bin."

„Vielleicht nicht dafür geschaffen, aber offensichtlich ist es möglich", sagt er und lächelt wieder breit, sichtlich sehr erfreut über diese Aussicht: „Wenn du seine Emotionen gespürt hast, dann ist die Verbindung bereits weiter vorangeschritten, als ich vermutet hätte."

Ich nestele herum. Ich bin mir nicht sicher, ob ich mich an die Bindung gewöhnen will, aber ehrlich gesagt, ich spüre schon jetzt etwas, das an mir zerrt und danach verlangt, zu wissen, wo mein Meister ist. Auch wenn ich ihn nicht unbedingt als meinen Meister oder Gefährten betrachten möchte. „Wo ist Gavrill?"

Ich möchte erfahren, was er von diesen plötzlichen Enthüllungen hält.

„Er wäre gerne hier", entgegnet Medik, seine Stimme voller Mitgefühl, „seine Anwesenheit auf der Brücke war jedoch erforderlich, es ist seine Schicht. Arkdhem wartet bereits nebenan auf dich, und er wird dich überall hin eskortieren, wohin du willst, während der High

Commander das Schiff befehligt." Mit einer Handbewegung winkt Medik einen schwebenden Stuhl herbei, damit er sich nah zu mir setzen kann: „Es geht dir sicherlich gut genug, um zu laufen, aber bevor du gehst, hätte ich gerne noch etwas Zeit, um mit dir zu sprechen."

Ich schaue ihn misstrauisch an, er gibt einen amüsierten Ton von sich und lächelt. „Nichts Invasives, das versichere ich dir. Ich möchte nur hören, wie du dich einlebst"

„Wirklich?" Ungeachtet dessen, wie nett er im Moment ist, trotz seiner Beziehung zu Gavrill, kann ich nicht anders, als ihn wütend anzustarren. Dieser ... Mann, der das Tribute-Programm überhaupt erst vorgeschlagen hat. Der einfach nur begeistert ist, dass ich erfolgreich mit einem außerirdischen Meister verbunden wurde, den ich nie wollte. Der darauf besteht, dass auch andere Frauen entführt und in meine Lage gebracht werden sollen. Ich will nicht nett sein. Ich will ihm die Meinung sagen. „Du willst wissen, wie ich behandelt worden bin? Stell dir vor, mitten in der Nacht von zu Hause entführt zu werden. Stell dir vor, du wachst an einem fremden Ort auf, der Millionen von Lichtjahren entfernt ist, und dir wird gesagt, dass du nie mehr zurückkehren kannst. Stell dir einen großen, starken, seltsamen, aber heißen Außerirdischen vor, der alle möglichen Dinge mit dir tut, über die du bisher nur gelesen hast – nur ist es im wirklichen Leben zwanzigmal intensiver –, und er tut es immer und immer wieder, egal wie oft du einen Orgasmus hast oder ihn anflehst, damit aufzuhören – und noch schlimmer! Er bringt dich dazu, es zu mögen ..."

Ich mache eine Pause, um Luft zu holen. Ich habe geschrien, aber der Doktor scheint nichts dagegen zu haben. Ich habe mich auch auf andere Weise aufgeregt. Mein Körper ist bereit, wenn ich nur an Gavrills „Bonding"-

Methoden denke. „Und dann wird von dir erwartet, dass du für immer mit ihm zusammen bist, ohne dass du zu deiner Zukunft irgendwas zu sagen hast, dass du seine Babys bekommen und hauchdünne Kleider tragen sollst, während er dich an der Leine herumführt und ... zum Teufel, ich weiß es nicht. Das Ganze ist eine Fantasie, die viel, viel zu weit geht. Dass du mehr Frauen hierherbringen willst, ist ... schau, ich verstehe es, aber diese ganze Situation ist beschissen. Auf dem Papier mag es eine gute Lösung sein, aber das macht es nicht weniger falsch.“

Es herrscht Stille, während der Doktor wartet, ob ich fertig bin. Dann nickt er und seufzt. Ein Teil der Freude ist aus seinem Gesicht verschwunden, wodurch ich mich etwas besser fühle.

„Ich verstehe, und ich widerspreche dir nicht, aber da ich auf der anderen Seite der Gleichung stehe, glaube ich nicht, dass wir eine Wahl haben. Und die Dinge stehen nicht allzu schlecht, oder? Du scheinst dich bewundernswert schnell anzupassen. Die Balzrituale deines Volkes kommen den Ritualen unseres Volkes sehr nahe, vielleicht erklärt es das, zumindest teilweise“.

Ich schüttle den Kopf und rolle mit den Augen. „Diese Bücher beschreiben nicht unsere Liebesrituale.“

„Aber sie stammen aus euren Handbüchern, und die darin beschriebenen Methoden scheinen sogar besser zu funktionieren, als ich dachte. Gavrill hat sie angefordert, und ich vermute, dass er sie buchstabengetreu befolgt hat, obwohl ich ihn ermutigt habe, eher mehr ... intuitive Methoden anzuwenden. Du musst wissen, er war für viele Dekaden ein Soldat. Er lebt für Regeln und Vorschriften, besonders in Krisenzeiten. Und wir befinden uns schon seit langer, langer Zeit in einer Krise.“

„Seit euer Planet zerstört wurde", platze ich heraus und gebe mir in Gedanken selbst einen Tritt als der Doktor zusammenzuckt. Sein Gesicht wird auf eine Weise leer, die mich vermuten lässt, dass er große Schmerzen verbirgt.

„Ja", stimmt er leise zu. „Die größte Katastrophe, die eine Spezies je erlebt hat. Du darfst nicht zu streng mit ihm sein."

„Sagst du. Du wirst nicht ... biologisch an einen Kerl gebunden, der denkt, dass Prügel zum Vorspiel gehört!" Ich werde rot, rede aber weiter. „All die Jahre schwebte er im All herum, und er fand nie die Zeit, etwas über Beziehungen zu lernen. Er kennt nicht einmal deinen Namen!" Ich werfe meine Hände in die Luft. Medik schaut geduldig und korrigiert mich nicht. „Und als es an der Zeit ist, etwas über Beziehungen zu lernen, liest er BDSM-Romane als Leitfaden ..."

„Der Jabol informierte mich, dass diese Handbücher weithin gelesen wurden. Sie sind beliebt, nicht wahr?"

Ich erröte. „Nun, ja, aber ..."

„Der Commander wollte eure Balzrituale in unsere integrieren. Er war erfreut, dass sie so gut strukturiert waren."

"Schau, diese Büchern sind keine Beziehungsratgeber. Sie sind fiktional, dazu bestimmt, zum Vergnügen gelesen zu werden, nicht als Handbuch."

„Aber du willst doch sicher, dass deine Bindung auch Vergnügen einschließt?" Medik sieht verwirrt aus.

Argh, warum ist das so schwer zu erklären? Vielleicht haben Tsenturion keine Vorstellung davon, was Fiktion bedeutet?

„Also, ja, aber nicht so ... ich meine, ich will diese Art von Vergnügen nicht die ganze Zeit haben." Toll, jetzt werde ich rot und spreche über mein Sexleben mit einem Typen, der wie ein Großvater aussieht, aber ich habe damit angefangen, also kann ich mich wohl kaum beschweren.

Medik macht einen Ton, den ich als Unglauben übersetze.

„Na ja, vielleicht tue ich das. Im Schlafzimmer. Aber ich möchte, dass er mich wie eine Person behandelt, nicht wie ein Haustier."

Jetzt sieht Medik noch verwirrter aus, sein Kopf neigt sich zur Seite, während er darauf wartet, dass ich weiterspreche.

„Ich meine, ihr wollt, dass ich die Retterin eurer Rasse bin. Diejenige, die dieses ganze Fortpflanzungsprogramm startet. Die Hälfte der Zeit behandelt mich Gavrill wie ein ... ungezogenes kleines Mädchen, und die andere Hälfte wie ein Ding, eine Trophäe auf einem Regal oder ein preisgekröntes Haustier, das er vorzeigen und auf seinen Schoß setzen und füttern kann ..."

„Dir missfällt diese Behandlung? Deine Reaktionen sagen etwas anderes." Medik zeigt auf die Maschine, die einen selbstgefälligen Piepston abgibt. Er wirkt immer noch verwirrt: „Unsere Frauen wurden schon immer verwöhnt und beschützt. Auch sie genossen die Balzrituale."

Mist, ich bringe das durcheinander.

„Ich will nur, dass er mich wie eine Person behandelt. Ich bin nicht völlig gegen die ... Struktur. Die Bestrafungs-/Belohnungsspiele. Aber tief im Inneren muss ich wissen, dass er mich respektiert. Dass er mich will – und nicht nur wegen meines Körpers. Für meinen ... für das, was ich bin. Wegen mir."

„Ah", Medik neigt den Kopf. „Du sprichst von Bindung."

"Bindung ... ist das wie ..." Ich kann mich nicht ganz dazu durchringen, „Liebe" zu sagen. Ich atme tief durch und beginne von vorn. „Du warst verbunden, richtig?"

Wieder das leere Gesicht, abgeschirmt gegen das Zeigen von Schmerzen. „Ja."

Ich schlucke meine Entschuldigung hinunter. Er hätte mich nicht entführen dürfen, wenn er keinen aufsässigen Tribut haben will. „Wie funktioniert das?"

„Die Bindung geschieht in Phasen."

Zum ersten Mal schaut er von mir weg. Sein Gesichtsausdruck ist ein wenig distanziert, als ob er etwas sieht, das nicht da ist.

„Wie lange warst du verbunden?", frage ich neugierig.

„Fast zwanzig Dekazyklen."

Ich rechne schnell im Kopf.

„Zweihundert Jahre", flüstere ich schockiert.

Medik lächelt. Ein trauriges Lächeln, seine Augen starren immer noch auf etwas, das ich nicht sehen kann. „Wir trafen uns auf einem Paarungsfest, aber es brauchte mehrere Treffen, bis ich mit dem Werben beginnen konnte. Nachdem wir uns einander versprochen hatten, ging die Bindung schnell. Es war die glorreichste Erfahrung, die ich in diesem Leben machen werde."

Ich schlucke. „Ist sie ...?"

„Sie war auf dem Planeten, zusammen mit unseren Nachkommen."

„Es tut mir leid."

„Wenigstens ging es schnell." Er streicht mit der Hand über sein Gesicht und murmelt so leise, dass ich mich frage, ob ich ihn hören soll. „Ich bedaure nur, dass ich nicht bei ihnen war."

Ich sacke auf dem Schwebetisch zurück und bedecke mein Gesicht mit meinen Händen. Ich gebe mir und Medik einen gewissen Anschein von Privatsphäre. So sehr ich auch wütend auf ihn sein möchte, es ist wirklich schwer. Wäre er ein abgebrühter Soldat oder so ein Arsch, wie Gavrill manchmal sein kann, wäre es einfacher. Aber er ist sehr offen und sehr geduldig und freundlich. Er versucht nur das zu tun, was das Beste für seine Leute ist, so wie ich es für meine versuche. Und er tut es, während er um seine Familie trauert und sich wahrscheinlich mit dem schwersten Fall von Überlebensschuld in der Galaxie herumquält.

Meine Emotionen gehen zu schnell durch mich hindurch, als dass ich sie einfangen oder verstehen könnte.

Ich versuche, die Dinge logisch aufzuschlüsseln, sobald ich wieder zu Atem komme. In einer sehr kurzen Zeit gab es eine Menge neuer Informationen.

Fakt 1: Ich bin eine Gefangene der Außerirdischen und werde wahrscheinlich für den Rest meines Lebens eine sein.

Fakt 2: Ich gehöre dem High Commander, und er tut alles, was er kann, um mich an sich zu binden. Aber anscheinend geht die Bindung in beide Richtungen.

„Wenn Gavrill und ich eine vollständige Verbindung eingehen ... gibt es keine Chance, dass ich zur Erde zurückkehre, oder?" Meine Stimme ist nicht so düster, wie ich dachte. Was geschehen ist, ist geschehen, und mir fällt nichts ein, was ich tun kann, um es zu ändern. Wenn überhaupt, dann finde ich mich mit dieser Tatsache ab.

Der Blick, den Medik mir zuwirft, ist voller Mitgefühl. „Eine zerbrochene Bindung ist mehr als schmerzhaft. Es würde immer etwas fehlen, eine Leere, die nie gefüllt werden kann. Wenn es dir physisch überhaupt möglich wäre, zurückzukehren. Das Wurmloch, das die Jabol benutzt haben, ist instabil. Nur eine Reise ist schon gefährlich. Ich bezweifle, dass der Weg auch umgekehrt gegangen werden kann, aber selbst wenn du auf diesem Weg zurückkehren könntest, würdest du wahrscheinlich eine zweite Reise nicht überleben."

Ich starre ihn an. Ja, ich erinnere mich, wie sehr es

schmerzte, durch das Wurmloch zu kommen, aber es war mir nicht klar, dass es gefährlich war – nur schmerzhaft.

„Aber ihr wollt weiterhin Frauen hindurchbringen?", frage ich, und wieder höre ich die Resignation in meiner Stimme, zusammen mit einer gehörigen Portion Kritik.

„Wir haben keine Wahl. Wir brauchen Frauen, um Nachwuchs zu gebären, sonst wird unsere Rasse nicht überleben. Du hast aber gute Argumente vorgebracht. Ich werde mit den Jabol sprechen und dafür sorgen, dass das Verfahren Frauen auswählt, die keine starken Bindungen zur Erde haben. Die Tapferkeit und auch Interesse an der Lebensweise der Tsenturion zeigen, ebenso wie die Bereitschaft, das Leben zu führen, von dem sie lesen."

„Ihr stützt all dies auf ein paar Geschichten auf einem E-Reader." Ich möchte mir mit der Hand an die Stirn schlagen, denn im Ernst, was kann man sonst tun? „Es ist kein idiotensicherer Prozess."

„Die Jabol haben deine Rasse aus der Ferne studiert. Sie stellten fest, dass Geschichten die effektivste Art der Kommunikation sind. Sie experimentierten auch mit Schallwellen und Frequenzen, hatten aber das Gefühl, dass die Botschaften nicht klar empfangen wurden."

"Warte, was? Schallwellen? Welche Art von Schallwellen?"

„Eine Form der Unterhaltung, die deine Spezies nutzt. Ich glaube, sie nannten das Experiment ‚Elektropop'."

„Oh mein Gott." Ich versuche mich an alles zu erinnern, was ich über den Musikstil der 8oer Jahre weiß, bei dem Synthesizer zum Einsatz kommen. „Du meinst, die Mitglieder von *Daft Punk* sind in Wirklichkeit Außerirdische?"

„Sie haben die ersten Nachrichten erhalten, ja. Das Programm wurde geändert, als die Jabol feststellten, dass die Übertragungen besser empfangen wurden, wenn sie von weiblichen Menschen übersetzt wurden. Zwei Boten wurden sehr beliebt. Die eine hieß ‚Madonna‘, und der andere wurde als ‚Lady Gaga‘ bekannt.

„Auf keinen Fall. Die Musik von Madonna und Lady Gaga wurde von außerirdischen Übertragungen inspiriert?“ Ich denke eine Sekunde lang darüber nach, bevor ich nicke. „Das erklärt eine Menge.“

Wir sehen uns an, und ich trinke das Wasser aus meinem Glas und versuche, mir zu überlegen was ich sonst noch sagen könnte. Mir fällt aber nichts ein. Aber Medik hat noch etwas, das er ansprechen möchte.

„Ich nehme an, deine Sorge um das Tribute-Programm gilt den zukünftigen Tributen und ihrer Fähigkeit, ihre Pflichten zu assimilieren. Aber was ist mit dir, Dawn? Glaubst du, du könntest als Tribut glücklich sein?“

Ich blinzle in Richtung des netten alten Außerirdischen. Er hat im Grunde laut gesagt, was ich mich nicht traute, zuzugeben. Ich hasse meine Erfahrung als gefangene Braut nicht völlig. Es gab viele perverse Bestrafungen und erotische Schmerzen, ja, aber Gavrill hat mir nicht wirklich wehgetan. Der Sex ist fantastisch. Der Mann ist ... na ja, wenn ich ihn auf der Erde kennen gelernt hätte, hätte ich ihn vielleicht schwerfällig und etwas herrisch gefunden, aber es gibt auch viel, was man an ihm mögen kann. Und ein Teil von mir mag sogar den schwerfälligen, herrischen Teil.

Nicht, dass ich mich tatsächlich in ihn verliebt hätte. Auf keinen Fall. Aber die Zusicherung, dass mein außerirdischer Meister für mich sorgen, mich beschützen und mich gut behandeln wird, ist wichtig. Es ist der pure Selbsterhaltungstrieb.

Auch wenn es sich nach mehr anfühlt.

„Sag mir eines. Glaubst du, er wird mich jemals ...", ich ersticke fast bei dem Wort, „l ... lieben? Nicht als Tribut oder wegen dem, was ich repräsentiere, sondern um meiner selbst willen, als Gleichgestellte? So wie er für eine Tsenturion-Frau empfinden würde, mit der er sich verbunden hat?"

„Nach dem, was ich heute gelernt habe, denke ich, dass ihr beide die Chance habt, eine vollständige Bindung zu erreichen, in der Art der Tsenturion. Sowohl emotional als auch biologisch. Und wenn die Bindung abgeschlossen ist, ja, wird er dich auch lieben, obwohl ich nicht sagen kann, dass sich sein Umgang mit dir drastisch ändern wird." Medik beobachtet mich genau. „Ist es das, was du dir wünschst? Dass er dich liebt?"

„Ja." Während ich das Wort sage, wird mir klar, dass es genau das ist, was ich will. Nicht nur, um das Beste aus dieser Situation zu machen, sondern auch, weil ich tatsächlich an dem Punkt bin, dass er mir wichtig ist. Sicher, es gibt einen Teil von mir, der zynisch denkt, dass meine Gehirnchemie durch all das durcheinandergebracht wurde, da ich ihn ja kaum kenne ... aber gleichzeitig fühle ich mich ihm stärker verbunden, als ich es je mit jemandem auf der Erde getan habe.

Vielleicht ist es genau das, was die Verbindung ausmacht, eine Möglichkeit, zwei Wesen auf viel schnellere Weise miteinander zu verbinden, als wir es auf der Erde tun. So klang es jedenfalls für mich, als Frllil es mir während meines Trainings erklärte. Wie Seelenverwandte. Damals war ich skeptisch, aber jetzt kann ich nicht leugnen, dass ich eine physische und emotionale Sehnsucht nach dem High Commander verspüre. Ich kann mir keine andere Möglichkeit vorstellen, die Tiefe und Stärke dieser Sehnsucht nach so kurzer Zeit zu erklären.

Ich will die Verbindung. Ich will, dass ich ihm wichtig bim. Weil ich möchte, dass er die gleichen Dinge fühlt wie ich. Und vielleicht werde ich mehr Einfluss auf ihn haben, wenn das Band einmal geknüpft ist. Medik scheint bereits offen dafür zu sein, bei der Auswahl der Tribut-Kandidaten selektiver zu sein. Da ich bereits hier festsitze, muss ich einfach tun, was ich kann.

Ich lecke mir die Lippen: „Was kann ich tun, um, ähm, die Bindung zu erleichtern?"

„Genau das, was du bereits getan hast", sagt Medik und lächelt fast wie ein stolzer Vater. „Das Band manifestiert sich am Anfang meist körperlich. Nach der Zeit, die ihr in seinem Quartier verbracht habt, würde ich sagen, dass ihr auf dem besten Weg dorthin seid. Unsere Balzrituale unterscheiden sich wirklich nicht so sehr; je besitzergreifender und beschützender er sich in Bezug auf dich fühlt, desto tiefer werden alle seine Emotionen. Ich habe eure Handbücher gelesen. Sich ihm auf die Art und Weise deines Volkes zu unterwerfen, kommt den Balzritualen der Tsenturion nahe genug, aber mach es ihm nicht zu leicht. Nicht, dass ich diesbezüglich Bedenken hätte."

Es gibt also noch Hoffnung. Wir könnten eine vollständige Bindung haben. Er könnte soweit kommen, dass ich ihm wichtig bin, er könnte mich sogar auf die Tsenturion-Art lieben ... aber es klingt, als müsse die Brautwerbung mehr sein als nur heißer Sex, auch wenn es damit anfängt. Irgendwie muss ich einem großen, dominanten Außerirdischen, der über tausend Jahre alt ist und noch nie eine echte Beziehung hatte, beibringen, wie man Gefühle ausdrückt. Das ist ein Kinderspiel ...

Ich atme tief ein, balle die Fäuste entschlossen zusammen und nicke: „Okay. Ich schaffe das."

Medik schaut mich an, seine Augen sind mit so viel

Hoffnung erfüllt, dass es fast schmerzhaft ist, denn er hofft nicht nur für mich – er hofft für die Zukunft seines ganzen Volkes. „Wenn ihm jemand beibringen kann, wie man eine Bindung eingeht, Dawn, dann du."

11

———

Gavrill

Auf der Brücke angekommen, entbinde ich Corin vom Dienst, äußerst dankbar, dass Bogdan nicht im Dienst ist und hoffentlich nichts von meiner Verspätung weiß. Wenn ich wirklich Glück habe, wird er nie davon erfahren. Mein Zweiter Offizier ist der Einzige, dem es zusteht, mich zu tadeln, und er hätte Recht, wenn er dies tun würde.

Glücklicherweise weiß Corin nicht, warum ich mich verspätet habe und verlangt – anders als Bogdan – keine Erklärung. In vielerlei Hinsicht ist Bogdan mehr wie ein Bruder für mich als ein Untergebener; abgesehen von meinem Tribut gibt es in unserer Flotte keinen anderen, der mir so widersprechen würde wie er. Ich bezweifle, dass er den Vergleich zu schätzen wüsste, auch wenn mein Tribut es sicher würde.

Dawn.

Ihr Name schießt mir durch den Kopf, sogar während ich Corins Schichtprotokoll durchlese.

Medik verwendete ihren Namen. Genau wie Arkdhem.

Ich habe ihn benutzt, als ich sie beglückt habe ... vielleicht sollte ich das öfter tun. Sie bat mich anfangs darum, ich erinnere mich. Auch wenn mir ihr Name nicht die gleiche innere Befriedigung verschafft, wie wenn ich sie *mein Tribut* nenne, so hat er doch etwas Intimes.

Meine Dawn.

Ich werde darüber nachdenken.

Aber im Moment ... zwinge ich mich dazu, mich auf den Bericht zu konzentrieren, den Corin hinterlassen hat. Er ergibt keinen Sinn.

Stirnrunzelnd schaue ich zu Corin auf, der darauf gewartet hat, dass ich sein Logbuch lese, anstatt die Brücke zu verlassen. Offensichtlich ist er davon ausgegangen, dass ich über die seltsamen Ereignisse, von denen er berichtete, sprechen wollte. Ich spüre, wie die Besatzung uns aus den Augenwinkeln beobachtet und wahrscheinlich auf meine Reaktion wartet. Sie sind schon seit einer Weile im Dienst, wenn auch nicht so lange wie Corin – es wäre nicht gut, wenn die gesamte Brückenbesatzung zur gleichen Zeit die Schicht wechseln würde, so dass auch sie sich der Anomalien bewusst sind.

„Sie greifen überhaupt nicht an?", frage ich, völlig verblüfft von dieser Änderung der Vgotha-Taktik.

Sie haben in der Vergangenheit nie gezögert, anzugreifen, wenn sie wussten, dass sie eine Chance auf einen Sieg haben. Der einzige Grund, warum das Schiff, das wir verfolgt hatten, kampflos geflohen war, war, dass es waffenmäßig unterlegen war, und ein Angriff auf uns eine Selbstmordmission gewesen wäre. Was ich hier sah, war völlig anders. Einer der Späher berichtete, dass er praktisch auf ihre Vorhut traf – was bedeutete, dass er hoffnungslos unterlegen war und tot sein sollte. Stattdessen hatte man ihn entkommen lassen. Der Ton seines Berichts klang so verwirrt, wie ich mich fühlte.

„Nein, High Commander", sagt Corin kopfschüttelnd, „alle Berichte sind gleich. Die Späher wurden immer wagemutiger, fast so, als würden sie es herausfordern, dass die Vgothas sie verfolgen, und doch ... nichts als Sichtungen".

„Was haben sie vor?", murmle ich, scrolle durch den Bericht und meine Irritation wächst.

Neue Taktiken, die keinen Sinn machen, sind weitaus besorgniserregender als selbst eine bewaffnete Armada. Veränderungen, die aus unbekannten Gründen nicht vorhersehbar sind, können weit mehr Schaden anrichten als ein Frontalangriff, selbst durch eine größere Streitmacht.

„Ich dachte daran, dich zu rufen, aber ich wusste nicht, was ich sagen sollte ..." Corin klingt leicht verzweifelt. *„High Commander, ich muss berichten, dass der Feind gesichtet wurde, aber er hat nicht angegriffen ... wir haben keine Verluste ..."*

„Nun, es hätte zumindest meine Aufmerksamkeit erregt." Meine Mundwinkel zucken. „Aber nichts davon ist wirklich dringend, oder?"

„Nein, und ich wollte dich nicht stören, wenn du Zeit mit deinem Tribut verbringst." Nun liegt ein wenig Neid in seiner Stimme, den ich ihm nicht übelnehme. Doch so sehr ich das auch schätze, weiß ich, dass ich nicht zulassen kann, dass es so weitergeht.

Meine Pflicht muss an erster Stelle stehen.

„Nächstes Mal, wenn etwas Ungewöhnliches passiert, meldest du dich", ich lege den Bericht zur Seite und begegnete seinem Blick, „ich komme vielleicht nicht zur Brücke, aber ich möchte es wissen." Mir ist klar, dass ich die Unterbrechung nicht zu schätzen gewusst hätte, aber nachdem ich den Bericht selbst gesehen habe, bin ich beunruhigt, was die

Vgothas vorhaben. Außerdem hätte Corin vor dem Eintreffen von Dawn nicht gezögert, mich zu rufen. Ich sollte nicht zulassen, dass ihre Anwesenheit daran etwas ändert.

Er nickt verstehend, erhebt seine Faust und schlägt zum Salut auf seine Brust.

„Wegtreten. Genieß deine Pause."

Während Corin geht, richte ich meine Aufmerksamkeit auf die aktuelle Situation. Die Späher *sind* leichtsinnig, aber ich kann es ihnen nicht verdenken. Trotzdem müssen wir wissen, was die Vgothas vorhaben. Ich stehe kurz davor, Arkdhem zu rufen, als mir klar wird, dass ich ihm die Aufgabe übertragen habe, über meinen Tribut zu wachen, anstatt die Aufklärungsschiffe zu kommandieren. Ich schicke meine Mitteilung stattdessen an Rorick, den zweiten Kommandanten der Aufklärungsschiffe.

„Zeig den Videobildschirm mit den Informationen, die Rorick gleich senden wird", befehle ich. Sofort leuchtet der Bildschirm ganz links auf, und einen Augenblick später wird der Bildschirm mit den Mustern der Routen gefüllt, die die Aufklärungsschiffe geflogen sind und wo jedes Vgotha-Schiff entlang der Linien gesichtet wurde ... und wo sie wieder aus dem Blickfeld verschwunden sind.

Während der Betrachtung des Displays spüre ich, wie sich mein Kiefer anspannt.

Einige der Orte, an denen die Vgotha verschwunden sind, ergeben keinen Sinn. Es gibt dort nichts, was die Schiffe oder die Spuren der Vgothas verbergen sollte.

„High Commander?" Die zögerliche Stimme von Borodem, einem meiner Kommunikationsoffiziere, unterbricht meine Gedanken. Er konzentriert sich auch auf das Display, seine Sorge steht ihm deutlich ins Gesicht geschrieben – und er ist nicht der Einzige: „Die Vgotha ... sie haben eine Art neue Tarntechnologie, nicht wahr? Das ist die einzige

Erklärung dafür." Er zeigt mit der Hand auf das Display, seine Frage untermauert meine eigene Schlussfolgerung nach der Untersuchung der Daten.

„Leider glaube ich, du könntest recht haben", sage ich grimmig.

Was ich immer noch nicht verstehe, ist, warum sie es einsetzen, um mit unseren Spähern zu spielen, anstatt sie aus dem Weg zu räumen.

Trotzdem nehme ich wieder Kontakt zu Rorick auf. Die Späher müssen besonders vorsichtig sein. Während die Vgotha sie vorerst an der Nase herumführen, muss es irgendein Endspiel geben, das wir nicht erkennen können. Sie tun es aus einem bestimmten Grund, das heißt, wir müssen besonders wachsam sein und dürfen nicht auf das von ihnen ausgeheckte Komplott hereinfallen.

Ich bin überrascht, dass die Emotionen, die in mir aufsteigen, während ich versuche, die Motivation der Vgotha zu erkennen, ebenso viel Angst und Beschützerinstinkt wie Entschlossenheit beinhalten. Ich habe mich selbst immer als Beschützer meiner Krieger betrachtet – wir sind doch alles, was wir noch haben ... oder zumindest waren wir das. Mir ist jetzt klar, dass ich die Dringlichkeit dieser Sorge verloren habe.

Im Laufe der Jahre gab es so viele Tote, so viele Verluste, und während wir unseren Rachefeldzug fortsetzen, trauern wir um jedes Leben, das beendet wird, wenn es geschieht, aber das ist *akzeptabel.* Jeder Krieger kennt die Risiken, jeder gibt bereitwillig sein Leben, damit wir unser letztendliches Ziel erreichen können – Gerechtigkeit und Rache für unser Volk und Befreiung für den Rest des Universums von der Geißel der Vgotha.

Aber jetzt ...

Ich habe jemanden zu beschützen, der kein Krieger ist.

Ein Leben an Bord, das sich nicht dafür entschieden hat, hier zu sein. Das sich nicht für Rache oder Gerechtigkeit entschieden hat. Das Leben einer hilflosen Frau, die meine Beschützerinstinkte schon mehr als einmal geweckt hat.

Ich habe mich so lange auf den Angriff konzentriert und erkannt, dass ich jetzt etwas zu verteidigen habe ... kein Wunder, dass meine Ängste größer geworden sind. Aber das Erkennen des Grundes hilft nicht, die Sorgen zu zerstreuen.

Im Stillen sende ich eine nonverbale Nachricht an Arkdhem und bitte um ein Update.

Ich erhalte in wenigen Augenblicken eine Antwort.

Dawn ist bei Bewusstsein, aber immer noch bei Medik; sie unterhalten sich.

Ich bin zwar erleichtert zu hören, dass sie wach ist, aber nicht ganz beruhigt. Mein unmittelbarer Impuls ist, zur Krankenstation zurückzukehren, ganz gleich, ob ich im Dienst bin oder nicht, um selbst nach ihr zu sehen. Für einen Moment bin ich versucht, Arkdhem anzuweisen, sie auf die Brücke zu bringen, wenn sie in der Krankenstation fertig ist, aber das wäre nicht konstruktiv. Es würde definitiv ablenken.

Als Anführer bin ich derjenige, der meinen Kriegern ein Beispiel geben muss, zumal ich beschlossen habe, dass das Tribute-Programm fortgesetzt werden soll. Sie werden miterleben, wie ich mit meinem eigenen Tribut umgehe und meinem Beispiel folge. Wir können nicht eine Brücke voller Tribute haben, deshalb werde ich sie nicht noch einmal hierherbringen.

Auch wenn wir die beiden Teile unseres Lebens – Krieger einerseits, und andererseits Zivilisten mit Gefährten und Familien – nicht separieren können, so können wir doch zumindest unsere Tribute von unserem Dienst trennen. Auch wenn mir der Wunsch, sie an meiner

Seite zu haben, das Gefühl gibt, dass mir ständig etwas fehlt.

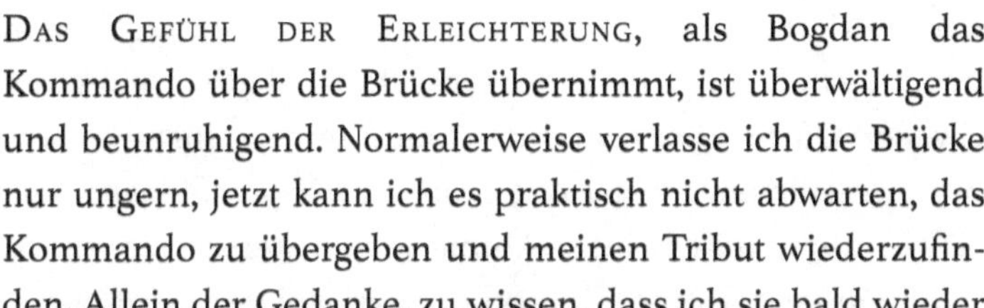

DAS GEFÜHL DER ERLEICHTERUNG, als Bogdan das Kommando über die Brücke übernimmt, ist überwältigend und beunruhigend. Normalerweise verlasse ich die Brücke nur ungern, jetzt kann ich es praktisch nicht abwarten, das Kommando zu übergeben und meinen Tribut wiederzufinden. Allein der Gedanke, zu wissen, dass ich sie bald wieder berühren kann, lässt meine *Seela* unter meiner Rüstung erwachen.

Die Schwierigkeit, meine Emotionen unter Kontrolle zu halten, ist ebenfalls beunruhigend, obwohl es mir gelingt, meine Rüstung in einem hellen, neutralen Grau zu halten, so dass meine Ungeduld nicht zum Ausdruck kommt, als ich Bogdan über die Situation informiere.

Während ich auf der Brücke war, wurden mehrere Vgotha-Schiffe gesichtet, von denen keines unsere Schiffen angriff. Nicht einmal den Piloten, der sich entschied, so zu tun, als hätte er eine Art Schildfehlfunktion, was ihn zum perfekten Ziel gemacht hätte. Bogdan ist genauso verwirrt wie ich, wenn auch nicht weniger vehement in seiner Leidenschaft, die Vgotha-Bedrohung auszuradieren.

„Vielleicht sollten wir mit voller Kraft angreifen", sagt er und studiert die Karte, die anhand der Erkundungen der Späher erstellt wurde, sowie das Muster der Sichtungen der Vgotha-Schiffe. „Sie scheinen eher ihre Fähigkeiten zu testen, als kämpfen zu wollen, aber die Größe von deren Schiffen hielte einem Angriff *dieses* Schiffes nicht stand. Die Feuerkraft der Späher würde nicht ausreichen, und bisher haben sie sich noch keinem von ihnen genähert."

„Oder vielleicht ist es genau das, was sie wollen", murmle ich und schaue mit gerunzelter Stirn auf die Karte. Obwohl ich den Wunsch spüre, meinen Tribut zu suchen und mich in ihr zu vergraben, ihre Gegenwart neben mir zu spüren, zwinge ich mich, mich auf diese Bedrohung zu konzentrieren. Es ist auch für sie eine Bedrohung. Bogdan hat ein valides Argument vorgebracht, weshalb er ein guter Zweiter Offizier ist, aber ich stimme seinem Instinkt, sich hineinzustürzen, nicht zu. „Schau, ob wir Jagdflieger in die Nähe ihrer Schiffe bringen können ... wir werden sie vorerst in einem langsameren Tempo weiterverfolgen, es sei denn, einer ihrer Zerstörer taucht auf. Bisher haben wir nur die kleineren Schiffe gesehen, aber es muss eines geben, an das sie Meldung erstatten. Schick die Späher weiter raus, um zu sehen, ob sie größere Schiffe orten können. Ich will sehen, was sie als Nächstes tun."

Bogdan zieht eine Grimasse, nickt aber zustimmend mit dem Kopf und erkennt, dass es weise ist, die Ereignisse sich entwickeln zu lassen. Wir können es zwar mit einem Zerstörer aufnehmen – und gewinnen –, aber es wird nicht unbedingt leicht oder ohne Verlust von Leben vonstattengehen. Vorsicht mag für ihn nicht selbstverständlich sein, aber er ist klug genug, um zu erkennen, wann sie notwendig ist. Wir werden mit offenen Augen vorwärts gehen.

Mein Dienst ist vorbei, und ich erkenne mich in dem übereifrigen Krieger, der praktisch von der Brücke rennt, kaum wieder. Normalerweise würde ich noch etwas verweilen, wenn auch nicht zu lange, um Bogdans Autorität nicht zu untergraben, jetzt, da er im Dienst ist. Stattdessen laufe ich so schnell ich kann, ohne jedoch zu hetzen, während meine Technik bereits aktiv ist, um Arkdhem zu rufen.

Wie üblich antwortet er sofort.

Wir sind wieder in deinem Quartier, High Commander. Sie

bat um Lesestoff zu unserer Geschichte und unseren Bräuchen, und sie liest nun schon eine Weile.

Ich bin mehr als zufrieden mit der Antwort von Arkdhem. Sowohl wegen ihres Interesses, auch über Frlills Informationen hinaus mehr über uns zu erfahren, als auch weil sie in meinem Quartier ist. Zwar würde ich sie dort nicht einsperren, es sei denn, es ist notwendig oder sie muss bestraft werden, aber der Besitzanspruch, der mich beherrscht, wird ein wenig dadurch gemildert, dass ich weiß, dass sie sich allein in meinen Räumen befindet.

Nicht, dass mein Schritt langsamer wird, denn ich bin immer noch begierig, endlich bei ihr zu sein, aber meine Brust fühlt sich etwas weniger eng an und meine Schultern entspannen sich. Obwohl Arkdhem mich informiert hatte, als sie die Krankenstation verließen, hatte ich nicht das Gefühl, dass ich während meines Dienstes um häufige Updates bitten konnte. Der Rest der Besatzung hätte es sicherlich bemerkt. Ich muss ein Beispiel dafür abgeben, wie sich Tsenturion-Krieger mit Tribut verhalten sollten, denn ich werde von meinen Männern nicht verlangen, dass sie anders handeln sollen als ich selbst. Wenn wir erst einmal mehr Tribute haben, kann die diensthabende Besatzung nicht ständig nach ihrem Tribut sehen, deshalb kann ich das auch nicht tun.

Vielleicht wäre es klug, einen Raum auf dem Schiff zu bestimmen, in dem Tribute, deren Krieger im Dienst sind, untergebracht werden können, damit der jeweilige Krieger weiß, wo sie sich befindet, und er nicht durch solche Fragen abgelenkt wird, so wie ich. Die Idee scheint nicht schlecht zu sein.

Als ich in meinem Quartier ankomme, befindet sich mein Tribut zusammengerollt in der Ecke der Couch, während Arkdhem auf der anderen Seite sitzt, und beide lesen. Der Übersetzer, den der Jabol ihr gegeben hat, sollte ihr erlauben, alle Texte zu lesen, die ich besitze, und sie scheint vertieft zu sein.

Wie immer springt Arkdhem auf, um mich zu grüßen, als ich eintrete. „High Commander."

„Arkdhem", antworte ich und erkenne seine Dienste an. „Danke, dass du meinen Tribut begleitet hast. Du bist entlassen."

„Danke, High Commander", sagt er, bevor er sich umdreht. „Auf Wiedersehen, Dawn."

„Auf Wiedersehen", sagt sie, lächelt ihn an, legt das Buch, das sie in der Hand hält, nieder und erhebt sich. Als sie mir ihre blauen Augen zuwendet, spüre ich bereits, wie mein Körper darauf reagiert, in ihrer Gegenwart zu sein. Meine *Seela* beginnen sich zu bewegen, mein Schwanz schwillt an. Ich nehme kaum wahr, wie Arkdhem den Raum verlässt.

"Dawn" sage ich zur Begrüßung und werde belohnt, indem ihr ganzes Gesicht aufleuchtet. Es gefällt ihr, so genannt zu werden. Sehr gut. Es befriedigt mich nicht so sehr, als würde ich sie mit ihrem Titel ansprechen, aber ich genieße es, ihre Freude zu sehen.

„Meister", sagt sie und lächelt mich an. Meine Rüstung blitzt golden auf, bevor ich sie anweise, sich zurückzuziehen, und die Nanotech fließt über mich hinweg in meinen Rücken und lässt mich nackt und aufrecht vor ihr stehen. Ihre Augen weiten sich, während sich ihr Blick bis zu meiner Leiste senkt, und ich kann ihre Erregung praktisch schmecken.

„Komm her", befehle ich und strecke meine Hand aus. Sie bewegt sich auf mich zu, aber zu meiner Überraschung nimmt sie nicht meine Hand. Stattdessen lässt sie sich vor mir auf die Knie fallen, sie streckt ihre Hand aus, und legt sie um die Basis meines Schwanzes, wobei sie die empfindlichen Wülste streichelt, die sich dort befinden und meinen Samen beinhalten. Ich stöhne bei dem Gefühl ihrer zarten Finger, die mich streicheln, und meine *Seela* greifen sofort nach ihrer Hand und streicheln sie. Als ich spreche, ist meine Stimme angespannt. „Was machst du da, Dawn?"

„Etwas, das wir auf der Erde tun, aber von dem ich hier weder gehört noch gelesen habe", sagt sie. In ihrem Gesichtsausdruck liegt etwas fast Schelmisches, und ich bin mir nicht sicher, was ich tun soll.

Dann beugt sie sich nach vorne und leckt den Kopf meines Schwanzes, und das Gefühl ist exquisit. Ich stöhne, meine Hände schnellen nach vorne, so dass ich meine Finger in den hellen Strähnen ihres Haares versenken kann, ich halte mich dort, so gut ich kann, fest, als sie beginnt, meinen Schwanz mit ihrer *Zunge* zu erforschen. Es ist ein Akt, den ich nie auch nur in Erwägung gezogen habe, und als sie ihre Lippen öffnet und die Spitze meines Schwanzes in ihren Mund nimmt, beugen sich meine Knie.

Heiß. Nass. Aber mit Nachdruck. Ihre Zunge bewegt sich wie eine *Prime-Seela*, streichelt und erforscht und bereitet das vortrefflichste Vergnügen. Es ist pervers, es gibt keinen Mehrwert in Bezug auf die Fortpflanzung, und doch ... Ich will nicht, dass sie aufhört. Obwohl diese Tätigkeit in den Handbüchern erwähnt worden war, hatte sie mich damals nicht besonders angesprochen. Menschliche Schwänze sind anders, und ich hatte kein Interesse am Mund einer Tsenturion-Frau, also ging ich davon aus, dass ich auch kein Interesse an ihrem Mund haben würde.

Ich habe mich geirrt.

Ich stöhne und stoße meine Hüften nach vorne, meine Hände verkrampften sich in ihrem Haar. Es ist genau wie in den Texten. Die sehr ungewöhnliche Aktivität verleiht dem

Ganzen eine Pikanterie, die ich neben dem körperlichen Vergnügen, das mich durchläuft, sehr anziehend finde. Sie summt vor Vergnügen, und ich zittere, stoße tiefer zu und veranlasse sie, sich leicht zurückzuziehen.

„Genug", knurre ich, denn ich weiß nicht, wie viel mehr ich noch ertragen kann, ohne die Kontrolle zu verlieren, und ich möchte ihr nicht wehtun. Mit meinen Fingern greife ich ihr Haar und ziehe – sehr widerwillig – ihren Mund von meinem Schwanz.

Ich ziehe sie an mich und nehme ihre gespreizten Lippen in einem heftigen Kuss, als ich beginne, ihr das Kleid vom Körper zu reißen. Der Stoff fällt leicht ab, und ich trage sie zum Bett, ihre Beine um meine Taille, und sie wimmert, während sich die Unterseite meines Schwanzes an ihrer feuchten Hitze reibt, wobei meine *Seela* ihre prallen Lippen stimulieren.

Wir fallen praktisch auf das Bett, ihre Berührungen und Küsse sind wild, als ob sie meine Berührung ebenso verzweifelt sucht wie ich ihre. Ich habe das Gefühl, als hätte ich nochmals tausend Jahre auf sie gewartet, mein Verlangen ist so groß. Ich gebe mir keine Mühe, sie zu fesseln oder zu quälen, ihr Mund um mich herum war für uns beide schon Qual genug. Stattdessen ziehe ich meine Hüften zurück, stoße in ihre Mitte und lasse sie schreien, während sie sich in glücklicher Ekstase um mich herum anspannt.

Mit ihr vereint zu sein, erfüllt mich mit Genugtuung, mit einem Gefühl der Richtigkeit, der Befriedigung, das ich nirgendwo sonst gefunden habe.

Als ich erst einmal in ihr bin, ist ein Teil meines Bedürfnisses gestillt ... gerade genug, damit ich meine anfänglichen Stöße langsam und stetig weiterführen kann, anstatt rücksichtslos in sie hineinzudrängen. Sie windet sich unter mir, ein Schluchzen mischt sich in ihre Schreien, während ich mich bewege, ihr Inneres mit meinem Schwanz und ihr Äußeres mit meinen *Seela* streichle. Ich grunze, balle meine Hände neben ihrem Kopf zur Faust, pumpe in sie hinein und aus ihr heraus und tue mein Bestes, um meine Kontrolle zu behalten.

„Ja ... bitte ... Gavrill ... Meister ... *härter, bitte!*"

Mein Name auf ihren Lippen, ihr verzweifeltes Flehen, und all meine rücksichtsvollen Bemühungen, mich zurückzuhalten, sind zunichte gemacht. Ich gehorche und nehme sie so hart, wie ich will, und genieße ihre schrillen Schreie des Vergnügens, die meine Ohren füllen. Meine *Seela* saugen sich an sie, während sie sich um mich schlingt, und wir stürzen beide in erotische Selbstvergessenheit.

~

Dawn

An die Seite von Gavrill gekuschelt streiche ich mit den Fingern über seine breite Brust und genieße den Moment der Intimität. Er hat mich an sich gedrückt, mein Kopf ruht auf einem Arm, während er meinen unteren Rücken streichelt, seine andere Hand liebkost meinen Po und das Bein, das er über seine Hüfte drapiert hat.

Ich weiß, dass ich nur wenig Zeit habe, bevor der ruhige Moment wieder in Aktivität umschlägt. Ist es nur seine Libido, oder ist es der Einfluss der Bindung, auf die Medik hingewiesen hat? Ich kann nur hoffen, dass es das Letztere ist. So sehr ich es auch genieße, tonnenweise Orgasmen zu haben, so sehr wünsche ich mir doch, dass die körperliche Verbindung zu einer emotionalen führt. Ich möchte, dass die Bindung ... Ich möchte, dass sich die Hoffnung von Medik erfüllt, weil ich glaube, dass dies für mich der wahrscheinlichste Weg zum Glück ist. Es könnte sogar der einzige Weg sein, wegen der Art und Weise, wie sich meine eigenen Emotionen entwickeln; wenn sie nicht erwidert werden, wird es wehtun. Und zwar sehr.

„Meister, warum werden die Vgotha in keinem eurer Bücher erwähnt?", frage ich.

Ich hatte Frllils Erklärungen noch im Kopf, und so verstand ich die Anspielungen, die die anderen Tsenturion in Bezug auf ihre Feinde gemacht hatten, aber ich bin trotzdem neugierig. Ich habe keine Ahnung, wie sie aussehen, wie furchterregend sie sind oder wie wahrscheinlich es ist, dass die Tsenturion sich rächen können. Ich weiß zwar, dass wir derzeit Vgotha-Schiffe jagen, aber das ist auch schon alles.

Seine Muskeln spannen sich unter meinen Fingern an, entspannen sich aber wieder, als ich ihn weiter streichle.

„Wir wussten nichts von ihnen, als diese Bücher geschrieben wurden", antwortet er mit leiser Stimme. Traurig. „Bevor sie unseren Planeten zerstörten, hatten wir noch nie von ihnen gehört. Sie hatten es auf uns abgesehen, weil sie entdeckten, dass die Jabol uns um Schutz gebeten hatten."

Das wusste ich bereits von Frllil. Ihm zufolge hatten die Vgotha seit Langem versucht, die Jabol entweder zu versklaven oder auszurotten. Die friedliche Rasse war sehr intelligent, wissenschaftlich überlegen, aber sie waren keine Krieger. Sie hatten sich also auf die Suche nach Beschützern begeben und die Tsenturion gefunden; aber die Vgotha waren so gnadenlos, so grausam, dass sie sich nichts dabei dachten, einen ganzen Planeten zu massakrieren, um die Jabol verwundbar zu halten.

„Hast du schon mal einen gesehen?", frage ich.

„Warum willst du das wissen?" Gavrill lehnt sich zurück, damit er mich stirnrunzelnd anschauen kann. Es liegt ein gewisses Misstrauen in seinem Gesichtsausdruck, obwohl ich mir nicht vorstellen kann, warum er misstrauisch sein sollte. Ich schwöre, ich spüre auch einen Anflug von Eifersucht. Ich rolle fast mit den Augen bei der irrationalen Vorstellung, dass er eifersüchtig sein könnte, weil ich nach seinem Feind frage, aber da er mich direkt ansieht, traue ich mich nicht.

„Ich bin nur neugierig", erkläre ich. „Das ist eine ganz neue Situation für mich. Ich hatte noch nie einen Feind, und jetzt jagen wir eine ganze Flotte von ihnen."

„Du nicht, sondern meine Krieger und ich", sagt er fast wütend. Ich wäre vielleicht beleidigt gewesen, hätte ich das plötzliche Aufwallen seines Beschützerinstinkts nicht gespürt. Ich quieke, als ich mich auf meine Unterarme und Knie umgedreht wiederfinde, wobei seine Hände auf meine gepresst sind, um mich mit hoch erhobenem Arsch in Position zu bringen. Ich spüre, wie seine *Seela* gegen meinen Hintern streichen, während sein Schwanz hart wird. „Du wirst beschützt und umsorgt werden, und die Vgotha werden nie nah genug herankommen, dass du dir ihretwegen Sorgen machen musst.

Ich könnte erklären, dass ich nicht beunruhigt war, aber ich glaube nicht, dass es eine Rolle spielen würde. Der Moment der Intimität ist vorbei; ich habe sowohl seinen Beschützerinstinkt als auch seinen Besitzanspruch geweckt.

Er stößt tief in mich hinein, seine *Prime-Seela* streichelt sofort meinen Anus, und ich stöhne, als er in mir pulsiert. Mit seinem Körper über mir und um mich herum fühle ich mich umschlungen und vollkommen geschützt, als hätte er mit seinen Muskeln einen Zufluchtsort für mich geschaffen.

„Mein Tribut", sagt er, und so sehr ich es auch vorziehe, wenn er mich bei meinem richtigen Namen nennt, kann ich nicht umhin, den Stolz, den Besitzanspruch und – ich hoffe, ich bilde mir das nicht ein – die Zuneigung in seiner Aussage zu hören. Aber seine nächsten Worte lassen mein Herz höherschlagen. „Meine Dawn."

12

Dawn

Im Laufe der Zeit fühle ich weniger Resignation und Hoffnungslosigkeit in Bezug auf mein Schicksal, sondern werde immer zuversichtlicher. Mediks Hypothese, dass körperliche Intimität zu einer Vertiefung der Bindung und zu mehr emotionaler Vertrautheit führt, scheint sich zu bewahrheiten. Es gibt Zeiten, in denen ich mir Sorgen mache, dass ich mir Dinge einbilde oder zu viel in die Dinge hineinlese, weil meine eigenen Emotionen wachsen, und ich möchte nicht die Einzige sein, die diese tiefe Verbundenheit spürt ... aber ich schwöre, es gibt Zeiten, in denen ich Gavrils Emotionen spüren kann.

Ich ärgere mich nicht einmal mehr darüber, ‚mein Tribut‘ genannt zu werden, weil er so erfreut wirkt, so besitzergreifend, wenn er das tut, aber nicht auf eine Weise, die mir das Gefühl gibt, ein Objekt zu sein. Ich schwöre, ich spüre die Zuneigung, die er für mich empfindet, wenn er das tut, und die Art, wie er mich anspricht, drückt Zärtlichkeit aus. Am liebsten mag ich es, wenn er mich ‚meine Dawn‘ nennt, aber beides fühlt sich gut an.

Während seiner Arbeitszeiten habe ich begonnen, einige der anderen Tsenturion-Krieger kennenzulernen. Trotz ihrer einschüchternden Art sind sie nette Kerle – mit großer Sehnsucht nach weiblicher Aufmerksamkeit, was mir ein schlechtes Gewissen bereitet, weil ich gegen das Tribute-Programm bin. Sie verdienen Gefährtinnen und Glück so sehr wie jeder andere auch ... aber muss das auf Kosten des Erdenlebens einer Frau gehen?

Leider fällt mir keine Alternative ein.

„Warum arbeitest du nicht mit Medik daran?", fragt Gavrill, als ich meine anhaltende Unzufriedenheit mit seinen Plänen zum Ausdruck bringe und seine Finger mein Haar streicheln. Unser Bettgeflüster findet meist zwischen versauten, heißen Sexattacken und seinem Entzücken darüber statt, mit meinem Trainingsgürtel zu experimentieren, damit er genau beobachten kann, wie sehr er mich beeinflusst. Jedes Mal, wenn er von der Brücke zurückkehrt, ist es, als ob er verzweifelt unsere physische Verbindung wiederherstellen will, und mein eigenes Bedürfnis entspricht seinem.

Von ihm getrennt zu sein, macht mich unruhig und fast kribbelig, ich habe den Drang, wieder mit ihm vereint zu sein. Ganz gleich, wie kurz die Zeit der Trennung auch sein mag, es ist fast wie ein Zwang, ihm körperlich so nahe wie möglich zu sein. Ehrlich gesagt, es ist ein kleines Wunder, dass ich nicht von all dem Sex wund und aufgescheuert bin, aber ich scheine nicht genug davon bekommen zu können, und er auch nicht.

„Mit Medik arbeiten?", frage ich verwirrt. „Am Tribute-Programm?"

„Nachdem du mit ihm gesprochen hast, sagte er mir, er wolle einige der Parameter überarbeiten, um einige deiner

Einwände zu würdigen. Wenn du mit ihm zusammenarbeitest, kannst du deine Bedenken wegen der Details des Programms ansprechen und ausräumen."

Sofort werde ich von widersprüchlichen Emotionen zerrissen. Für die Frauen, die ausgewählt werden, direkt verantwortlich sein? Andererseits ... ist es nicht besser, dass diese Frauen wenigstens eine der Ihresgleichen haben, die sich für sie einsetzt, wenn die Tsenturion sie trotzdem hierherbringen wollen? Der Gedanke, eine Aufgabe zu haben, die über den regelmäßigen Sex-bis-zur-Bewusstlosigkeit hinausgeht, gefällt mir ebenfalls, zumal Gavrill viel Zeit auf der Brücke verbringt.

Ich habe meine Zeit mit Yoga ausgefüllt, meinen Körper stark und geschmeidig zu halten, auch wenn es schwierig ist, mich auf die Posen zu konzentrieren, wenn ich den Trainingsgürtel als ständige Erinnerung an meinen Meister und seine ultimative Kontrolle über meinen Körper habe. Das macht jedenfalls einige der Posen *viel* interessanter.

Ich lese auch mehr über die Tsenturion aus ihren eigenen Texten, lerne die anderen auf dem Schiff kennen und stelle Arkdhem Fragen über die Vgotha, aber das ist nicht dasselbe, wie etwas *zu tun zu* haben. Etwas Bedeutsames zu tun. Und in dem Moment, in dem Gavrill das vorschlägt, wird mir klar, dass ich das will.

Wenn ich über die Folgen meiner Beteiligung an einem solchen Projekt mit so vielen Auswirkungen sowohl für die Tsenturion als auch für die Menschen nachdenke, könnte dies sogar das Sinnvollste sein, was ich *je* tun kann. Dass Gavrill es vorschlägt, dass er mir eine solche Aufgabe anvertrauen würde, bedeutet mir mehr, als ich sagen kann.

Es fühlt sich wie ein Beweis dafür an, dass er mich wirklich als das sieht, was ich bin. Als eine Person mit wertvollem Input, als eine Person, die etwas Nützliches tun kann, die einen Unterschied machen kann, und mehr als das, als eine Person, deren Gefühle zählen.

„Ja", sage ich und antworte ihm mit so viel Enthusiasmus, dass es uns beide überrascht: „Ja, das möchte ich tun."

Ich drücke meine Hand gegen seine Brust und richte mich leicht auf, damit ich ihm einen Kuss geben kann. Trotz meines körperlichen Verlangens nach ihm bin ich selten der Aggressor, wenn es um Sex geht – ich muss es nicht zu sein. Zum ersten Mal bin ich diejenige, die oben ist. Na ja, irgendwie. Zumindest lehne ich mich über ihn.

Eine Hand kommt hoch, gleitet in mein Haar, um meinen Hinterkopf zu kraulen, während sich unser Kuss vertieft. Seine andere Hand, die auf meiner Hüfte lag, bewegt sich, bis sie meine Arschbacke umschließt, das weiche Fleisch drückt und knetet, während seine Finger sich näher an das kleine Loch vorarbeiten, von dem er so fasziniert ist. Etwas, das ich durch ein Biologiebuch über die Tsenturion gelernt habe – sie haben nicht dasselbe Verdauungssystem wie Menschen, und deshalb besitzen sie auch keinen Anus.

Das erklärt zumindest teilweise, warum Gavrill von meinem völlig fasziniert ist. Sein Finger drückt gegen den runzligen Stern, presst nach innen und lässt mich zappeln. Ich habe mich an das Gefühl und an den Gürtel gewöhnt, der dieses Loch dehnt, und ich weiß, dass es nur eine Frage der Zeit ist, bis er dort seinen Schwanz einsetzt. Ich weiß nicht, ob mich die Idee an diesem Punkt mehr erregt oder erschreckt.

Ich wimmere, als sein Finger tiefer eindringt, die fehlende Feuchtigkeit lässt das Eindringen etwas mehr brennen als sonst, und meine Muschi pulsiert als Reaktion auf den erotischen Stich. Sein Finger fühlt sich noch größer an als sonst, und ich bumse praktisch seinen Oberschenkel, während er ihn sanft bewegt und mit jedem Mal etwas tiefer eindringt. Bei der Art, wie er meinen Kopf für den Kuss hält, kann ich nicht einmal verbal protestieren, selbst wenn ich es wollte.

~

GAVRILL

DER ALTERNATIVE EINGANG meines süßen Tributs umschließt fest meinen Finger, während ich tiefer hineindränge, obwohl er sich dank des Trainings mit dem Gürtel leichter öffnet. Sie stöhnt gegen meine Lippen, ihre Erregung befeuchtet meinen Oberschenkel, während sie sich gegen mich bewegt.

Die Erregung steigt, als mir die Bedeutung ihres Kusses, ihrer aufsteigenden Leidenschaft bewusst wird. Nicht, dass sie meinen Annäherungsversuchen gegenüber passiv gewesen wäre, aber dies ist das erste Mal, dass sie unsere Vereinigung klar initiiert hat. Endlich habe ich sie vollständig unterworfen, indem ich ihr eine Aufgabe übertragen habe. Die Ironie ist, dass sie mir dabei helfen wird, sie zu Ende zu bringen, aber das scheint für sie keine Rolle zu spielen.

Ihre Unterwerfung wird mir angeboten, ihr Körper ist bereit für die endgültige Inbesitznahme, und ich reagiere sofort. Mein Griff nach ihr wird gröber, so wie sie es mag, und sie wimmert tief in ihrer Kehle, während das gegenseitige Begehren durch uns rauscht. Nach einem langen, tiefen

Kuss gleite ich mit meinem Finger aus ihrem Hintern und wechsle unsere jeweiligen Positionen, indem ich ihre Arme über ihren Kopf schiebe, damit ich sie ans Bett fesseln kann.

„Oh ... nein, Meister, bitte, ich möchte dich berühren", bettelt sie, aber ich schüttle den Kopf. Wenn sie mich berührt, verliere ich zu schnell die Kontrolle, und ich möchte sichergehen, dass ich langsam vorgehen kann, zu ihrem eigenen Vergnügen, aber auch, um diesen Moment zu genießen.

„Nein", sage ich entschlossen und fahre mit den Händen über ihre gefesselten Arme bis zu ihren Brüsten und umfasse die weichen Hügel. Ich streiche mit den Daumen über ihre Brustwarzen, wodurch die harten Knospen noch mehr anschwellen. Sie macht ein winselndes Geräusch, und als Antwort kneife ich in die zarten Nippel und fühle, wie sie unter mir schaudert, während sich der erotische Schmerz mit ihrem Vergnügen vermischt. Ihr Atem kommt jetzt in sanften Stößen, während ich ihren Körper bearbeite und damit ihr Verlangen zusammen mit meinem eigenen wecke.

Sie windet sich leicht, wölbt sich und versucht, sich an mir zu reiben. Ich lache leise.

„Böse Dawn", sage ich, denn ich habe festgestellt, dass die Verwendung ihres Namens in solchen Momenten mehr Resonanz hervorruft, als wenn ich sie ‚Tribut' oder etwa ‚böses Mädchen' nenne, wie es eigentlich in den Handbüchern beschrieben wird. „Versuche nicht, mich zu manipulieren."

Ich ziehe mich von ihr zurück, ignoriere die Klagegeräusche, weil ich ihre Brüste loslasse, und ich drehe sie mit Leichtigkeit um, sodass ihr Hintern hoch in die Luft gereckt und bereit ist, versohlt zu werden.

„Ich war nicht ...!" Sie fängt an zu protestieren, aber meine Hand senkt sich bereits auf ihren verletzlichen Hintern.

Klatsch!

In allen Handbüchern war klar, dass ihr Po ein schönes, heißes Rosa, wenn nicht gar rot sein sollte, bevor ich sie nehme. Die Schläge, die ich ihr verpasse, sollen sie nicht bestrafen, denn ich weiß, dass sie nicht wirklich versucht hat, mich zu manipulieren. Aber inzwischen besitzt sie auch die Erfahrung, dass ich keine Entschuldigung brauche, um ihren Hintern zu versohlen, sobald ich es wünsche. Ich habe in der Tat festgestellt, dass es eine sehr vorteilhafte Wirkung auf den Grad der Ekstase hat, den sie erreichen kann, wenn ich diesen bestimmten Bereich schön rosa färbe.

Klatsch! Klatsch! Klatsch!

Als sie merkt, dass ich sie nicht wirklich diszipliniere, lässt mein Tribut ihren Kopf fallen und hebt ihren Hintern höher, was zu mehr Schlägen einlädt, ihr leises Stöhnen ermutigt mich, ein bisschen härter zu schlagen und ihr weiches Fleisch ein bisschen mehr zu reizen. Ihre Hüften wackeln auf und ab, ihre Pobacken pressen sich leicht zusammen, und das winzige Loch zwischen ihnen sieht einladender aus denn je.

Ihre Schamlippen sind geschwollen und von meinen *Seela* gezeichnet, der Anblick erfüllt mich mit Genugtuung. Ich genieße es, überall auf ihr Spuren zu hinterlassen, besonders an Hals und Brüsten, anstelle des Paarungszeichens, das sie nicht tragen kann, aber die kleinen Kreise auf ihrem Geschlecht sind meine Favoriten. Meine *Seela* markieren sie zumindest in der Art der Tsenturion.

Klatsch!

Ich ziele absichtlich auf hellere Hautpartien an ihrem Po

und auf die Falte zwischen dieser süßen Kurve und ihren Oberschenkeln. Ihre Schreie sind jedes Mal ein wenig höher, wenn meine Hand tiefer geht und auf diesen empfindlichen Bereich trifft. Die Nässe, die ihre inneren Lippen bedeckt, ist glänzend und kündigt von ihrer wachsenden Erregung.

Ich dirigiere die Nanotechnologie, schicke den Gürtel in dünnen Verlängerungen zu ihren Brüsten nach oben. Ich kann sie nicht sehen, aber ich weiß, dass sie eine Linie vom Gürtel zu ihren Brustwarzen gezogen haben, wo sie sich um die kleinen Knospen herum zusammenziehen, wodurch ein allumfassendes, schmerzhaftes erotisches Zwicken entsteht, das nicht einmal meine Finger hervorbringen könnten. Eine weitere dünne Verlängerung rutscht zu ihrer Klitoris hinunter, bedeckt den geschwollenen Knopf mit der Nanotechnologie und kneift ihn ebenfalls, wodurch ich ihren Schmerz und ihr Vergnügen vollkommen beherrsche, während ich mich darauf vorbereite, sie vollständig in Besitz zu nehmen.

Dawn

MEINE BRUSTWARZEN und meine Klitoris pochen im Griff der Nanotechnologie, die sie so fest zusammendrückt, dass ich an der Grenze zwischen Schmerz und Lust schwebe. Die wachsende Hitze in meinem Arsch lässt mich gegen Gavrills harte Hand zappeln und buckeln. Jeder Schlag für sich genommen ist nicht besonders schlimm, aber die Gesamtwirkung der Stimulation lässt mich nach Luft schnappen, während ich mich unterwürfig vor ihm beuge.

Ich spüre, wie meine Muschi nass wird, denn die erotische Stimulation all meiner empfindlichsten Stellen nährt das Verlangen, das in mir wächst. Ich schreie auf, als die Technik zu pulsieren beginnt, rhythmisch zudrückt und loslässt und meine Sinne verwirrt, und ich nicht weiß, ob ich Schmerz oder Vergnügen empfinde. Die ganze Zeit über kommt Gavrills Hand mit festen, gleichmäßigen Schlägen auf mich herab, die mich ganz wild machen.

„Bitte ...", flehe ich ihn an, meine Zehen krümmen sich, während meine Ekstase steigt, aber nichts, was er tut, reicht aus, um mich zum Orgasmus zu bringen. Ich schwöre, er hat eine Wissenschaft daraus gemacht, genau herauszufinden, wie weit er gehen kann, bevor ich über diese süße Klippe stürze, und er genießt es, mich so lange wie möglich dort hängen zu lassen: „Bitte, Meister, ich will dich in mir haben."

Ich spüre seine übliche Genugtuung über die Ehrerbietung, seine fast wilde Erfüllung darüber, dass er mich darauf reduziert hat, um Befriedigung von seiner Hand zu bitten. Das ist mir egal; ich erhalte meine eigene Befriedigung, indem ich ihm zu Willen bin, und meine Erregung wird durch seine Dominanz nur noch verstärkt.

„Braves Mädchen", sagt er, seine Hand streicht über die heiße Kurve meines Arsches, anstatt ihn noch einmal zu schlagen, "Meine süße Dawn. Jetzt bin ich wirklich dein Meister."

„Ja", stimme ich eifrig zu, meine Handgelenke zerren leicht an den Fesseln, während ich meine Hüften anhebe, wohl wissend, wie sehr ihn der Anblick meines geröteten Hinterns erregen wird. Die Nanotech zupft an meinen Brustwarzen und an der Klitoris, wie kleine Münder, die fast zu fest an ihnen saugen, und ich stöhne und wackle mit meinem Hintern.

Einen Augenblick später drückt sein Schwanz gegen

meine Öffnung – nur nicht die, die ich erwartet hatte. Ich schnappe nach Luft und versuche, mich von ihm wegzubewegen, als sich die Spitze seines Schwanzes in meinen Arsch drückt. Obwohl ich diesen Moment halb erwartet hatte, kann ich nicht anders, als zu versuchen, davor zu fliehen.

Seine Finger krümmen sich um meine Hüften und halten mich leicht fest, als er nach vorne drängt.

„Bitte nicht dort, Meister", flehe ich. „Noch nicht, Gavrill, bitte!"

„Doch, meine Dawn, jetzt", sagt er, und sein Schwanz drängt hinein und bringt mich zum Schreien, als ich geöffnet werde.

Es tut nicht so sehr weh, wie es hätte sein können, denn ich habe mich an das Eindringen der Nanotechnologie gewöhnt, aber der Kopf seines Schwanzes fühlt sich ganz anders an. Er dehnt mich, bewegt sich in mir und drückt sich tiefer hinein, während ich mich winde und vor zweifelhaftem Vergnügen stöhne. Zu fühlen, wie er mich in dieser intimen Weise ausfüllt und mich in Besitz nimmt, hat Einfluss auf uns beide.

Ich kann jeden Grat, jede Wölbung seines außerirdischen Schwanzes spüren, als sich dessen seltsame Form an dem engen Ring vorbeischiebt, der meinen Kanal bewacht. Meine Muskeln flattern um ihn herum, pressen sich zusammen und versuchen, ihn zu greifen. Er gleitet zurück, und ich schreie erneut bei dem seltsam ziehenden Gefühl, nur um fast an meinem Schrei zu ersticken, als er noch tiefer als zuvor eindringt.

～

GAVRILL

. . .

Der Po meines Tributs ist exquisiter, als ich es mir je hätte vorstellen können. Der runzlige Stern in ihrer Öffnung hat sich gedehnt und einen glatten Ring um meinen Schwanz gebildet, der mich so fest umschließt, dass ich mich nicht hätte bewegen können, wäre da nicht die zusätzliche Gleitflüssigkeit, die ich von meiner Rüstung erhalten habe, bevor ich in sie eingedrungen bin. Jetzt verstehe ich, warum die Texte in diesem Punkt so ausführlich waren.

Sie ist hier nicht nass, aber sie ist heiß, und die muskulösen Wände ihres Körpers fühlen sich unglaublich an. Mein Schwanz wird an der Basis breiter, und ich höre, wie das Schluchzen in ihrer Stimme zunimmt, wenn ich tiefer eindringe, meine Hüften hin- und herwippe und jedes Mal ein wenig tiefer stoße. Während in ihrer Stimme etwas Schmerz mitklingt, empfindet sie auch Vergnügen, und inzwischen weiß ich, wann ihr wirklich etwas wehtut.

Das sind Schmerzen, die sie für mich erträgt, die sie erträgt, weil sie mir gefallen will, um sich mir zu unterwerfen. Ein Schmerz, der sich schließlich in Vergnügen verwandeln wird, glaube ich.

Zur Unterstützung weise ich die Nanotech an ihrer Klitoris an, zu vibrieren, und ich spüre, wie sie sich um mich verengt, während sie überrascht quiekt. Der Griff ihrer Muskeln lockert sich, und ich stoße tiefer und dehne sie so weit es geht, während sich meine Lende an ihren heißen Hintern schmiegt. Wir beide schnappen nach Luft und stöhnen, während ihre Muskeln über die gesamte Länge meines Schafts spielen und meine *Seela* ihre gespreizten Pobacken streichelt. Der Anblick meines Schwanzes in ihrem ungewöhnlichen Eingang und die Anspannung in ihrer Stimme, während sie sich auf mein Eindringen einstellt, ist herrlich erotisch.

Nachdem ich mich mehrere lange Momente lang ruhig

gehalten und mein Bestes getan habe, um mir genau einzuprägen, wie ihre geröteten Wangen aussehen, die von meinem goldenen Schwanz und meinen streichelnden Seela gespalten werden beginne ich zu stoßen.

Ihr Stöhnen ist zweideutig, aber ich höre auch ihre Freude, ich kann praktisch fühlen, wie sie unter meinen Händen zittert. Es gibt keine Bitten mehr an mich, aufzuhören, nur noch willige Unterwerfung, während sie sich langsam lockert, fähig, meinen Schwanz mit jedem Stoß leichter aufzunehmen.

Jetzt verstehe ich, was die Handbücher meinten. In diesem Akt liegt eine Intimität, die ich spüren kann, obwohl sie den Tsenturion unbekannt ist. Die Tsenturion konzentrierten sich auf die Fortpflanzung bei ihrem Vergnügen, aber das ... das ist nichts anderes als reines Glückseligkeit. Ihr Mund hatte sich ähnlich angefühlt, aber sie konnte mich nicht so tief oder vollständig zwischen ihre Lippen nehmen, wie sie es mit ihrem Arsch kann. Es hat ihr auch nicht die gleiche Art von Unbehagen bereitet, das sie jetzt ausschließlich zu meinem Vergnügen erträgt.

Es hat etwas Reines, dieses Geschenk ihres Körpers angeboten zu bekommen, zu wissen, dass es keine Garantie für ihr eigenes Vergnügen und keine Möglichkeit zur Fortpflanzung gibt. Es ist ein Akt, der vollständig für mich dargebracht wird, zu meinem Vergnügen und zu meiner Herrschaft über ihren Körper ... Ich spüre, wie sie sich mir unterwirft, sich mir hingibt, und es ist eine Ekstase, die sogar die physische Verzückung übertrumpft.

～

Dawn

. . .

DAS EROTISCHE BRENNEN von Gavrills Schwanz, der meinen Arsch füllt, während meine Pussy ins Leere krampft, gibt mir das Gefühl, als würde ich zersplittern. Ich werde von einem solchen Verlangen geplagt, wenngleich ich ihn auch anflehen möchte, aufzuhören. Ich kann nicht sagen, ob es wehtut oder ob die Empfindungen einfach so überwältigend sind, dass mein Körper sie kaum noch aushalten kann.

Ich spüre, wie sich sein Schwanz in mir bewegt, wie seine *Seela* jedes Mal, wenn er in mich gleitet, sanft über meine Backen streichen. Die Unebenheiten an seinem Schwanz kratzen an meinem zarten Inneren, meine Nägel graben sich in die Matratze, während ich mich an ihr festhalte und mich fühle, als treibe ich in einem Ozean der Empfindungen mitten in einem Sturm. Der Schmerz meiner eingeklemmten Brustwarzen ist nichts, kaum ein Tropfen, aber als die Nanotech um meine Klitoris herum zu vibrieren beginnt, spüre ich, wie sich meine Zehen krümmen, während eine ganz neue Lust zu dem Chaos hinzukommt, das mich verzehrt.

Hätte Gavrill mich nicht fest an den Hüften gehalten, wäre ich unter seinen heftigen Stößen sicher schon zusammengebrochen.

Qualen.

Ekstase.

Zwei Seiten derselben Medaille, und ich bin in der Mitte gefangen.

Nicht nur genommen, sondern *verschlungen*.

Mein Orgasmus kracht in mich hinein, und ich schreie wegen der Intensität des Höhepunkts, mein Ring krampft sich fest um seinen Schwanz und brennt bei den Empfindungen, als er sich ein letztes Mal tief in mich hineinschiebt. Ich spüre das harte Saugen seiner *Seela*, als sie sich auf meiner Haut festsetzen, das Pochen seines Schwanzes, als er zu kommen beginnt, und seinen besitzergreifenden Triumph, als er meinen Arsch mit flüssiger Hitze füllt.

13

Gavrill

Die sanften Kurven meines süßen Tributs schmiegen sich an mich, ihre Atmung geht langsam und stetig in ihrem Schlummer. Ich habe sie völlig erschöpft. Ihre kleinen Brustwarzen sind jetzt weich, aber immer noch gerötet, ebenso wie ihre Klitoris, und selbst ihr hinteres Loch erscheint rosa und gut benutzt. Mir geht es nicht viel besser. Ich bin schläfrig und zufrieden, und es scheint, als ob ich hier in diesem Bett neben ihr liegen und mich nie wieder bewegen könnte.

Deshalb fühlt sich die wütende Nachricht von Bogdan, die mich darüber informiert, dass ich zu spät zu meiner Schicht komme, wie eine Ohrfeige an und bringt mich zurück in die Realität.

Verspätet.

Schon wieder.

Leise fluchend ziehe ich mich von Dawn weg, verärgert darüber, dass unsere gemeinsame Zeit unterbrochen wird, und doch weiß ich, dass diese Empfindung unlogisch ist.

Diese Gefühle, dieser Drang, an ihrer Seite zu bleiben, werden immer stärker, je mehr Zeit ich mit ihr verbringe.

Ich hatte gedacht, ich hätte mich inzwischen besser im Griff, aber wieder zu spät zu kommen …

Schlimmer noch, zu wünschen, ich müsste gar nicht zur Brücke gehen …

Ich brauche Bogdan nicht, um mir zu sagen, dass die Situation außer Kontrolle gerät. Nicht, dass ihn das davon abhalten würde. Er wartet außerhalb der Brücke auf mich, seine Rüstung ist tiefschwarz und durchzogen von gelegentlichen roten Streifen seiner Wut. Normalerweise würde ich mich gegen sein Temperament behaupten, aber da ich weiß, dass ich im Unrecht bin, zucke ich innerlich zusammen, wie ich es seit meiner Zeit als unreifer Rekrut nicht mehr getan habe.

Dass er hier auf mich wartet – und nicht auf der Brücke – sagt mir alles, was ich über seine Absichten wissen muss.

Schlimmer noch, ich verdiene den Anschiss.

Ich versuche trotzdem, ihn zu umgehen.

„Ich weiß", knurre ich, sobald ich in Hörweite bin, und lasse ihn meine eigene Verärgerung über mich selbst sehen, indem meine Rüstung vor Emotionen aufblitzt.

Rote Streifen auf seiner Brust.

„Das ist nun schon mehrfach passiert", sagt er und tritt vor mich hin, um die Tür zu blockieren. Ich hatte nicht gemerkt, dass er davon Kenntnis hatte, und ich verfluche im Geiste denjenigen, der es ihm gesagt hat. In seinen Augen blitzt Hitze auf, seine Wut ist beherrscht, und die Tatsache, dass er sein Temperament tatsächlich kontrolliert, macht deutlich, wie wütend er in Wirklichkeit ist. Das ist kein Dampfablassen, das ist gerechte, begründete Wut. „Ich weiß auch über das letzten Mal Bescheid, ich habe das Logbuch gesehen. Ich habe nichts gesagt, aber jetzt denke ich, dass das ein Fehler war. Jemand muss dich zur Verantwortung ziehen, da du dies offensichtlich selbst nicht mehr tust."

Mein Kiefer verkrampft sich vor Wut. Nicht auf ihn, sondern auf mich selbst.

Er steht mir gegenüber, die Fäuste geballt, seine Wut kontrolliert, aber spürbar. „Die Vgotha verspotten uns mit Taktiken, die wir von ihnen noch nie zuvor gesehen haben, und wir wissen immer noch nicht den Grund dafür, und anstatt sich auf sie zu konzentrieren, anstatt unser Volk zu führen, wirst du von diesem Menschen abgelenkt. Du sagst, wir müssen unsere Zukunft schützen, aber es wird keine Zukunft geben, wenn wir alle in der Gegenwart getötet werden. Wie kannst du unser Führer sein, wenn du die Hälfte der Zeit nicht einmal an uns denkst?

Ich habe keine Antwort für ihn.

Er hat recht.

Ich *habe* mir erlaubt, mich ablenken zu lassen. Ich *habe mich nicht* so auf die Bedrohung konzentriert, wie ich es tun sollte. Ich *habe nicht* über die Gegenwart nachgedacht. Ich habe nicht nur meine Pflicht nicht erfüllt, sondern ich bringe uns alle in Gefahr – auch meinen Tribut. Mein Verhalten ist nicht nur für einen Commander, sondern auch für einen Krieger, unwürdig.

Bogdan steht stocksteif und schaut mir direkt in die Augen. „Ich will deine Position nicht, High Commander. Ich will sie nicht."

Zwing mich nicht dazu, sie dir wegzunehmen.

Die Worte hängen unausgesprochen in der Luft zwischen uns. Ich weiß, dass Bogdan nicht High Commander sein will. Er möchte oft seinen Willen durchsetzen, er wünscht sich oft, dass ich seine Denkweise wähle, aber er will nicht meinen Rang. Ich will auch nicht, dass er den Posten bekommt. Ich weiß, dass ich dafür am besten geeignet bin ... zumindest war ich es.

Bevor ich meinen Tribut erhielt.

Bevor ich abgelenkt wurde.

Bevor meine Aufmerksamkeit nur noch geteilt war.

Meine erste Pflicht muss in der Gegenwart meinen Kriegern gelten, aber mein Blick war ganz auf die Zukunft gerichtet, als ob die Vgotha-Bedrohung bereits ausgerottet ist. Ich habe mir Vergnügen gegönnt, während Bogdan und Corin und die anderen sich über die neuen Possen der Vgotha Sorgen machen. Ich habe vergessen, was es bedeutet, das Kommando zu führen, was es bedeutet, unser aller Leben in meinen Händen zu halten.

„Es wird nicht wieder vorkommen", sage ich leise. Meine Rüstung schimmert bläulich-grau, ich zeige ihm bewusst meine Reue. „Du hast recht. Ich war abgelenkt. Ich werde das in Ordnung bringen. Es ist Zeit für die Zukunft, wenn die gegenwärtige Vgotha-Bedrohung ausgerottet ist."

Sein Ausdruck hellt sich vor Erleichterung auf, ebenso wie seine Rüstung. Nicht viel, aber genug, um zu wissen, dass er zumindest an meine Aufrichtigkeit glaubt. Ich kann nicht anders, als wütend auf mich zu sein, als er zur Seite tritt, um mich passieren zu lassen. Ich habe meine Pflichten zu sehr zu Gunsten meines Tributs vernachlässigt.

Meine Worte an Bogdan hallen in meinem Kopf wider, als ich die Brücke betrete.

Es wird nicht wieder vorkommen.

~

Dawn

. . .

ALLEIN IM BETT AUFZUWACHEN NERVT. Andererseits bin ich auch ein bisschen erleichtert, weil ich überall so verdammt wund bin. Glücklicherweise hatte Gavrill den Gürtel nur meine intimen Stellen bedecken lassen, bevor er mich verließ. Ich weiß nicht, ob ich es verkraftet hätte, jetzt etwas in meinem Hintern zu haben.

Ich seufze, wohlwissend, dass er zu seiner Schicht auf der Brücke gehen musste.

Sobald ich das Geräusch mache, höre ich die Stimme von Arkdhem.

„Dawn? Bist du wach?"

„Ja, hallo, Arkdhem." Ich versuche, enthusiastischer zu klingen, als ich mich fühle. Ich mag Arkdhem, aber es wäre schön, nicht ständig einen Babysitter zu haben. Ich weiß nicht, warum ich im Moment so irritiert bin. Zumal ich mich ohne ihn wahrscheinlich irgendwie einsam fühlen würde.

Offenbar sind meine Emotionen irgendwie aus dem Gleichgewicht geraten.

„Ich werde den Raum verlassen, damit du dich anziehen kannst", sagt er fröhlich.

Als ich die Tür zischen höre, denke ich darüber nach, was ich tun möchte. Ich weiß nicht, wann Gavrill gegangen ist, aber es ist unwahrscheinlich, dass er schnell zurückkommt. Seine Schichten sind lang, was derzeit den Vorteil hat, dass mein Körper Zeit hat, sich zu erholen. Ich nehme mir ein paar Momente, um Sonnengrüße durchzuführen, wobei ich mich auf meine Atmung konzentriere, während mein Körper von Pose zu Pose fließt. In meinem Bauch ist ein Hohlraum, fast wie die Leere, die ich fühlte, als ich meine Mutter und meine Großmutter verlor. Ich nutze meine Vinyasa, um Frieden in flüssigen Bewegungen zu finden. Auf einem fremden Schiff, eine Million Lichtjahre von allem entfernt, was ich kannte, brauche ich das Gleichgewicht zwischen meinem Körper und meinem Atem mehr denn je.

Als ich fertig bin, ist der Schmerz in meiner Brust zu einem erbsengroßen Pochen geschrumpft. Ich verbeuge mich und flüstere ein ‚Namaste' an die Wand. Wenn ich nicht bei meinem Meister bin, geht der Schmerz nie wirklich weg. Nur Sex wird ihn vollständig lindern. Ich würde es ja dem Pawlowschen Training zuschreiben, nur dass ich auf der Erde dieselbe Leere empfand.

Ich ziehe ein tiefviolettes Kleid an und beschließe, dass ich Medik besuchen und mit ihm über das Tribute-Programm sprechen möchte. Arkdhem hat keine Einwände, und nachdem er mich zum Essen mitgenommen hat, gehen wir direkt zur Krankenstation. Es stellt sich heraus, dass Arkdhem auch viele gute Ideen für das Programm hat. Ich würde ihn definitiv nicht als weichherzig bezeichnen – ich würde keinen Tsenturion-Krieger auch nur annähernd so beschreiben –, aber in vielerlei Hinsicht ist er einfühlsamer und offener als seine Kameraden. Definitiv einfühlsamer und offener als Bogdan oder Gavrill. Er ist zwar begeistert von den Tributen und möchte eine Frau für sich selbst, aber es ist offensichtlich, dass er eine bevorzugen würde, die hier sein *möchte*.

„Warum sollen sie nicht auf etwas klicken, das eine richtige Vereinbarung darstellt?" Arkdhem schlägt das vor, während Medik und ich über den Fragebogen diskutieren, den Frauen meiner Meinung nach beantworten müssen, damit wir am Ende nicht jemanden haben, der eine wichtige andere Person oder Kinder oder andere starke Bindungen zur Erde hat. Was starke Bindungen ausmacht, steht etwas zur Debatte, wobei Medik eine viel lockerere Definition hat als ich.

Ich seufze. „Niemand wird das ernstnehmen. Sie werden es für eine Spielerei halten. Das wird alle möglichen Frauen dazu bringen, darauf zu klicken, nur weil sie sehen wollen, wohin der Link sie führt.“

„Wir könnten beides tun.“ Arkdhem neigt den Kopf, als er auf den Bildschirm mit den Notizen schaut, die Medik gemacht hat. „Das würde die Auswahl eingrenzen ...“

Medik wirft ihm einen strengen Blick zu. „Willst du einen Tribut oder nicht? Der Pool darf nicht zu klein sein.“

„Ich glaube, ihr werdet überrascht sein, wie viele nach rechts streichen“, murmelte ich vor mich hin. Ich kenne mich selbst gut genug, um zu wissen, dass ich es getan hätte. Obwohl ich nicht weiß, ob ich dann glücklicher gewesen wäre, als ich auf einem echten Tsenturion-Schiff landete und ob ich erwartet hätte, dass ich die Gefährtin eines Kriegers sein würde. Aber ich hätte geklickt.

„Nach rechts wischen?“ Beide Männer sehen mich jetzt verwirrt an.

„Vergesst es.“

Keiner von beiden lässt es sich so leicht abwimmeln, und ich fand mich dabei wieder, wie ich erklärte, wie die Menschen *tatsächlich* zusammenkommen, was bei ihnen zu einer ziemlichen Verwirrung führte.

„Ich fange an zu glauben, dass wir den Erdenfrauen einen Gefallen tun“, sagt Arkdhem und schüttelt den Kopf, nachdem ich ‚Ghosten‘ erklärt habe.

Trotz der Tatsache, dass Erdenfrauen sich ihre Partner auf jeden Fall lieber selbst aussuchen würden, auch wenn unsere Entscheidungen manchmal schrecklich sind, fällt es mir schwer, eine gute Gegenargumentation zu finden. Frag eine Frau, was sie sich von einer Beziehung wünscht, und ein starker, loyaler, netter Mann, der ihr völlig ergeben ist und ihr regelmäßig multiple Orgasmen verschafft, wird sich verdammt gut anhören. Zugegeben, einige von ihnen haben vielleicht Probleme mit dem Halsband, der Leine und den Schlägen ... aber vielleicht auch nicht.

Medik streichelt nachdenklich sein Kinn, seine Augen konzentrieren sich auf mich. "Glaubst du, dass Frauen ‚nach rechts streichen'?"

Ich seufze. „Ja. Ich denke, es werden genug sein. Auch wenn sie nicht glauben, dass es real ist."

Mein Magen grummelt und ich merke, dass ich wieder hungrig bin. Ich runzele die Stirn. Wie lange sind wir schon hier? Wenn ich schon wieder Hunger habe, dann hat Gavrill sicher schon Feierabend ...

„Arkdhem? Ist Gavrill noch auf der Brücke?", frage ich. Aus irgendeinem Grund fühle ich mich jetzt, da ich an *meinen* Gefährten denke, seltsam beraubt. Ich kann das Gefühl nicht genau benennen, und ich weiß auch nicht, warum ich es fühle, aber es fühlt sich nach mehr als der Sehnsucht an, an die ich gewohnt bin, wenn wir eine Weile getrennt waren. Die ist immer noch da, aber trotzdem fühle ich mich seltsam leer. Als ob etwas fehlt.

Sowohl Medik als auch Arkdhem runzeln die Stirn, als sie auf das Gerät schauen, das sie als Uhr benutzen – ich habe immer noch nicht herausgefunden, wie man es liest.

„Nein, er sollte jetzt fertig sein", sagt Arkdhem. „Möchtest du zurück in dein Quartier gehen?"

„Ja, bitte", sage ich. Angst steigt in meiner Brust auf, während ich mich frage, warum mich Gavrill nicht schon dorthin gerufen hat.

～

GAVRILL

. . .

VOR MIR ERSTRECKT sich der schwarze Weltraum, es erstreckt sich als ein endloser Weg, den ich seit dem Erhalt meiner ersten Befehle zurückgelegt habe. Ich war noch so jung, als ich mich den Streitkräften der Tsenturion anschloss und versprach, zu dienen und zu schützen. Hätte ich geahnt, dass die Chance, in ein ziviles Leben zurückzukehren, in einem schrecklichen Augenblick der Vernichtung zunichte gemacht werden würde, hätte ich dann eine andere Wahl getroffen? Hätte ich ein einfaches Leben gewählt, mich jung gebunden, Kinder gezeugt und während des Großen Verlustes in einem Feuersturm den Tod gefunden?

Ich hätte den Verlust meiner Welt nie erlebt. Ich hätte nie die leeren Jahre gekannt, in denen ich die Rasse der Jabol bewacht habe, da ich meine eigene nicht schützen konnte.

Ich hätte Dawn nie getroffen. Niemals hätte ich sie in meinen Armen gehalten, ihren Gehorsam gefordert, ihr Vergnügen befohlen.

Ich würde mir nicht wünschen, jetzt bei ihr zu sein.

Aber meine Pflicht muss an erster Stelle stehen, ganz gleich, wie sehr es mich innerlich schmerzt. Ich habe meine Emotionen, meine Sehnsüchte unterdrückt, weil ich beweisen will, dass ich es kann, und sei es auch nur mir selbst gegenüber. Arkdhem hat mir berichtet, dass er meinen Tribut zurück in unser Quartier eskortiert hat. Ich habe mich ferngehalten, um Selbstbeherrschung zu üben. Es ist sowohl schwieriger als auch leichter, als ich erwartet hatte.

Ich habe meine Pflichten vernachlässigt, und ich habe zu wenig Zeit mit meinen Kriegern verbracht, und es gab viel, was ich nachholen musste. Sie freuten sich, mich in meiner Freizeit zu sehen, und sie hatten viele Fragen an mich – sowohl über das Tribute-Programm als auch über die Vgotha. Die Moral ist nicht schlecht, aber es gibt spürbare Bedenken über die neue Taktik und was sie bedeuten könnte. Bedenken, von denen ich bis heute nicht einmal etwas wusste, weil ich meine gesamte Freizeit mit meinem Tribut und nicht mit meinen Kriegern verbracht habe.

Ich hatte beabsichtigt, ein Gleichgewicht zu finden, aber jetzt sehe ich, dass ich das schlecht gemacht habe.

Das hilft mir, mich zu motivieren, ihr fernzubleiben.

Mein Körper sehnt sich nach ihr. Meine Brust schmerzt mit einer großen Leere in jedem Augenblick, den ich nicht bei ihr bin. Dennoch weiß ich, dass es jetzt notwendig ist, zum Wohle aller. Bogdan hat recht. Wenn die Vgotha uns alle wegen meines Abgelenktseins töten, habe ich nicht nur mein Volk, sondern auch sie im Stich gelassen.

Sie ist nicht den ganzen Weg gekommen, nur um durch die Hand meiner Feinde zu sterben. Wenn das geschieht, werden Schuld und Scham mich bis ins Jenseits belasten.

Schließlich kehre ich doch noch in das Quartier zurück – ich muss mich schließlich auch ausruhen. Arkdhem hat berichtet, dass sie traurig scheint, aber eingeschlafen ist. Ich bin erleichtert. Sicherlich wird sie weniger ablenkend sein, wenn sie schläft.

Aber als ich neben sie ins Bett rutsche und sie an mich ziehe, erwacht mein Körper mit einer leidenschaftlichen Wut, als ob die Unterdrückung all meiner Emotionen sie nurmehr angefeuert hat. Sie erwacht mit einem Wimmern, während ich mich auf sie wälze, mein harter Schwanz sucht ihre Öffnung, meine Hände umfassen bereits hart ihre Brüste.

„Gavrill", beginnt sie, und ich verschließe ihre Lippen mit einem Kuss, der sie zum Schweigen bringt.

Unsere Vereinigung ist hart, grob, und sie ist ebenso

gierig auf meine Berührung wie ich auf ihre. Einmal ist nicht genug. Ich nehme sie wieder ... und wieder ... bis sie unter mir schlaff wird und meine Samenwülste leer sind. Ich schmiege mich an sie und halte sie fest, während die Dunkelheit mich in die Tiefe zieht.

Aber als ich aufwache, zwinge ich mich, sofort zu gehen, anstatt sie wieder zu wecken oder mich eng an sie zu kuscheln.

Ich bin früh dran für meine Schicht auf der Brücke, und Bogdan lächelt tatsächlich vor Erleichterung. Er ist nicht der Einzige, was meine Schuldgefühle noch verstärkt. Meine Krieger haben meine Anwesenheit und Führung vermisst.

Ich verspreche, es besser zu machen.

Vielleicht war es ein Fehler, meinen Tribut so früh zu akzeptieren, bevor die Vgotha-Bedrohung vernichtet ist ... aber jetzt, da sie hier ist, werde ich sie bis zu meinem letzten Atemzug beschützen.

Ich nicke Bogdan zu und schaue auf die Bildschirme und sehe die neuen Muster der Vgotha-Jägerschiffe, wie sie mit unseren Spähern Verstecken spielen, was Dawn aus meinem Gedanken verdrängt.

14

———

Dawn

Ich wache allein auf.

Schon wieder.

Das ist Bullshit.

Ich möchte wütend sein, denn das wäre um Einiges besser als die traurige Einsamkeit, die mich befällt, aber irgendwie kann ich die Energie nicht aufbringen.

„Dawn?" Arkdhem ist hier, sitzt in der Dunkelheit. Mein Wachhund. „Du bist wach?"

„Ja", sage ich schwerfällig, während ich mich auf den Rücken rolle und an die Decke starre, die ich eigentlich nicht erkennen kann. Ich weiß nicht genau, wie gut die Tsenturion in der Dunkelheit sehen, aber ich weiß, sie können es besser als die Menschen. Die Innenseite meiner Schenkel und meine Muschi sind wund von Gavrills Besuch gestern Abend, obwohl der Schmerz dort zumindest angenehm ist, nicht wie die leere Pein, die derzeit in meiner Brust sitzt. „Ich bin wach."

„Geht es dir gut?", fragt er zaghaft und hört offensichtlich etwas in meiner Stimme, das ihn beunruhigt.

Physisch? Ja. Emotional? Nicht so sehr.

Statt ihm zu antworten, stelle ich ihm selbst eine Frage. „Arkdhem, geht hier etwas vor sich, von dem ich wissen sollte? Etwas, das Gavrill beschäftigt?"

Ich hätte gestern Abend viel lieber Gavrill gefragt, aber er war nicht gerade an Gesprächen interessiert, sondern hat mich einfach bis zur Bewusstlosigkeit gefickt. Ich fühle mich, als hätte ich etwas Kostbares fast in greifbarer Nähe gehabt, nur um es dann nicht erreichen zu können.

Ich fasse nach oben, kratze ich mich an meiner Schulter, während ich auf die Antwort von Arkdhem warte.

„Die Vgotha haben ihre Taktik geändert", sagt er sofort. „Niemand weiß genau, was sie tun und warum. Das ist beunruhigend."

Sofort fühle ich mich schrecklich. Ich hatte nicht einmal bemerkt, dass Arkdhem oder die anderen besorgt waren. „Was machen sie denn?"

"Sie spielen mit uns", sagt er grimmig. „Der High Commander glaubt, dass sie vielleicht ihre Tarnfähigkeiten testen. Sie tauchen nicht immer auf unseren Scannern auf."

Nun, das ist beängstigend. Kein Wunder, dass Arkdhem beunruhigt ist. Ich fühle mich etwas besser, da ich jetzt weiß, warum Gavrill sich weigert, sich um mich zu kümmern, außer ... vage Erinnerungen an das eine Mal, als ich auf der Brücke war, an meinem allerersten Tag an Bord, kommen mir in den Sinn.

„Wie lange geht das schon so?", frage ich.

„Seit deiner Ankunft."

Okay, das erklärt also nicht Gavrills Abwesenheit. Es sei denn ...

„Greifen sie jetzt an oder so?"

„Nein", sagt er, fast geistesabwesend, als ob er über die Vgotha nachdenkt, und darüber, was sie vorhaben. „Bis jetzt gab es überhaupt keine Verluste. Das beunruhigt uns alle sehr, denn wir können nicht verstehen, warum sie uns nicht attackieren."

Ich fühle mich sowohl erleichtert, dass keine Leben verloren gegangen sind und noch verlorener, und auch ein wenig sauer, dass Gavrill *mich* plötzlich anders behandelt. Hat das etwas mit den Vgothas zu tun? Oder ist es etwas, das ich getan habe?

Respektiert er mich plötzlich nicht mehr, weil wir Analsex hatten?

Oder glaubt er, dass sein ‚Job', mich in Besitz zu nehmen, erledigt ist, so dass er nun keine Zeit mehr mit mir verbringen muss?

Der Gedanke lässt meinen ganzen Körper frösteln.

Ich gelobe, das nächste Mal, wenn ich ihn wiedersehe, mit ihm darüber zu sprechen, aber er kommt immer erst, wenn ich eingeschlafen bin. Wieder und wieder erwache ich mit seinen Händen und seinem Mund auf mir, sein Schwanz drückt in mich hinein. Wieder benutzt er mich, bis wir beide ohnmächtig werden.

Wieder wache ich allein auf.

In der nächsten Nacht wach zu bleiben, hilft auch nicht. Als ich wütend fordere, dass er mit mir spricht, bekomme ich nur eine Tracht Prügel, bevor sein Schwanz wieder in mich hineingleitet.

Selbst als ich in Ekstase schreie, spüre ich, wie mir das Herz bricht.

~

GAVRILL

. . .

„COMMANDER, haben Sie Befehle?"

Ich starre die wirbelnde schwarze Materie an. Riesig und schön und potenziell tödlich. Emotionen durchströmen mich, denn der Anblick scheint das klaffende Loch in meiner Brust widerzuspiegeln, und meine Finger krümmen sich um das Com-Pult. Der Schmerz, den ich in meinen Herzen spüre, verschlimmert sich jedes Mal, wenn ich mich von meinem Tribut losreiße und mich auf meine Pflicht konzentriere. Das ist die Last, die ich tragen muss. Einsamkeit ... und noch etwas mehr.

„Commander?"

„Umsegelt die Ränder", sage ich. „Wir brauchen mehr Informationen."

Sholtorin nickt und schaut wie ich auf den Bildschirm, als ob wir tatsächlich in die Wolke des Nichts hineinsehen könnten.

„Glaubst du, dass sie sich darin verstecken?", fragt er. „Woher könnten sie die Technologie haben?"

„Wahrscheinlich gestohlen", sagt Bogdan, der an meiner Seite steht. Er hätte bereits das Kommando übernehmen sollen, aber als die Vgotha-Schiffe direkt vor der Masse der schwarzen Materie verschwanden, brauchte ich niemanden, der mir sagte, dass ich auf der Brücke bleiben muss.

Wir hatten es mit dem Unbekannten zu tun.

„Vielleicht ist es das, was sie immer wieder testen", murmelt Sholtorin.

Das ist möglich. Wenn sie über neue, gestohlene Technologie verfügen, dann könnte das einige der aktuellen Possen der Vgotha erklären. Das bedeutet nichts Gutes für uns.

„Schickt Sonden", befehle ich lapidar. „Ein paar von verschiedenen Punkten. Bogdan, Du hast die Brücke. Ruf mich, wenn wir etwas finden."

Bogdan nickt, tritt bereits in Stellung und gibt Befehle.

Wie ich es mir mittlerweile angewöhnt habe, mache ich meine Runden über das Schiff, spreche mit meinen Kriegern und höre mir ihre Sorgen und Gedanken an, bevor ich mich auf den Weg zu meinem Quartier mache. Heute Abend bewege ich mich ein wenig schneller. Ich habe ein seltsames Gefühl in meiner Brust, das durch den Anblick der schwarzen Materie und das Verschwinden der Vgotha-Schiffe hervorgerufen wurde.

Als ich mich meinem Quartier nähere, wächst das seltsame Gefühl. Etwas stimmt nicht.

Die Tür gleitet auf, und Arkdhem richtet sich auf der Couch auf. Der Raum ist schwach beleuchtet, aber nicht verdunkelt, so wie sonst, wenn sie schläft. Er salutiert kurz, bevor er sich zurückzieht und uns allein lässt. Ich schau stirnrunzelnd zu dem kleinen Bündel auf dem Bett.

„Dawn?", frage ich leise, für den Fall, dass sie eingeschlafen ist. „Dawn?"

Das Bündel bewegt sich, als ich mich nähere, und Dawn setzt sich auf. Ihre Hände flattern über ihr Gesicht und wischen über ihre Augen. Ihre Haut ist gerötet, und sie begegnet meinem Blick nicht. Es sieht fast so aus, als hätte sie geweint, aber ich sehe keine Tränen.

„Meister? Du brauchst mich?" Es liegt ein Hauch von Ironie in ihrer Stimme, fast so, als ob sie mich verspottet. „Du bist früh zurück." Jetzt höre ich den Hauch einer Beschuldigung, und sie will mir immer noch nicht in die Augen sehen. Sie ist verärgert darüber, dass ich so lange weg war, aber heute Abend versucht sie nicht, mich zu tadeln. Die Prügel, die sie für ihre Frechheit erhalten hat, hat sie in ihre Schranken verwiesen.

Mein Körper reagiert auf ihren Anblick, mein Schwanz rührt sich, aber das schwere Gewicht auf meiner Brust bewegt sich nicht. Vielleicht funktioniert mein Anzug nicht richtig. Nun, ich werde das jetzt wiedergutmachen. Ich werde sie verwöhnen, und sie wird den Mangel an Aufmerksamkeit nicht mehr spüren.

Ich gehe zum Bett, meine Rüstung zieht sich bereits in meine Wirbelsäule zurück.

Sie ist so hübsch und anmutig, selbst mit niedergeschlagenen Augen, die ihre Gefühle verbergen.

„Ich wollte dich sehen", sage ich und krieche auf das Bett und auf sie zu. Alles in meinem Körper sehnt sich danach, sie zu berühren.

Ihr Gesicht beginnt sich zu erhellen, dann verdunkelt es sich wieder. Sie presst ihren Kiefer zusammen. „Wolltest du das? Du warst in letzter Zeit sehr beschäftigt."

"Das stimmt", gebe ich zu, die Hand nach ihr ausgestreckt. Ich packe sie am Handgelenk und ziehen sie zu mir. Da sie heute Abend eher traurig als wütend zu sein scheint, bin ich sanft, als ich sie in meine Arme nehme und anfange, ihren Hals zu küssen. Da ist ein roter wütender Fleck auf ihrer Schulter. „Was ist das?"

„Nur eine juckende Stelle", murmelt sie, etwas steif in meinen Armen.

„Medik soll sich darum kümmern", befehle ich ihr und neige ihren Kopf nach hinten, um ihre Lippen mit einem Kuss zu nehmen. Sie dreht ihren Kopf weg, so dass ich die Stirn runzeln muss.

"Willst du keine Zeit mehr mit mir verbringen?"

„Es geht nicht um meine Wünsche. Ich habe eine Pflicht gegenüber meinen Kriegern und meinem Volk", erwidere ich und werde langsam frustriert. Ich bin jetzt hier bei ihr, und sie möchte mit mir diskutieren, anstatt sich zu amüsieren? „So wie du eine Pflicht mir gegenüber hast. Du bist mein Tribut."

„Ja." Warum ist ihr Tonfall so traurig? Meine Frustration wächst und verebbt dann. Wenn sie traurig ist, werde ich sie aufmuntern. Sie wird sich winden und für mich schreien, und dann wird sie wieder glücklich sein. Nach so viel Aufmerksamkeit und Vergnügen muss die Anpassung an meinen neuen Zeitplan für sie schwieriger sein, als mir bewusst war.

Ich streichle ihren Rücken und atme ihren Duft ein. Ich spüre, wie sie sich leicht gegen mich wölbt und sich unter meiner Berührung windet. Meine Hand streckt sich nach vorne, um ihre weichen Kurven unter dem Kleid zu streicheln. Ihr Atem wird schneller, während ihre Brustwarzen gegen meine Handflächen aufragen. Mein Schwanz schwillt unter ihrem süßen Hintern an, während sich meine *Seela* zu winden beginnen.

Ich berühre mit meinen Lippen ihren Hals. „Ich bin schon bereit für dich, meine Dawn."

Sie schaudert, als meine Hände unter ihr Gewand gleiten und sie hungrig zu streicheln beginnen. Ich will sie spüren, sie ganz spüren.

„Ich werde jetzt dafür sorgen, dass du dich besser fühlst." Ich drücke ihre Brüste, drücke ihre Nippel, um sie weiter zu erregen, und spüre, wie sie plötzlich Luft holt. Ich wiege meine Hüften gegen sie und sehe die Zukunft, die ich mir so sehr wünsche, vor mir ausgebreitet, sobald unser Feind ausgerottet ist. „Wenn wir die Vgotha besiegt haben, dann werde ich in der Lage sein, mich angemessen um dich zu kümmern, und du wirst meine Kinder gebären.

Sie reißt sich plötzlich los, wirft ihren Körper nach hinten und lässt meine Hände und meinen Schoß leer zurück.

„Es tut mir leid", sagt sie, ihr Gesicht verändert sich in der Art und Weise, die Tränen ankündigt. „Das kann ich nicht tun. Ich will ... Ich will keine Kinder mit dir haben. Nicht auf diese Weise. Es tut mir leid." Sie rollt von mir weg, weist mich zurück, weist ihre Zukunft mit mir zurück.

Ich sollte sie bestrafen. Tribute sollten ihre Meister nicht zurückweisen. Ich könnte Zwang anwenden oder ihren Trainingsgürtel nutzen, um sie zu bestrafen. Ich könnte ihr den Hintern versohlen. Es gibt so viele Dinge, die ich ihr antun könnte, weil sie mich weggestoßen hat.

Stattdessen starre ich auf ihre zitternden Schultern, während sie sich an eines der Kissen klammert, den Rücken zu mir, denn die Traurigkeit ist wieder da, eine schwarze Verzweiflung, die ich in meiner ganzen Brust spüre. Der Schmerz des Verlustes.

Und Dawn ist die Quelle.

Wäre sie nicht so aufgewühlt, würde ich mich für die Wunder der Nanotechnologie begeistern, wie gut sie sich auf sie eingestellt hat und wie gut sie ihre Emotionen auf mich überträgt, indem sie die Bindung nachahmt. Ich weiß nicht, was ich tun soll, jetzt, da sie mich zurückgewiesen hat.

Ich möchte sie aber trotzdem nicht allein lassen. Nicht, bis ich es wieder tun muss.

„Lichter aus", sage ich, und Dunkelheit senkt sich über das Quartier.

Wir liegen da, Seite an Seite, ohne uns zu berühren, einsam, obwohl wir zusammen sind.

GAVRILL

DIE TRAURIGKEIT HÄLT an und hängt an mir einen Tsenzyklus lang. Meine Offiziere verstummen, wenn ich meinen

Posten auf der Brücke einnehme. Sie beugen sich über ihre Arbeitsplätze und tun so, als würden sie mich nicht mustern, wobei sie meinen Anzug beobachten, um einen Hinweis auf meine Gefühle zu erhalten. Ihre gesamte Chance auf eine Gefährtin hängt vom Erfolg dieses Tribute-Programms ab. Ich kann nicht zulassen, dass meine Emotionen das Ergebnis zwischen mir und meiner ... Dawn beeinflussen.

Ich balle meine Fäuste auf den Tafeln neben meinem Kommandostuhl.

Ich werde meinen Tribut trainieren. Ich werde mich fortpflanzen und sie zum Gehorsam zwingen. Ich werde meine Pflicht tun, das Paarungsprogramm aufrechtzuerhalten und das Überleben unserer Rasse zu sichern.

Meine Entschlossenheit füllt die Leere in mir nicht ganz aus. Nichts kann die Wärme der Wertschätzung meines Tributs ersetzen. Aber ich kann nicht zulassen, dass ihre Unzufriedenheit meine Verpflichtungen untergräbt. Sie wird lernen, wo ihr Platz ist, zur rechten Zeit. Ihre Bedürfnisse stehen eindeutig hinter denen meiner Mission und meiner Männer.

„Commander, wir haben ein Kriegsschiff geortet!"

Der Bildschirm füllt sich mit dem Raumschiff, das wir seit Ewigkeiten zu finden versuchen. Ihre Kriegsschiffe sind nicht so groß wie unsere Zerstörer, aber sie werden streng bewacht. Wir wissen immer noch nicht, warum.

„Ein Kriegsschiff", sage ich, mich halb von meinem Sitz erhebend, als ob mir das eine bessere Sicht erlauben würde. Die feindliche Technik ist langweilig und unscheinbar, sie verschmilzt fast mit dem sie umgebenden Raum. Klein und bemerkenswert schnell, haben die Vgotha-Schiffe die Angewohnheit, sich in Staubwolken oder Meteoritengürteln zu verstecken und weigern sich, sich zu behaupten und sich uns zu stellen – sogar schon, bevor sie die Tarntechnologie hatten, mit der wir es jetzt zu tun haben. Trotz der vielen Kämpfe hatten wir nur wenige Sichtungen ihrer Kriegsschiffe.

Jetzt haben wir eines gefunden, das sich auf der anderen Seite der schwarzen Materie aufhält. Es gibt keine Spur von den Jäger- und Kaperschiffen, denen wir gefolgt sind, allerdings ist es möglich, dass sie sich in die Eingeweide des Kriegsschiffes zurückgezogen haben.

„Der Scan zeigt keinen Hinweis auf Hyperantrieb oder Motoren." Der Krieger fährt mit seinem Bericht fort. „Und die Sensoren registrieren keine Hitzesignaturen, die auf aktivierte Waffen hindeuten könnten."

„Sie sind manövrierunfähig. Sie haben keinen Treibstoff und keine Lebensressourcen mehr. Oder beides." Bogdan klingt fast fröhlich. Sein Anzug ist so hell, wie ich es noch nie gesehen habe. „Erbitte Erlaubnis zur Zerstörung."

Ich starre auf das feindliche Schiff, es ist ruhig und still, als ob es auf etwas wartet. Meine Sinne kribbeln, als ob die Naniten versuchen, mir zu sagen, dass etwas nicht stimmt.

"Weiter scannen", befehle ich. „Ich will wissen, warum sie im offenen Raum warten."

„Ja, High Commander." Der Wissenschaftsoffizier beugt sich über seine Tafel, drückt Knöpfe und schaut stirnrunzelnd auf die seltsamen Messwerte.

Ich gehe fast davon aus, dass Bogdan protestiert, aber der große Krieger runzelt nun auch die Stirn über das ungeschützt daliegende, feindliche Schiff. Er scheint viel besorgter, jetzt, da er einen Moment Zeit hatte, darüber nachzudenken, weshalb ein Kriegsschiff einfach hier anlegen würde. Es wartet auf uns, genau dort, wo die kleineren Schiffe uns hingeführt haben.

Mein Instinkt hat recht, das weiß ich. Irgendetwas stimmt nicht.

„Höchste Alarmstufe", verkünde ich. „Alle Krieger auf ihren Posten."

~

Dawn

ICH ZEICHNE den Umriss der Sterne auf dem Glas nach. So klein, so unendlich. Es ist schwer, sie anzuschauen und zu spüren, dass man in dieser großen wirbelnden Galaxie irgendwie wichtig sein könnte.

Gavrill interessiert sich nicht für mich. Er kümmert sich um seinen kostbaren Tribut, aber das hätte jede Frau sein können. Ich bin eine Trophäe, ein Spielzeug, das man aus dem Regal nehmen und bewundern kann. Ein Objekt zum Angeben. Dawn ist ihm egal. Soweit ich weiß, ist er unfähig, zu fühlen. Zu lieben.

Das ist jetzt mein Leben, ein Spielzeug zu sein für einen Mann, der mir große Lust bereiten wird, der mich aber nie so lieben wird, wie ich es mir wünsche. So wie ich ihn liebe.

Ich raffe meine Röcke und verlasse die Aussichtsplattform, nicht mehr in der Lage, den Anblick der Sterne zu ertragen. Arkdhem folgt in diskretem Abstand und erkennt offensichtlich meinen Wunsch, allein zu sein. Was fast komisch ist, denn die Wahrheit ist, dass ich gar nicht allein sein will.

Aber ich will auch nicht reden. Ganz bestimmt nicht mit irgendwelchen Tsenturion.

Ich ziehe mich in das Quartier zurück, meine stille Eskorte folgt mir wie ein Schatten. Ich beschließe zu lesen, denn dann wird Arkdhem zumindest nicht versuchen, mich zu unterhalten oder mit mir zu reden.

Ich weiß nicht, wie viel Zeit vergangen ist, als ein Alarm losgeht. Ein Licht über der Tür wechselt von grün zu violett. Mein Kopf ruckt von dem Buch auf, das ich lese. Wenigstens habe ich so getan, als würde ich lesen. Ich hatte Schwierigkeiten, mich darauf zu konzentrieren, aber zumindest half mir der Versuch zu lesen, die Zeit zu vertreiben. Als vor ein paar Minuten das Licht auf Grün sprang, schien Arkdhem nicht besorgt, aber jetzt ist er angespannt.

„Was geht hier vor?", frage ich ihn, weil es nicht so aussieht, als würde er von sich aus etwas sagen.

Mit einem leichten Schulterzucken steht er mir gegenüber und versucht vergeblich, mir ein aufrichtiges Lächeln zu schenken. „Was meinst du, Tribut?"

Ich seufze. Manchmal kann er die Sache mit dem Beschützen übertreiben. „Irgendetwas stimmt nicht. Das Licht leuchtet seit fünfzehn Minuten – ähm – Minizyklen, und es hat gerade die Farbe gewechselt."

„Ein Alarm. Alle Krieger sind aufgefordert, sich auf ihren Stationen zu melden."

„Warum?", erkundige ich mich, setze mich auf und lege mein Buch weg. „Was geht hier vor? Werden wir angegriffen?" Ich versuche, ruhig zu bleiben, aber ich spüre, wie die Angst in meiner Kehle aufsteigt. Das ist wahrscheinlich genau das, wovor er mich schützen wollte, indem er es mir gar nicht erst gesagt hat. Aber nichts darüber zu wissen, macht mich nur noch ängstlicher.

"Du solltest den High Commander fragen." Arkdhem nestelt an seiner Rüstung herum.

Ich knirsche mit den Zähnen. „Ich würde ihn fragen, aber er ist nicht hier. Er ist fast gar nicht mehr hier. Er lässt mich ständig bei dir."

„Der High Commander hat viele Pflichten …"

Ich springe auf und laufe in einem wilden Energieschub zum anderen Ende des Raumes.

„Er wäre hier, wenn er könnte", ruft Arkdhem mir nach.

„Nein, das wäre er nicht", lache ich verzweifelt.

„Tribut …" Arkdhems Stimme wird leiser.

"Du weißt, dass es wahr ist. Er geht mir aus dem Weg."

„Er ist sehr beschäftigt …"

„Dann ist er vielleicht zu beschäftigt für einen Tribut", gifte ich.

„Es wird anders sein, wenn die Bindung vollzogen ist …"

„Das wird nicht passieren. Ich habe es versucht. Ich kann mich nicht mit … einem Roboter verbinden." Gavrill hat irgendwo Gefühle, tief im Inneren. Er weigert sich nur, sie zu zeigen.

„Der High Commander ist keine Maschine", runzelt Arkdhem die Stirn.

„Er verhält sich aber wie eine. Das Licht ist an, aber es ist niemand zu Hause."

Arkdhems Anzug schimmert, während er versucht, herauszufinden, wovon ich rede. Ich bin mir selbst nicht sicher. Für Medik scheint kein Zweifel zu bestehen, dass Gavrill zu einer Bindung fähig ist, aber je mehr ich mich in den Commander verliebe, desto mehr zieht er sich zurück. Vielleicht haben die Naniten die Kontrolle übernommen und er ist nur die Hülle eines Tsenturion. Eine große, durchtrainierte Kampfmaschine, stabil und zuverlässig und emotional so verfügbar wie ein Kühlschrank. Ich hätte seinen Mangel an Emotionen früher bemerkt, wenn er nicht auch die Ausdauer und die Orgasmus-erzeugende Fähigkeit eines Sybians gehabt hätte.

„Der Commander bedauert, dass seine Pflichten ihn so lange weggerufen haben. Er wünscht, dass ich dir das sage."

Arkdhem möchte verzweifelt, dass ich ihm glaube. Armer Kerl. Es ist unfair von mir, meine Wut an ihm auszulassen. Er ist so nett.

Schade, dass ich nicht sein Tribut bin. Ich schaue auf den muskulösen Körper von Arkdhem, perfekt und ausgewogen unter dem bronzenen Anzug. Ich habe noch nie gesehen, dass der Anzug eines anderen Kriegers so hell wird wie der seine; er muss immer gut gelaunt sein. Und mit seinem starken Kiefer und seinen langen Wimpern ist er auch hübsch.

Aber selbst wenn ich Gavrill dazu bringen könnte, mich aufzugeben, weiß ich, dass ich niemals einen anderen lieben kann. Mein Meister mag unfähig sein, mich zu lieben, aber mein dummes Herz ist ihm verfallen, mein Körper versklavt.

„Die Vgotha führen einen Angriff durch", erklärt Arkdhem immer wieder. „Bis wir wissen, was sie vorhaben, muss der High Commander auf der Brücke bleiben."

„Was wäre, wenn wir zu ihm gingen?", frage ich und hasse mich dafür, dass ich überhaupt erwäge, den High Commander aufzusuchen. Möchte ich zu ihm laufen, mich zu seinen Füßen auf meinem kleinen Kissen zusammenrollen und sein Bein umarmen, während er arbeitet? Bin ich so erbärmlich?

Meine Muschi kribbelt und tropft ein wenig bei der Erinnerung daran, als ich auf der Brücke war. Anscheinend bin ich so erbärmlich.

„Oh nein, Tribut, wir müssen hierbleiben. Diese Quartiere sind im Herz des Schiffes. Völlig sicher." Arkdhem lacht nervös. „Sollte der Feind bis hierherkommen, wären wir bereits verloren."

„Gut", sage ich und lasse mich in einer Wolke aus schwebender Seide auf die Couch fallen. Ich zupfe mit

einem perfekt manikürten Fingernagel an den hauchdünnen Falten und fühle mich nutzlos. Nur eine hübsche
kleine Trophäe, die in einem puderrosa Kleid herumlun-
gert, während das Männervolk kämpft.

„Vielleicht können wir ein Spiel spielen", bietet
Arkdhem an, und ich seufze. Er versucht es. Ich weiß nicht,
was schlimmer ist: allein gelassen zu werden wie ein Haustier oder einen Babysitter zu haben.

„Ich kann mittlerweile den Replikator bedienen. Möchtest du etwas trinken?"

„Ja, danke, Tribut."

Ich erhebe mich und gehe zu der silbernen Maschine in
der Ecke. Ich sollte ein paar Getränke von der Erde für ihn
bestellen. Einen Saft oder eine Limonade. Ein Root Beer
oder eine Margarita mit einem winzigen Papierschirm. Vielleicht ist er dann beeindruckt.

Ich könnte die Grenzen des Replikators testen. Das
Kleid, das ich trage, ist weich, aber ich hätte gern eine
Yogahose. Wenn Gavrill Kleider mag, kann er eines tragen.
Ich werde sogar eines für ihn replizieren. Ich kenne seine
Größe nicht, aber ich kann Arkdhem als Modell benutzen;
wenn ich meinen Krieger-Babysitter dazu bringe, genug
Margaritas zu trinken, wird er sicher damit einverstanden
sein. Wir können eine Party feiern – ein Luau mit Grasrö-
cken und Blumenketten. Wir können die riesige Wanne in
einen Whirlpool verwandeln und Gavrill eifersüchtig
machen.

Es ist offiziell, denke ich mürrisch, als ich den Replikator
erreiche. Mir ist so langweilig, dass ich Kleider entwerfe und
geistig aufwendige Partys schmeiße. Vielleicht produziere
ich eine neue Reality-TV-Show: *Desperate Housewives of
Tsentur.*

Ich bin so beschäftigt damit, dass ich nicht bemerke,

dass die Warnlampe über der Tür rot blinkt, eine Sekunde bevor die Tür explodiert.

Die Druckwelle schleudert mich von den Füßen. Ich schlage auf die Seite einer blassroten Couch auf und finde mich dann auf dem Boden wieder.

„Tribut", schreit Arkdhem und wirft sich zwischen mich und die Tür. Ich erhebe mich und huste, als Rauch durch den Raum wabert. Meine Ohren klingeln, ich sehe nur noch Funken.

„Was...", huste ich.

Der Rauch lichtet sich und wirbelt um eine schemenhafte Form direkt hinter der Tür. Kein Mensch, kein Tsenturion, sondern etwas Seltsames und Massives. Noch unter dem Schock der Explosion drücke ich mich gegen die Couch, als der Eindringling durch die Tür tritt und auf einem riesigen Krallenfuß näherkommt.

15

G avrill

„Commander, unsere Waffen sind bereit“, meldet Offizier Kalexston.

„Feuer einstellen.“ Ich klopfe auf meinen Ohrhörer. „Rufe Medik. Komm auf die Brücke. Höchste Alarmstufe.“ Medik bestätigt, dass er meine Nachricht erhalten hat, und ich beende die Übertragung. Ich wende mich wieder an den Wissenschaftsoffizier. „Sholtorin, deine Crew soll den ganzen umliegenden Raum nach Lebensformen scannen. Sobald du die Werte hast, erstattest du Bericht. Ich möchte wissen, *warum* ein *Vgotha-Kriegsschiff* nach lebenslangen Versteckspielen im offenen Raum liegt, als warte es auf uns.“

„Kommandant!“ Bogdans Stimme klingt belegt, als er auf den Bildschirm vor uns zeigt.

Das Kriegsschiff beginnt sich zu bewegen.

Weg von uns.

Bewegt sich, wie ein verletztes Tier durch den Raum.

„Etwas stimmt nicht mit ihren Triebwerken“, murmelt Sholtorin vor sich hin. „Zumindest ... glaube ich, dass es so ist. Die Scans sind undeutlich, es gibt Interferenzen durch die Schwarze-Materie-Wolke."

„Was ist mit den Jägern und Kaperern?", frage ich, indem ich mich ihm zuwende. Die Spannung auf der Brücke ist greifbar. Wir alle wollen eines der wenigen Kriegsschiffe, die die Vgotha haben, angreifen und erbeuten ... aber wir sind uns alle bewusst, dass es eine Falle sein könnte. „Sind sie auf dem Kriegsschiff? Oder verstecken sie sich um uns herum?"

„Wir wissen es nicht." Sholtorins Stimme ist grimmig.

Neben mir murmelt Bogdan einen Fluch.

Medik kommt auf der Brücke an, während wir alle auf das Kriegsschiff starren. Seine Schritte werden unsicher, als er bemerkt, was wir sehen.

„Ein Kriegsschiff", sagt er und klingt dabei genauso ehrfürchtig, wie ich mich fühle.

Ich wende mich an ihn und nicke zum Gruß. „Medik. du hast das meiste Wissen über die Funktionsweise des Geistes. Ich hätte gerne deine Meinung zur Situation."

Dawn

Ich ducke mich hinter die Couch, als das riesige Rechteck die Türöffnung ausfüllt. Rauch strömt um das, was ein Schild sein muss, das alles außer den Krallenfüßen bedeckt. Was auch immer es ist, es ist größer als Arkdhem.

„Tribut – lauf!", befiehlt Arkdhem, aber wohin soll ich laufen? Der Angreifer blockiert die einzige Möglichkeit des Rückzugs. Arkdhem erhebt sich, seine Waffe summt. Der Laser trifft den Schild, und die dünne rote Linie wird umgelenkt und trifft auf die Wand. Rauch und der Geruch von verkohlten Maschinen steigt auf.

„Ergib dich, Tsenturion", hallt eine tiefe Stimme durch den Raum. Die Stimme ist fast ... wollig. Sie dringt in meinen Kopf und dehnt sich aus, bis sie jede Ecke ausfüllt. Ich lege eine Hand an mein Gesicht, um den Druck zu lindern.

„Komm näher, und ich schieße", krächzt Arkdhem. Eine Frontplatte seines Helms hängt schief.

„Und riskieren, den Tribut zu treffen?" Der amüsierte Ton ist die Stimme der Vernunft. „Leg deine Waffen nieder." Diese Stimme, die mir zwischen die Ohren kriecht. Ich will nur meine Waffe niederlegen. Ich habe nicht einmal eine Waffe.

„Lebend werdet ihr mich nicht kriegen", presst Arkdhem heraus.

Die Kreatur senkt ihren Schild leicht ab. „Krieger." Seine Stimme ist fast ein Schnurren. „Ich brauche dich nicht lebend."

Der Eindringling kommt näher, der Schild hängt herunter und zeigt eine riesige Schulter, die muskulös und mit komplizierten Mustern bedeckt ist. Sein Gesicht ist eine Ansammlung von Röhren – eine Art Helm, der alles außer einem schmalen Spitzbart bedeckt. Über der Maske ragt stolz ein schwarzes Geweih empor. Seine stachelige Gestalt ist so hochgewachsen, dass das Ding seinen Kopf einziehen muss, um durch die Tür zu passen. Aus dem Bündel von Röhren ragen spitze, mit Fellbüscheln behaarte Ohren hervor.

Ich suche verzweifelt nach einem Hauch von Vertrautheit, nach einem Zeichen oder einer Andeutung, mit der ich erkennen könnte, was es ist, aber das Ding sieht eher aus wie ein Tier aus *Wo die wilden Kerle wohnen* als irgendeine Spezies von der Erde.

„Du kannst mich nicht bekämpfen. Umarme das Vergessen." Die Stimme breitet sich aus und hallt wie vom Grund eines tiefen Brunnens wider. *Vergessen, Vergessen.* Meine Augenlider sind schwer wie Blei, und ich wackele ein wenig auf meinem Platz auf dem Boden hin und her.

Arkdhems Gewehr schwankt. Er erliegt ebenfalls der Stimme. Sie hallt durch meinen Kopf, das Wollene gibt meinen Gedanken das Gefühl, als wären sie von Baumwolle umhüllt.

Die Kreatur senkt ihren Schild vollständig ab und enthüllt etwas aus einem Albtraum. Tätowierungen laufen längs und quer über eine breite Brust, die in tief gefurchte Muskeln unterteilt ist. Eine dunkle, grünlich gefärbte Mähne fällt zwischen dem Geweih auf den Rücken und erreicht einen zerfetzten Lendenschurz, der über riesigen Oberschenkeln hängt. Behaarte Gliedmaßen enden in krallenartigen Händen und Füßen. Weitere Fellbüschel wachsen an den Ellbogen, Schultern und Knien. Der übrige Körper besteht teils aus Pelz, teils aus grün-grauer Haut, dick und lederartig, mit schwarzen Abzeichen bedeckt. Als die Kreatur ins Licht tritt, winden sich die Tätowierungen in einem hypnotischen Tanz.

Auf Krallenfüßen balancierend, schreitet das Monster voran. *Vergessen.* Das Echo seines letzten Flüsterns erobert die Luft.

Langsam, wie sich durch Wasser bewegend, kippt das Gewehr von Arkdhem nach unten.

Der Rauch kratzt an meiner Kehle und lässt mich fast ersticken. Ein stechender Schmerz in meiner Lunge ist genau das, was ich brauche, um den Bann des Eindringlings abzuschütteln.

„Arkdhem", zischte ich. „Wach auf!"

Mein tsenturischer Beschützer schüttelt den Kopf, der Mund ist schlaff und die Augen benommen, er ist von dem, was uns widerfährt, noch mehr betroffen als ich. Das Gesicht der Kreatur wendet sich mir zu. Der gigantische Körper bleibt plötzlich stehen. Kein einziges Haar bewegt sich, während sie mich studiert. Ich erkenne die übernatürliche Stille eines Raubtiers, das darauf wartet, über mich herzufallen. Ich kauere neben der Couch, meine Finger greifen nach meinem seidenen Gewand, dem einzigen Schutz, den es zwischen meiner Haut und den glühend weißen Augen der Kreatur gibt.

Ich sammle meinen Atem, begrüße den Schmerz und lasse ihn meinen Kopf frei machen. Ich spanne jeden Muskel an, öffne meinen Mund und lasse die einzige Waffe heraus, die ich habe – einen Schrei.

∽

GAVRILL

DAS KRIEGSSCHIFF der Vgotha liegt ungeschützt da und führt uns in Versuchung. Ich habe noch nie eines so offen daliegen gesehen. Unbewacht. Verwundbar. „Was haben sie vor?"

„Vielleicht wollen sie sich ergeben?", bietet Bogdan als Erklärung an. Ein leises Kichern durchläuft die Männer auf der Brücke und löst einen Teil der Spannung.

Die Vgotha und Tsenturion sind seit Jahrtausenden in tödliche Kämpfe verwickelt, seit die Jabol uns anheuerten, um sie vor der Tyrannenrasse zu schützen. Als der Planet

Tsentur zerstört wurde, haben wir unsere Mission mit noch größerem Nachdruck fortgesetzt.

„Warum sollten sie dort darauf warten, dass wir auf sie schießen?" Die Stimme von Medik ist ein Raunen

Bogdans Augen sind auf das grau-braune Schiff auf dem Bildschirm gerichtet. „Wenn wir feuern, verraten wir unsere Position", murmelt er, aber nicht so, als ob er die Idee ablehnen würde, er wägt nur die Optionen ab.

„Was könnten sie mit diesen Informationen tun?", frage ich.

Mein Zweiter Offizier schüttelt den Kopf und starrt immer noch auf das feindliche Schiff. „Wenn keine anderen Schiffe in der Gegend sind ... nichts."

„Die Auswertungen zeigen eine einzige Lebensform. Eine. Eine große." Kalexston überprüft ständig seine Messwerte und sucht nach einer Erklärung.

Medik und ich tauschen Blicke aus. Er vertritt seit Langem die Theorie, dass die Vgotha-Schiffe tatsächlich lebendig sind, ein Symbiont auf Planetenbasis, der für die Raumfahrt entwickelt wurde. Er ermöglicht es den Vgotha, ihre Kräfte breit zu streuen, denn die Partnerschaft mit dem Symbionten bedeutet, dass man nur ein oder zwei Vgotha braucht, um ein Schiff zu steuern.

„Warum sollten sie ein Kriegsschiff aufgeben?", grüble ich laut. Wenn die Technologie wirklich ein lebender Symbiont wäre, dann wäre das Verlassen des Schiffes wie das Abtrennen einer Gliedmaße und der Verlust eines ganzen Bataillons von Kriegern.

Neben mir gibt Bogdan einen ärgerlichen Ton von sich. „Spielt es eine Rolle, warum? Sie hätten es nicht getan, wenn sie eine andere Wahl gehabt hätten. Unsere Waffen sind überlegen. Wir müssen auf das Schiff feuern und es zerstören."

Neben mir macht Medik ein zustimmendes Geräusch.

Wir können hier nicht einfach ein Kriegsschiff zurücklassen. Sie könnten zurückkommen und es holen. Vielleicht versuchen sie, einen Weg zu finden, es zu reparieren. Oder es könnte eine Falle sein, aber das wissen wir erst, wenn wir es ausprobieren.

„Waffen auf das Schiff der Vgotha richten", befehle ich. „Gebt einen Warnschuss ab. Feuert, wenn ihr bereit seid."

„Abfeuern", sagt Bogdan freudig, als das Bild mit einer plötzlichen hellen Explosion aufflackert.

Der ganze Bildschirm leuchtet für einen Moment auf und blendet uns. Jemand schreit auf, als der Boden unter meinen Füßen vibriert, und uns hin- und herwirft, als unser Schiff von der größten Explosion getroffen wird, die ich je erlebt habe. Die ganze Brücke zittert und wirft die Krieger zu Boden.

Alarme schrillen. Bogdans Freude verwandelt sich in Fluchen. Ich strecke die Hand aus, halte Medik fest und helfe ihm, wieder auf die Beine zu kommen.

„Bericht", rufe ich.

„Sensoren ausgefallen." Kalexston klingt erschüttert. „Commander, das Schiff hat eine Art Energieimpuls gezündet."

„Sie haben eine neue Waffe", murmelt Medik.

„Womit auch immer sie uns getroffen haben, es beeinträchtigt unsere Sensoren. Mein Team muss sie neu kalibrieren", sagt Kalexston.

„Tut es jetzt", befehle ich.

„Commander, wir müssen die Waffen wieder hochfahren und sie jetzt zerstören", knurrt Bogdan. „Das ist unsere Chance."

Ich begegne dem Blick von Medik. Wir haben schon

früher Vgotha-Schiffe zerstört, aber noch nie eines, das verlassen wurde. Irgendetwas fühlt sich nicht richtig an.

„Richtet die Waffen wieder auf ihre Koordinaten aus", befehle ich.

„Stirb, außerirdischer Abschaum", sagt Bogdan, seine Rüstung glüht praktisch und brodelt vor rechtschaffener Siegeserwartung.

Die Brücke brummt beim Hochfahren unserer Waffen und übertönt dabei fast den Wissenschaftsoffizier, der von seiner Kommunikationskonsole herumwirbelt. „Commander! Unsere Schilde wurden durchbrochen!"

Dawn

DER RAUM ZITTERT, als hätte etwas das Schiff getroffen.

Ich trete nach hinten, krabble über den Boden. Mein Kleid zerreißt. Die Kreatur greift nach mir.

Ein Dröhnen bläst mir in die Ohren, zusammen mit dem unheimlichen Summen einer Waffe. Arkdhem steht aufrecht und schießt.

Die Kreatur hebt den Schild in einem Winkel an, und der Laser reflektiert auf Arkdhem zurück und schneidet in ihn hinein, bis er fällt.

„Nein", schreie ich. Ich haste an Arkdhems Seite, schluchze voller Mitgefühl über die Wunde in seinem Anzug, der sich von seinem verbrannten Körper abschält.

„Tribut", krächzt er. „Du musst weglaufen. Du musst das überleben." Seine Augenlieder schließen sich flatternd. „Sag dem High Commander, ich habe gut gekämpft." Sein Anzug verblasst, als würde er sich abschalten.

„Arkdhem", flüstere ich und lege ihm eine Hand auf die Brust, und spüre die leichte Bewegung seines Atems. Er lebt noch, aber er ist bewusstlos.

Verdammt, wo sind die anderen Tsenturion-Krieger?

Alles Blut weicht mir aus dem Gesicht, als ich mich an das erinnere, was man mir gesagt hat – *dieses Quartier ist das Herzstück des Schiffes. Völlig sicher. Wenn der Feind bis hier durchbricht, sind wir schon verloren.*

Oh mein Gott ... sind alle anderen tot? Ist Gavrill tot?

Die gehörnte Kreatur pirscht sich nach vorne. Ich habe Zeichnungen des Gehörnten Gottes gesehen, der Überlieferung nach Anführer der Wilden Jagd, ein riesiger satyrartiger Gott mit einem Hirschkopf. Dieser Außerirdische sieht genau so aus wie diese heidnische Gottheit, die zum Leben erwacht ist. Furchterregend und einschüchternd und ...

Und er kommt mich holen.

Ich hebe das Gewehr und stehe auf, fingere nach dem Abzug, während sich hinter meinen zusammengebissenen Zähnen ein Schrei löst. Aber ich bin zu spät.

Die Kreatur reißt mir die Waffe aus den Händen und fetzt sie auseinander. Ich erhebe meine Hände, um mich vor den umherfliegenden Waffenteilen zu schützen, und taumle rückwärts.

Wenn ich wegrennen und den angrenzenden Raum erreichen kann, kann ich mich vielleicht einschließen und über Funk Hilfe herbeiholen.

Ein paar Schritte, und eine Klaue zerrt mich zurück und wirbelt mich herum. Eine weitere Klaue schließt sich um meine Kehle, und die Kreatur hebt mich in die Luft. Ich greife nach dem starren Arm, der mich in der Höhe hält, meine Füße treten wild um sich und suchen nach Halt, während ich zu ersticken drohe. Funken wirbeln vor meinen Augen, und ich lege all meine Kraft in einen verzweifelten Tritt in den Bauch des Außerirdischen. Es lässt mich fallen, ich denke mehr aus Überraschung als wegen des Tritts. Eine Sekunde später bin ich an den Händen gefesselt und werde gegen die Couch geschleudert. Mein Kopf ist taub von dem Schlag, und ich spüre bereits, wie sich ein Bluterguss in meinem Gesicht bildet.

„Ich verstehe. Du musst der Tribut des High Commanders sein", murmelt die Kreatur nachdenklich. Ein schnurrendes Summen dröhnt aus ihrer Brust, der sanfte Klang steht im Widerspruch zu dem mächtigen Körper.

Das Ding greift nach mir. Ich trete wieder, diesmal wesentlich schwächer, aber es ist viel schneller, denn es packt mich und hebt mich hoch. Nicht an meiner Kehle, eigentlich wiegt er mich fast sanft, und ich verstehe die Veränderung in seinem Verhalten nicht. Ich begegne seinen strahlend weißen Augen mit Schrecken.

„Ruhig, kleine Kreatur", knurrt es, und die Stimme erfüllt wieder meine Sinne und versucht, mich einzulullen. Da ist ein leises Geräusch, ein Ausatmen, ein Rauschen von einschläferndem Nebel, der mich umhüllt. Es ist ein Gas, kein Zauberspruch, und wenn ich ihm nur die Maske abreißen kann, ist das Wesen auch nicht immun. Ich versuche, den Atem anzuhalten, aber meine Gliedmaßen fühlen sich schon jetzt immer schwerer an, als ob ich versuche, mich durch Wackelpudding durchzuarbeiten, während ich sie anhebe.

Als meine Finger die verknoteten Windungen erreichen, fällt mein Kopf nach hinten und die Dunkelheit erhebt sich, um mich ganz zu verschlingen.

～

GAVRILL

. . .

DAS SCHIFF auf dem Bildschirm flackert in hellem Licht, und die Brücke zittert unter einem weiteren Impuls. Die Konsolen leuchten auf, und die Alarme heulen aus Protest noch lauter.

„Sie können den Weg der Waffe umkehren und einen Energieimpuls zurückschicken! Rückzug!", befehle ich. Plötzlich erscheint das verlassene Schiff vor uns nicht mehr so harmlos.

„Besorgt mir die Auswertungen. Ich will wissen, was uns gerade getroffen hat."

„Der Impuls hat unsere Sensoren für einen Moment außer Betrieb gesetzt, aber sie sind gleich wieder online", erstattet mein Operations-Offizier Miths Bericht.

„Die Waffen sind abgezogen", fügt Bogdan schroff hinzu. „Bitte um Erlaubnis, eine Kapsel zu nehmen, um den Feind persönlich anzugreifen." Mein Zweiter Offizier sieht aus, als sei er bereit, sich eine Kanone zu schnappen und das feindliche Schiff ganz allein zu stürmen.

„Abgelehnt. Wir müssen zuerst wissen, womit wir es zu tun haben."

„Keine Veränderung im feindlichen Schiff", sagt Kalexston mit Blick auf sein piepsendes Kontroll-Panel.

„Weiter Scans durchführen." Ich wende mich an meinen Operations-Officer. „Miths, haben wir Schäden zu verzeichnen?"

„Negativ, Commander. Alle Sensoren funktionieren wieder." Er runzelt die Stirn. „Abgesehen von einem leichten Schaden an einem Außenportal im rechten unteren Quadranten."

„Außenportal?", fragt Medik. „Gab es ein Eindringen?"

Miths runzelt die Stirn. „Ich versuche, mehr Daten zu

sammeln. Meine Crew informiert mich, dass in dem Bereich mehrere Sensoren offline sind. Sie sind auf dem Weg dorthin, um sie zu reparieren."

In meinem Hinterkopf schrillt ein Alarm. „Wurde das Portal durch den Impuls beschädigt?"

„Unsicher, Commander. Meine Crew sollte bald eintreffen, um den Bereich zu sichern." Er hört sich den Bericht seiner Crew an, bevor er weiterspricht. „Es gibt eine Reihe beschädigter Sensoren, die sich vom Außenportal durch die Gänge zum Kern erstrecken. Der hintere Quadrant."

„Der hintere Quadrant", wiederholt Medik. „Das ist in der Nähe der Offiziersquartiere."

Ich bin sofort auf den Beinen, eine Sekunde bevor Miths ausruft: „Commander, wir haben verwundete Tsenturion gefunden".

„Höchste Alarmstufe", belle ich. „Der Feind hat die Hülle durchbrochen! Kalexston, Bericht." Ein Feind auf dem Schiff ist undenkbar.

„Meine Crew arbeitet an der Sicherung des Bereichs. Wir haben sechs Tsenturion unten in den Fluren gefunden. Sie scheinen von ihren eigenen Waffen überwältigt worden zu sein."

Drakk. Der Feind ist hier, auf meinem Schiff. Und anstatt dies ruhig hinzunehmen und meine Crew loszuschicken, um die Eindringlinge zu töten, packt mich die Angst. Die Situation unter Deck erfordert Vorsicht. Ich habe einen Tribut, eine wehrlose Frau, die ich zu beschützen geschworen habe. Ich kann nicht riskieren, dass sie ins Kreuzfeuer gerät.

Zum ersten Mal seit tausend Tsenzyklen habe ich etwas zu verlieren.

Wir warten in angespannter Stille. Medik sieht aus, als ob er etwas sagen wollte, hält sich aber in letzter Minute zurück. Jeder Muskel in meinem Körper ist angespannt. In dem Moment, in dem ich beschließe, meine Waffe zu nehmen und hinunterzurennen, um Dawn selbst zu retten, spannt sich Miths Körper an, als er eine Nachricht erhält.

Ich weiß, was er sagen wird, noch bevor er sich umdreht. „Commander, wir haben Hinweise auf einen Vgotha-Eindringling gefunden. Er kam durch eines der Portale, drang in dein Quartier ein, verwundete den Offizier Arkdhem und verließ das Schiff durch dasselbe Außenportal."

„Der Tribut?", fragt Medik, bevor ich meine Stimme finden kann. Sein Gesicht birgt all die Angst, die ich nicht zeigen will.

„Weg!" Miths schaut mich an, seine Rüstung flackert als sei ihm übel, und ich fühle, wie mein Herz in meiner Brust schwer wird. Ich weiß bereits, was er sagen wird, und es ist alles, was ich tun kann, um nicht über den Schmerz, der mich bereits zerreißt, laut aufzuheulen. „Der Vgotha hat sie mitgenommen."

16

———

D^{awn}

ICH HABE etwas Kühles im Gesicht. Es fühlt sich auf meiner geprellten Haut gut an und kribbelt leicht. Heilen sie mich? Es tut definitiv nicht so weh, wie ich es erwartet habe. Vorsichtig ziehe ich das Tuch vom Gesicht, setze mich auf und werfe es zur Seite, damit ich sehen kann, wo ich bin.

Der Raum ist schwach beleuchtet und eng, die Luft eine Mischung aus Feuchtigkeit und Nebel, eine warme, nach Blumen duftende Düsternis. Die Wände sehen aus wie eine Mischung aus Moos und einer Art Pilz, fast ... atmend.

Ich liege auf einer weichen Masse, die sich leicht unter mir verschiebt. Es fühlt sich an wie eine Kreuzung zwischen einem Sitzsack und einem Wasserbett. Die geschmeidige Form hat eine weiche, rutschige Oberfläche, die leuchtend gelb ist.

Ein riesiger Schatten bewegt sich in mein Blickfeld, und

ich versteife mich. Mein tätowierter Geiselnehmer schreitet auf großen, krallenartigen Füßen vorwärts. Die Masse der Schläuche, die eine Art Gasmaske waren, sind von seinem Kopf verschwunden, so dass ein eher humanoides Gesicht mit einem Spitzbart und breiten Wangenknochen, die große, klare Augen umrahmen, zurückbleiben. Auf dem Tsenturion-Schiff haben sie weiß geglüht, aber jetzt zeigen sie ein angenehmes Braun. Unter den Tätowierungen befindet sich eine graugrüne Haut, die mich an Stein erinnert.

Ich bin schon wieder von Außerirdischen entführt worden.

Er öffnet seinen Mund, und scharfe Zähne blitzen mich an. „Bist du wach?"

Ich habe ein Summen im Ohr, während mein Übersetzer Zeit braucht, um zu dolmetschen, was die Kreatur sagt. Die Stimme scheint direkt in meinen Kopf zu gehen.

Ich nicke und stelle dann fest, dass es die Geste vielleicht nicht versteht. „Ich bin wach."

„Bist du verletzt?"

Ich hebe die Hand und berühre mein Gesicht dort, wo es mich getroffen hat. Der Schmerz ist verschwunden, aber ein leichtes Taubheitsgefühl bleibt bestehen. „Nein. Mir geht es gut."

Die Kreatur geht vor mir in die Hocke nieder. Ich zucke zusammen, als sie die Hand ausstreckt, aber es – er? Ich bekomme definitiv eine männliche Schwingung – nur das nasse Tuch, das ich weggeworfen habe, hochhebt und es in seinen Gürtel steckt. Sein Blick trifft meinen, und er neigt den Kopf und studiert mich so, wie ich ihn studiere.

Als wir uns schweigend anstarren, öffnet sich eine Tür und ein zweites Wesen kommt herein. Dieses hier ist eine etwas kleinere Version meines Entführers, nur mit großen fledermausähnlichen Flügeln, die über seinen Rücken herabhängen. Ich bin mir ziemlich sicher, dass es sich um einen Er handelt, weil ein Lendenschurz zwischen seinen Beinen hängt.

„Tor, warum hast du das hierhergebracht?", fragt er und blickt angewidert auf mich herab. „Wir brauchten einen hochrangigen Gefangenen, kein Haustier."

„Sie gehört dem High Commander", antwortet der erste Vgotha – Tor. In der Düsternis des Schiffes ähnelt er noch mehr dem Gehörnten Gott, obwohl sein Geweih etwas kleiner aussieht. Vielleicht kann er es nach Belieben wachsen lassen. Seine Zähne sind lang mit hundeähnlichen Schneidezähnen, und seine Ohren sind spitz. Der zweite Vgotha hat ebenfalls Elfenohren, zusammen mit den sich zuckenden Muskeln eines Tieres mit Fellbüscheln an den Gelenken.

Von all den außerirdischen Rassen, die mich entführen könnten, bin ich die Gefangene von welchen, die wie Elfendämonen aussehen. Na toll. Einfach großartig.

Der geflügelte Vgotha neigt seinen Kopf zur Seite und studiert mich auf die gleiche Weise wie Tor, ein leicht ungläubiger Gesichtsausdruck. „Sie ist der Tribut? Aber sie ist so klein. Ist sie empfindungsfähig?"

„Ich glaube schon. Die Tsenturion haben hohe Standards."

Der Geflügelte lacht. Ich blicke sie finster an und benutze meine Wut, um meine Angst zu verdecken. Offensichtlich halten sie nicht viel von den tsenturischen Normen.

„Willkommen, Tribut, auf dem Vgotha-Schiff", sagt der geflügelte Vgotha spöttisch, seine ledrigen Flügel bewegen sich mit einem Geräusch wie knisterndes Papier.

Ich antworte nicht und presse die Lippen zusammen,

um meine Wut in Schach zu halten. Ich habe keine Ahnung, was diese Kreaturen mit mir machen werden, aber ich glaube nicht, dass ein paar harmlose Schläge ihre erste Wahl wären. Mein Herz pocht, aber meine Angst fühlt sich gedämpft an. Vielleicht gewöhne ich mich langsam daran, entführt zu werden.

„Was jetzt, Tor?", fragt Mr. Demon Wings.

Tor studiert mich gründlich. „Lass uns mal herausfinden, wie weit der High Commander bereit ist zu gehen, um seinen kleinen Tribut zu retten."

Ich schrumpfe auf meinem Platz auf dem Bett zusammen, als das riesige Monster aufsteht und sich davonschleicht, und Mr. Demon wirft mir einen prüfenden Blick zu, bevor er ihm folgt. Die Tür schließt sich hinter ihnen und sie lassen mich allein zurück. Worüber ich mich freuen sollte, aber das tue ich nicht. Ich habe noch mehr Angst als zuvor.

Ich atme tief durch und versuche, nicht in Panik zu geraten. Ein kleines Summen in meiner Brust sagt mir, dass ich mir keine Sorgen machen soll. Eine kleine Stimme in meinem Kopf, die sagt: Mein *Gefährte ist groß und stark, und er wird mich retten*. Soviel zur Gehirnwäsche. Ich merke, dass ich mein Halsband streichle, wie zur Beruhigung, und ziehe sofort meine Hand weg.

Wem mache ich etwas vor? Gavrill will nicht *mich*. Er kann einfach den Jabol anrufen und einen neuen Tribut bestellen. Dieses Mal brünett, oder vielleicht eine Rothaarige. Eine, die sich ihm nicht widersetzt. Der Jabol kann einen Katalog zusammenstellen, komplett mit Fotos im Badeanzug. Vielleicht findet sogar Bogdan daran Gefallen. Und ich? Ich werde bei neuen Außerirdischen gefangen sein, deren einzige Verwendung für mich anscheinend darin besteht, mit den Tsenturion zu verhandeln.

Was wird also mit mir geschehen, wenn sie merken, dass die Tsenturion glauben, es sei nicht wert, wegen mir zu verhandeln?

Der gelbe Blob, auf dem ich sitze, zittert und summt ein wenig, als ob er mich beruhigen will. Es klingt, als ob er lebendig ist. Tatsächlich fühlt sich das ganze Schiff lebendig an, als wäre ich von einem lebenden, atmenden Wesen verschluckt worden. Das würde das Gefühl, sich in einem Regenwald zu befinden, erklären.

Ich schlucke und stehe auf. Ich weiß bereits, dass mir kein weißer Ritter zu Hilfe kommen wird. Ich bedeute keinem der Tsenturion genug. Verdammt, ich bezweifle, dass Bogdan es sich auch nur zweimal überlegen würde, bevor er ein Schiff, auf dem ich mich befinde, in die Luft sprengt, wenn er damit auch alle Vgothas darauf loswerden würde.

Ich bin nicht gefesselt, ich bin nicht in einer Zelle, ich bin mir nicht einmal sicher, ob ich bewacht werde ... und es liegt an mir, mich selbst da rauszuholen.

GAVRILL

„COMMANDER, wir empfangen eine Frequenz von einem Vgotha-Schiff", sagt Sholtorin und durchdringt damit die Panik, die mich erfasst hat, seit ich weiß, dass Dawn entführt wurde. Wir wissen immer noch nicht wohin, oder wie.

Die Tarnung der kleinen Vgotha-Jäger- und Kaperschiffe ist frustrierend unregelmäßig, so dass sie auf unseren Scannern auftauchen und gleich wieder verschwinden. Welche

Technologie sie auch immer verwenden, um sich zu verstecken, sie ist nicht perfekt, aber sie reicht aus, dass wir nicht wissen, welches Schiff es geschafft hat, uns zu entern und Dawn zu entführen.

„Das Kriegsschiff?", frage ich.

„Ich glaube nicht, Commander, aber ich bin mir nicht sicher, welches Schiff. Es ist aber definitiv eines der Vgotha."

„Stell sie durch", sage ich mit einem Knurren.

Der Hauptbildschirm flackert, und ein Vgotha erscheint. Ekelerregend grau-grüne Haut, winzige Hörner und braune Augen starren mich an. Neben mir knurrt Bogdan beim Anblick unseres Feindes.

„Du bist der High Commander?", fragt der Vgotha und sieht mich an.

„Der bin ich", sage ich, meine Rüstung blitzt gefährlich auf. Die gesamte Brücke ist jetzt voll schwarzer Rüstungen, bereit für die Schlacht. „Wer bist du?"

„Ich bin Tor, Anführer der Vgotha."

Ich möchte verlangen zu wissen, wo Dawn ist, was sie mit ihr gemacht haben, aber das zu tun, würde bedeuten, Schwäche zu zeigen. Stattdessen tue ich so, als ob alles in Ordnung wäre

„Warum habt ihr uns gerufen?", frage ich, wobei ich meine Stimme gleichgültig klingen lasse. „Um euch zu ergeben?"

Tor lacht. „Ich bin in dein Schiff eingedrungen und habe dir etwas, das dir gehört, direkt vor der Nase weggeschnappt. Ihr könnt nicht einmal unsere Schiffe finden. Warum sollte ich mich ergeben?"

„Weil ihr nicht genügend Ressourcen habt und in dem Kampf ausreichend Nahrung und Waffen zu besorgen, mit denen ihr den nächsten Zyklus überleben könnt, sterben werdet. Ergebt euch, dann werdet ihr einen schnellen Tod haben."

„Dein Stolz wird dein Untergang sein, Commander. Ich habe jemanden, den ich dir vorstellen möchte. Oder vielleicht kennst du sie."

Der Bildschirm wechselt zu Dawn, die einen moosbewachsenen Raum erkundet, dort, wo immer sie sie festhalten. Ein scharfer Schmerz durchbohrt meine Brust, als ich sie anstarre. Abgesehen von einem Bluterguss an der Seite ihres Gesichts sieht es nicht so aus, als sei sie verletzt worden. Während ich zuschaue, streicht sie ihr lang herabfallendes blondes Haar in einer vertrauten Bewegung über die Schulter zurück und kratzt an der zarten Stelle, die sie zu plagen scheint. Etwas verkrampft sich in meinem Bauch.

„Dein Tribut ist zu Besuch." Tor kehrt auf den Bildschirm zurück. „Wie du sehen kannst, wurde sie nicht beschädigt."

„Du wirst sie zu uns zurückbringen. Und zwar sofort." Ich spüre, wie Bogdan mich aus den Augenwinkeln ansieht, aber ich ignoriere ihn. Ich denke nicht logisch, ich handle nach meinen Gefühlen, aber ich kann scheinbar nicht anders. Allein dieser kleine Blick auf meine Dawn genügt, um jede Logik, die ich habe, zu vernichten.

„Sonst was, Tsenturion?" spottet Tor. „Meine Schiffe fliegen unentdeckt an euren Sensoren vorbei. Ich habe dein Schiff geentert, bin in dein persönliches Quartier eingedrungen und habe dein Eigentum mitgenommen. Was hält mich davon ab, zu verschwinden und sie mitzunehmen?"

„Was willst du?", frage ich und balle die Fäuste. „Wenn du glaubst, dass wir uns ergeben, irrst du dich. Wir werden kämpfen."

„Mit Jabol-Waffen, ich weiß." Tor starrt mich an. „Die Zeit des Kampfes ist vorbei. Du, Commander, wirst innerhalb des nächsten Zyklus auf mein Kriegsschiff kommen, *allein*, oder du wirst deinen Tribut nicht wiedersehen."

Der Bildschirm wird dunkel.

„Drakk", rufe ich, während das Bild des Vgotha-Schiffes verschwindet, zusammen mit Tors hartem Blick. Ich laufe auf und ab und schlage ich mit der Faust gegen eine Wandtafel, und die Krieger um mich herum schrecken auf. Meine Crew hat mich noch nie so gesehen. Ich bin einen Mikrozyklus davon entfernt, die Kontrolle zu verlieren. „Wo sind sie? Was sagen uns unsere Sensoren? Bericht!"

„Wir scannen das Gebiet, High Commander", sagt Kalexston mit gesenktem Kopf und Blick auf seine Instrumente. „Sie können nicht weit gekommen sein."

Ich fluche wieder, und Miths und Borodem zucken zusammen. Sie anzuschreien wird nicht helfen. Auch wird es nicht helfen, meinen Stuhl vom Boden zu reißen und ihn zu werfen.

„Commander." Die tiefe Stimme an meiner Seite lässt mich herumwirbeln. Die Augen von Medik treffen auf meine, voller Verständnis. „Sie ist nicht verletzt. Sie sah gut aus. Wir werden sie finden."

Nein, das werden wir nicht. Denn Tor hat recht. Und selbst wenn wir es irgendwie schaffen sollten, das Schiff, auf dem sie sich befindet, zu lokalisieren, könnte es zu spät sein. Ich werde das nicht riskieren.

„Ich gehe auf das Kriegsschiff", sage ich grimmig und wende mich der Tür zur Brücke zu. Ich sehe, wie die Besatzung aufspringt, bereit zu protestieren, als Bogdan vor mich tritt und mir den Weg versperrt.

„Du kannst deinen Posten nicht aufgeben."

„Tu es nicht", knurre ich, „sag mir nicht, was ich tun soll".

„Wir brauchen dich hier als Commander", bellt Bogdan. „Bei allem Respekt, du bist nicht im Besitz deiner Sinne."

„Ist das Meuterei?", brülle ich. „Geh mir aus dem Weg!" Ich bin größer, aber mein Zweiter Offizier hat mehr Masse. Er ist ein gerissener Kämpfer, aber ich will nicht mit ihm kämpfen – das wird wertvolle Zeit in Anspruch nehmen. Ich will ihn nur aus dem Weg haben. Rot blitzt aus meinem Anzug und scheint auf seinen zu springen. Meine Wut spiegelt sich auf seinem Gesicht wider.

„Hört auf, ihr beiden", schnappt Medik. „Wir müssen darüber reden."

„Wir dürfen unsere Chance, ein Schiff der Vgotha zu kapern, nicht verspielen." Bogdan zeigt auf den Seitenschirm, wo das verlassene Schiff noch immer im leeren Raum schwebt. „Wenn wir es lahmlegen und es zu Testzwecken herbringen können, haben wir die Chance, etwas über ihre Waffen und ihre Verteidigung zu erfahren. Das könnte das Blatt des Krieges zu unseren Gunsten wenden. *Das ist es*, wonach wir suchen sollten, was unser Ziel sein sollte."

„Und was ist mit meinem Tribut?", presse ich hervor. Ich weiß, was er sagen wird, aber ich möchte hören, wie er es tatsächlich äußert. Wenn er sich traut.

„Sie benutzen sie gegen uns."

„Du hast die Vgotha gehört. Ich habe einen Zyklus, um zu diesem Kriegsschiff zu gelangen. Sie werden sie töten."

„Ein unglückliches Kriegsopfer", sagt Bogdan leise. Zu meiner Überraschung sieht er fast traurig aus, aber er gibt nicht nach. „Aber sie ist nicht einmal eine von uns. Es wird andere Tribute geben. Du kannst jede haben, die du willst."

Ich stürme vorwärts, bereit, die arrogante Meinung meines Zweiten Offiziers mit den Fäusten zu korrigieren. Medik tritt zwischen uns, hält mich von meinem Ziel ab, und ich schreie Bogdan über die Schulter des älteren Tsenturion an.

„Ich will keinen anderen Tribut. Dawn ist *nicht* ersetzbar."

Auf Bogdans Gesicht ist der Schock über meine Reaktion deutlich zu sehen.

„Commander", murmelt Medik. „Ich stimme zu, dass wir den Tribut sofort zurückholen müssen. Auch die Vgotha-Bevölkerung ist in diesem Krieg dezimiert worden. Wenn wir zu lange brauchen, um in Verhandlungen einzutreten, könnten sie beschließen, sie zur Fortpflanzung zu benutzen."

„Das ist nicht möglich." Kalexstons Anzug leuchtet hellgrün vor Entsetzen. Sogar Bogdan sieht aus, als ob ihn der Gedanke krank macht.

„Nach den Informationen, die uns der Jabol über sie gegeben hat, ist die Anatomie der Vgotha der unseren sehr ähnlich. Sie könnte kompatibel sein", sagt Medik. „Wir müssen sie befreien, bevor sie sich entscheiden, es herauszufinden."

Ich starre auf den leeren Bildschirm und versuche, Dawns Bild durch reine Willenskraft wieder erscheinen zu lassen.

„Ich werde gehen", wiederhole ich. „Bogdan, du hast das Kommando. Wenn du einen Weg finden willst, das Kriegsschiff zu kapern, musst das tun, während ich auf dem Schiff bin. Du hast recht, ich bin emotional, und ich bin nicht mehr fähig, dieses Schiff zu kommandieren. Ich gebe den Forderungen der Vgotha nach. Was als Nächstes mit ihnen geschieht, hängt von dir ab.

Auf der Brücke verstummen alle vor Schreck.

Bogdans Augen verdunkeln sich. „Das ist nicht das, was ich will, Bruder."

„Ich weiß. Aber es ist notwendig." Ich würde alles tun, um Dawn wieder sicher in meinen Armen zu halten.

„Commander ..."

„Wisset dies", erhebe ich meine Stimme, damit alle auf dem Deck mich hören: „Dawn ist mehr als nur ein Tribut. Sie ist meine Gefährtin. Ich würde mein Leben tausendmal geben, damit ihr kein Leid zugefügt wird."

Die Männer um mich herum starren mich an. An meiner Seite zeigt Medik ein trauriges Lächeln. Bogdan schüttelt langsam den Kopf.

„Die Brücke gehört dir", sage ich und gehe sowohl um Medik als auch Bogdan herum, und laufe auf das Innere des Schiffes zu, wo die Aufklärungsschiffe angedockt sind. Je eher ich das Kriegsschiff erreiche, desto eher wird Dawn in Sicherheit sein.

Wenn nicht, wird das ganze Universum nicht groß genug sein, um meine Wut aufzunehmen. Ich werde die Vgotha jagen und sie alle vernichten.

17

Dawn

Ich laufe auf und ab in dem kleinen Raum und versuche herauszufinden, wie ich hier rauskomme.

Es kommt mir vor, als wären schon Stunden vergangen. Es gibt immer noch einen Teil von mir, der sich wünscht, dass Hilfe kommt ... aber ich vermute sehr stark, dass keine kommen wird. Nicht, wenn ich so ersetzbar bin.

Ich halte vor einer der Wände meines Gefängnisses inne, dort, wo die Vgotha den Raum verlassen haben. Als sich die Tür schloss, bildete sich die Wand zurück, als hätte es den Eingang nie gegeben. Gruselig, aber irgendwie cool. Das ganze Innere des Schiffes fühlt sich lebendig an – mehr als nur eine Art Vegetation. Die Luft ist feucht und schwer wie im Regenwald, und ich werde das Gefühl nicht los, beobachtet zu werden.

Ich lege meine Hand an die Wand und drücke. Es fühlt sich an wie feuchtes Moos, und ich bin versucht, es abzureißen, aber wenn es sich um lebendes Material handelt, könnten die Vgotha gewarnt werden, dass ich versuche, zu entkommen. Der Wald hat Augen. Anstatt an irgendetwas zu reißen, fange ich an, es mit meinen Händen abzutasten und nach Schwachstellen zu suchen. Vielleicht finde ich den Spalt der Tür. Es muss einen Weg nach draußen geben.

„Bitte lass mich raus", flüstere ich und finde es irgendwie albern, aber ich werde das Gefühl nicht los, dass das Schiff mich hören kann. Mich verstehen kann. Ich streiche mit den Händen über die Wand und bewege mich zur nächsten Wand, durch die Tor und der andere Vgotha den Raum verlassen haben. „Ich gehöre nicht hierher, ich will nicht hier sein ... bitte ... mein Name ist Dawn, und ich will nur nach Hause ... bitte ..."

Ich bewege meine Hände weiter über die Wand und flehe die ganze Zeit.

Zu meinem Erstaunen schmilzt das Moos plötzlich weg und gibt einen kleinen Tunnel frei, gerade breit genug, um in ein kleineres Wesen passieren zu lassen ... wie einen Menschen.

„Ich danke dir." Jetzt finde ich mich nicht mehr so albern. Vielleicht ein bisschen verängstigt, aber ... ich werfe meine Chance nicht weg.

Ich ducke mich hinein und beginne zu krabbeln. Sobald ich ein paar Meter drinnen bin, schließt sich die Wand hinter mir wieder. Ich nehme mir einen Moment Zeit, meine Panik zusammen mit einer leichten Dosis Klaustrophobie zu hinunterzuschlucken. Es gibt nur einen Weg, und zwar vorwärts. Ich krabble weiter. Das Licht am Ende des Tunnels scheint sich weiter zu entfernen – und an einem Punkt schließt sich der Tunnel, als ob er mein Vorankommen aufhalten will. Ich atme weiter tief ein und aus und warte darauf, dass sich der Weg wieder öffnet. Nach einem Moment tut er das, als ob die Schließung des Tunnels eine Prüfung war und ich sie bestanden habe. Irgendwann muss ich mich verrenken, um mich um eine besonders scharfe Rechtskurve zu drehen. Gut, dass die Tsenturion mein Knie geheilt haben und dass ich meine Yoga-Übungen fortgesetzt habe. Ich weiß nicht, ob ich mit diesem Tunnel zurechtkäme, wenn ich mich nicht wie ein Yoga-Profi verrenken könnte.

Endlich wird der Tunnel breiter und Licht strömt herein. Ich ziehe mich vor bis an den Rand und schaue hinaus in einen langen, niedrigen Raum. Keine Spur von den Vgotha, aber da ist eine winzige Kapsel, ähnlich der, mit der mich die Jabol vor einer Ewigkeit zu den Tsenturion brachten.

Nicht ganz an mein Glück glaubend, warte ich einen Moment am Ausgang des Tunnels. Die Wände um mich herum ziehen sich mit einem leichten Rauschen zusammen und schieben mich vorwärts, ähnlich wie ein Sitzsack, der mit beim Aufstehen hilft. Das ist unwirklich, aber wenn das Schiff mir bei der Flucht hilft, werde ich es nicht infrage stellen.

„Danke", flüstere ich, lasse mich auf den Boden fallen und eile zur Kapsel. Sie ist lang und schmal, gerade groß genug für eine Person. Ich lege meine Hand auf das Panel, und es leuchtet auf. Die Tür der Kapsel öffnet sich nach oben. Nach kurzem Zögern klettere ich hinein und lege mich hin. Das Panel neben der Gondel piepst ein paar Mal, und die Tür schließt sich mit einem Seufzer. Ich atme wieder tief ein und aus und versuche, das Liegen in der Kapsel nicht mit dem Liegen in einem Sarg zu vergleichen. Ein leichtes Zittern, und die Wand vor der Kapsel zeigt einen großen dunklen Fleck, der sich wie ein Tintenfleck auf der braungrünen Wand ausbreitet. Ein weiteres Zittern, ein zischendes Geräusch und die Kapsel schießt nach vorne. Ich schreie, während Lichtpunkte über mich hinwegrauschen, die Luft zieht sich zusammen und ich habe für einen Moment ein Gefühl des Ersticken, und dann schwebt die Kapsel im schwarzen Raum, weit entfernte Sterne funkeln wie kleine helle Diamanten, die den Weg weisen.

Ich habe es getan. Ich bin frei. Die Tsenturion werden nicht glauben, dass ich mit Hilfe eines empfindungsfähigen Schiffes entkommen bin. Ich wette, die Vgotha haben überhaupt keine Ahnung, dass ich weg bin. Ich kann mir nicht vorstellen, warum das Schiff mich gehen lässt und es ihnen dann sagt. Ich schätze, das Einzige, worauf ich mich verlassen kann, ist, dass die Außerirdischen mich unterschätzt haben. Bis auf das Schiff. Ich runzelte die Stirn, als ich versuche, die Konsequenzen zu durchdenken, was ziemlich schwer ist, weil ich so nervös bin.

Die Kapsel schwebt weiter, schnell genug, dass sich die Sternenlandschaft etwa alle paar Minuten ändert. Das Panel neben meinem Kopf hat alle möglichen Knöpfe, aber ich traue mich nicht, es zu berühren. Ich hoffe, dass die Tsenturion nach mir suchen und dass ich die Zielkoordinaten herausfinden kann, sonst gehe ich im Weltraum verloren. Aber eins nach dem anderen.

Schatten kriechen über das Glas wie Wolken über einen Himmel, durchsetzt von Lichtstrahlen. Die Kapsel schießt an einer Sonne vorbei – eine riesige brennende Kugel, die so hell ist, dass das Glas sich zwar tönt, aber ich trotzdem meine Augen abschirmen muss. Dann sind wir daran vorbei und fliegen wieder durch den dunklen Raum und kommen heraus, um uns durch ein Feld von Meteoriten zu schlängeln. Ich weiß nicht, wie ich mich so schnell fortbewegen kann, und trotzdem immer noch in der Lage bin, alles zu erkennen. Der Sedimentgestein trifft auf die Kapsel wie eine Gischt aus Kieselsteinen. Ein riesiger Felsen taucht auf, und ich werfe meine Hände hoch, weil ich Angst habe, dass wir mit ihm zusammenstoßen. In letzter Sekunde schwirrt die Kapsel um ihn herum. Nach ein paar solchen Manövern schließe ich die Augen, bis wir wieder in die Dunkelheit kommen. Die Kapsel weiß, was sie tut. Hoffe ich jedenfalls.

Ich habe eigentlich keine andere Wahl, als darauf zu vertrauen.

Ein sanftes Licht erwärmt mein Gesicht, und ich öffne meine Augen und sehe Wolken aus rosafarbenem interstellarem Staub. Goldene Streifen wirbeln durch die Wolke. Es ist so schön, dass ich vergesse, mich zu fürchten. Ein Teil von mir wünscht sich, Gavrill wäre hier. Wenn ich elfhundert Jahre mit ihm leben soll, können wir tolle Reisen machen. Das Universum erforschen. Ein Trip zu einem dieser Nebel wäre eine super Idee für eine Hochzeitsreise.

Dunkelheit umschließt die Kapsel wieder, und ich merke, dass ich den Atem anhalte, wenn wir auf diese schwarzen Flecken treffen. Diesmal kommen wir nur langsam heraus. Lichtblitze in der Ferne sorgen bei mir für Anspannung. Sie sehen aus wie Blitze, eine Million Meilen entfernt. Mein Herzschlag wird schneller, als die Blitze näherkommen. Vor uns zieht ein Gewitter auf, und wir steuern direkt darauf zu.

Ich hasse Gewitter, verdammt.

„Nein, nein, nein, nein." Ich drücke gegen die Wände der Kapsel. Ich riskiere sogar, ein paar Knöpfe auf dem Panel zu drücken. Es zwitschert mir etwas zu, aber es ändert nicht den Kurs. Grau-brauner Staub wabert um uns herum und trübt meine Sicht. Wir treffen auf einen weiteren

Meteoritengürtel, und winzige Steine prasseln auf die Kapsel wie Hagel auf eine Windschutzscheibe. Ein paar größere treffen uns mit so viel Kraft, dass ich aufschreie. Die Blitze sind nun viel näher, und der Staub wirbelt nun wie ein Tornado und saugt uns nach vorne.

Scheiße. Wir stürzen uns direkt in das Gewitter.

Weißes Licht spaltet den Nebel aus gräulichen Partikeln, die um die Kapsel herumwirbeln. Ich schreie. Blitze schlagen immer wieder auf der Kapsel ein, während ich wimmernd meinen Kopf bedecke. Ein Gewitter hat mir jeden genommen, den ich liebte – meine Mutter, meine Großmutter, meinen Vater, bevor ich ihn überhaupt kannte. Ein Gewitter hat mich durch einen Strudel in eine andere Galaxie gesaugt, und jetzt versucht es, mich auszulöschen.

„Nein", schreie ich. „Nein!" Ich trete gegen die Glasplatte der Kapsel und schlage in die Luft. Ich werde nicht leise in der Nacht untergehen. Nasse Spuren auf meinen Wangen, und ich schluchze, meine Brust fühlt sich an, als müsste sie zerbrechen, um die Emotion herauszulassen, aber es fühlt sich nicht an wie Sterben. Es fühlt sich gut an. Noch ein paar Blitze schlagen ein, und die Luft um die Kapsel herum schimmert. Die gewaltigen Wolken verblassen in der Ferne und verschwinden in der glückseligen Dunkelheit.

Mein zittriger Atem verwandelt sich in ein Kichern. Ich habe das Gewitter überstanden und bin auf der anderen Seite herausgekommen. Lebendig. Als das Lachen in meiner Brust blubbert, hebe ich meine Arme und jauchze.

Sterne funkeln vor einem klaren samtigen Hintergrund. Die Kapsel taucht durch Ringe aus farbigem Gas, dann navigiert sie an einem Planeten vorbei und bewegt sich mit Rekordgeschwindigkeit. Ich widerstehe dem Drang, mein Gesicht gegen das Glas zu drücken und die prächtige graublaue Kugel zu studieren. Die Temperatur sinkt leicht, und ich fröstle. Beim Durchstöbern der Kapsel finde ich ein dickes Fell, dass ich überziehe. Es riecht wie ein Vgotha, erdig und regenwaldartig, mit einem leichten Moschusduft, der mich an einen zotteligen Hund erinnert. Es ist nicht unangenehm. Ich kuschle mich unter das Fell und widerstehe dem Drang zu lachen.

Ich wurde von den Vgotha gefangen genommen, und alles, was ich bekam, war dieses lausige Pelzgewand. Ich weiß immer noch nicht, wie ich das geschafft habe. Mit dieser Kapsel hatte ich großes Glück. Nicht nur, dass der Autopilot wie ein Traum funktioniert, das Schiff ist auch auf meine Körpertemperatur eingestellt. Frllil sagte mir, die menschliche Anatomie sei ähnlich wie bei den Tsenturion; deshalb gelten wir als kompatible Partner. Vielleicht sind die Vgotha auch so ähnlich wie wir?

Je mehr ich darüber nachdenke, desto weniger glaube ich, dass es Glück war. Das Schiff und diese Kapsel müssen irgendwie empfindungsfähig sein und aus irgendeinem Grund beschlossen haben, mich gehen zu lassen. Ich meine, wie groß sind die Chancen, dass der Tunnel von meinem Gefängnis direkt zu einer Rettungskapsel führt? Dass die Koordinaten so sind, dass sie mich so weit wie möglich vom Vgotha-Schiff wegbringen? Nicht, dass ich mir viel mehr erhoffe, als mich im Raum treiben zu lassen, bis mich jemand findet. Ich kann nur hoffen, dass es ein Tsenturion-Schiff sein wird.

Dann sehe ich es – glänzend schwarz und wie ein kleiner Mond hinter dem gefrorenen Planeten hervorschwebend. Ich kenne die Form aus all den Videos, die Frllil mir gezeigt hat. Es ist ein Tsenturion-Schiff, und nicht irgendein Schiff – es ist das Schiff des High Commanders.

„Hey", rufe ich, als ob sie mich hören könnten. Ich

studiere die Knöpfe an der Schalttafel und suche verzweifelt nach einem Knopf, mit dem ich einen Kommunikationskanal öffnen, ein Leuchtsignal aussenden, den Hokey-Pokey abspielen kann ... irgendwas, damit sie mich bemerken. Zum Teufel, ich ziehe mein Shirt aus und schwenke es, wenn das hilft, die Jungs abzufangen. Gavrill mag es vielleicht nicht, wenn ich meinen Körper zur Schau stelle ... aber Gavrill hat mich vielleicht schon als verloren abgeschrieben. Gott, das tut mehr weh als mir lieb ist – wie ein Messer in meinem Herzen. Eine Sekunde lang kann ich kaum atmen.

Aber ich weiß, dass es wahrscheinlich so ist.

Ich klammere mich an das Pelzgewand und starre auf das riesige Tsenturion-Schiff, das immer größer wird, je näher es kommt. Plötzlich habe ich es nicht mehr eilig, gerettet zu werden. Heimweh, die Sehnsucht nach der Erde, nach *Menschen*, der Gedanke, dass ich vielleicht eine Chance auf Liebe habe, erfüllt mich. Aber dorthin kehre ich nicht zurück.

Wenigstens bin ich noch am Leben. Positiv denken und all das. Außerdem ist es nicht so, dass ich irgendwo anders hingehen kann. In den Weltraum abzudriften und allein in der Dunkelheit zu sterben, gefällt mir auch nicht gerade.

Einen Mikrozyklus später ruckelt die Kapsel, und ein Summen erfüllt meine Ohren. Ein weißlicher Schein umgibt mich und umhüllt die Kapsel. Dahinter verschwimmen die Sterne. Wir sind in einer Art Lichtstrahl gefangen, der uns mit hoher Geschwindigkeit in Richtung des Tsenturion-Schiffes zieht. Ich greife mit einer Hand nach dem Fell und drücke die andere an die Wand. Diese Kapsel braucht ein paar ‚Oh Scheiße!‘-Griffe. Eine Klappe an der Seite des Tsenturion-Schiffes öffnet sich und gibt den Blick auf eine Ladebucht frei. Gott sei Dank. Einen Moment lang hatte ich Angst, ich würde gegen die Seite des Schiffes krachen oder vom Traktorstrahl wie eine Mücke, die von einem elektrischen Insektenvernichter erfasst wird, in Stücke gerissen.

Die sich nähernde Seite des Schiffes füllt mein Fenster vollständig aus, und dann ist meine Kapsel sicher im Inneren. Die Türen schließen sich, und Tsenturion-Soldaten strömen auf das Deck, die Waffen in der Hand, um sich meiner nicht identifizierten Kapsel anzunehmen.

Ich ziehe mir das Fell von den Schultern, für den Fall, dass die Tsenturion mich für einen etwas zu klein geratenen Vgotha halten und mich daraufhin niederschießen. Gavrill hat seine Männer wahrscheinlich darauf trainiert, etwas genauer hinzusehen, aber ich wette, viele von ihnen sind im Moment ziemlich schießwütig, und ich befinde mich in einer Vgotha-Fluchtkapsel.

Die Kapsel öffnet sich, und ich sauge die Luft ein. Es ist vorbei. Ich habe es geschafft. Ich bin zurück – zum Guten oder zum Schlechten. Ich kann die Erleichterung nicht leugnen, die ich beim Anblick so vieler Tsenturion empfinde, als ich von meinem Sitz aufblicke. Den hellen Farben ihrer Anzüge nach zu urteilen, sind sie auch froh, mich zu sehen.

„Commander, wir haben sie gefunden!", schreit einer der Krieger. Erleichtert, wieder auf dem vertrauten Schiff zu sein, protestiere ich nicht einmal gegen die falsche Darstellung. Die Tsenturion haben mich nicht gefunden. Ich habe mich selbst gerettet.

Bevor ich mich aus der Kapsel befreien kann, teilt sich die Gruppe der Soldaten, und Gavrill taucht auf und eilt mit größerer Dringlichkeit an meine Seite, als ich es je zuvor gesehen habe.

„Dawn. Meine Dawn. Bist du verletzt?" Seine Stimme ist

voll ängstlicher Sorge, und seine Hände streifen über mich, tasten meine entblößte Haut ab, tauchen unter das dicke Fell auf meinem Schoß. Mit einem Knurren reißt er das Fell von mir und wirft es weg. Die Farben auf seiner Rüstung kräuseln sich wie ein schlammiger Regenbogen und machen es unmöglich, zu wissen, was er fühlt.

„Mir geht es gut", sage ich und versuche, ihn zu beruhigen.

„Commander, halte Abstand, sie könnten sie kontaminiert haben, um uns zu vergiften." Bogdan klingt ernst und besorgt.

„Das haben sie nicht", sage ich, aber bevor ich meinen Satz beenden kann, hebt mich Gavrill bereits hoch, ignoriert Bogdans Warnung und ruft nach dem Arzt.

„Es geht mir gut, es geht mir gut", wiederhole ich, während ich mich an seinen festen Körper anschmiege und mich in seinen Armen entspanne.

„Bogdan hat recht. Sie können dir Gift gegeben haben. Medik!" Er ruft erneut und dreht sich um, während er auf den älteren Tsenturion wartet. Die kräuselnden Farben auf seiner Rüstung intensivieren sich, sie blinken so schnell, dass mir beim Anblick fast übel wird, so fast außer Kontrolle, wie ich ihn noch nie gesehen habe. „Wir brauchen ein Med-Kit, hier und jetzt!"

Die Menge der Krieger teilt sich, um Platz für Medik zu machen, der so schnell wie möglich vorwärtseilt. Gavrill geht auf ihn zu und hält mich leicht vor sich hin, als wäre ich eine Gabe. Schnell wie ein Augenzwinkern lässt Medik einen Scanner meinen Körper rauf und runter fahren.

Neben uns untersuchen die Tsenturion die Kapsel, in der ich gekommen bin.

„Was ist das für eine Technologie?", fragt einer der Krieger. Ein anderer stößt mit seiner Waffe dagegen.

„Tut ihm nicht weh", schnappe ich und beiße mir dann auf die Zunge. Ich muss Gavrill meine Theorie, dass das Schiff am Leben ist, erklären. Hoffentlich ist er interessiert genug, um mir zu glauben und es nicht zu verletzen, denn ohne es wäre ich nicht in der Lage gewesen, zu entkommen.

„Commander, ich muss protestieren, sie könnte mit ihrem Symbionten infiziert worden sein", beginnt Bogdan erneut.

„Sie ist sauber", sagt Medik eilig, während sich Gavrils Gesicht vor Wut verkrampft. „Nur der Ausschlag, den sie sich hier zugezogen hat."

„Ich bringe sie in mein Quartier", schnauzt Gavrill seinen Zweiten Offizier an.

„Wir müssen sie befragen ..."

„Tretet zurück", brüllt Gavrill. Die Krieger stehen stramm, sogar Bogdan. Gavrill ignoriert sie alle und trägt mich eilenden Schritts durch die Reihen der Salutierenden.

„Mir geht es gut", beruhigte ich ihn sanft und tätschle seine Brust. Ich weiß, dass er sich mehr darüber ärgert, dass ihm sein Eigentum weggenommen wurde und dass das nicht bedeutet, dass er sich tatsächlich um *mich* sorgt, aber es ist trotzdem schön, so zu tun, als ob. Als ich wieder von ihm gehalten werde, fühle ich mich beschützt, und ich weiß, dass das wahr ist.

„Du hättest getötet werden können." Er knurrt die Worte praktisch vor sich hin, aber ich spüre auch noch etwas anderes – Schmerz? Ja, vielleicht. Es ist zu schwach, um es genau zu sagen. Oder vielleicht ist das nur Wunschdenken meinerseits.

„Geht es Arkdhem gut?", frage ich, da ich ihn nicht sehe.

Mit zusammengepressten Lippen nickt Gavrill.

„Es war nicht seine Schuld. Der Vgotha belegte ihn mit

einer Art Trance-Zauber. Er schien bei mir nicht so gut zu wirken.“

„Ich weiß“, sagt Gavrill, obwohl sein Gesichtsausdruck immer noch unerbittlich ist. Ich ärgere mich. Hoffentlich hegt er keinen Groll gegen Arkdhem, obwohl ich nicht weiß, was ich tun kann, wenn er es tut. Es ist nicht so, dass Gavrill auf mich hören würde.

18

Gavrill

Ich trage Dawn in meine Kabine, mein Herz klopft so laut in meiner Brust, dass ich meine Gedanken kaum noch hören kann. Ich fühle mich zweigeteilt. Ich wollte gerade an Bord eines Schiffes gehen, um meinen Tribut zu retten, als die Sensoren den Anflug eines Vgotha-Schiffes registrierten. Ich war bereit, es an Bord zu bringen und es selbst auseinander zu reißen und die Insassen zu foltern, bis sie mir sagen, wo ich Dawn finde. Als sich die Kapsel öffnete und ihr blasses Gesicht erschien, konnte ich mich nicht zurückhalten, ich musste sie berühren.

Ich habe vor all meinen Kriegern das Protokoll gebrochen. Möglicherweise habe ich sie sogar in Gefahr gebracht. Zum Glück war mit ihr alles in Ordnung, aber Bogdans Paranoia hätte sich leicht bewahrheiten können.

Ich weiß, dass er auch recht damit hat, dass wir sie befragen müssen. Wir müssen wissen, was sie gesehen hat, was sie gehört hat, alle Informationen, die sie uns über die Vgotha und ihre Schiffe geben kann. Sie ist das einzige

Wesen, von dem wir wissen, das jemals auf einem ihrer Schiffe gewesen ist und es lebend herausgeschafft hat.

Aber diese Pflicht steht im Widerspruch zu meinem persönlichen Bedürfnis, sie zu untersuchen, sicherzustellen, dass sie unverletzt ist, und sie zu beschützen. Ich möchte, dass sie sicher vor allen anderen versteckt ist, dass ich sie ganz für mich habe, nur für eine Weile.

„Wohin gehen wir?", fragt sie.

„Unser vorübergehendes Quartier." Unser altes Quartier muss nach dem Einbruch repariert werden. „Ich muss dich untersuchen."

„Mir geht es gut", sagt sie erneut und klingt dabei verärgert. Ich weiß, dass sie die Wahrheit sagt, und doch weiß ich auch, dass ich erst zufrieden sein werde, wenn ich jeden Teil von ihr mit meinen eigenen Augen untersucht habe. Möglicherweise auch mit meinen Händen. Allein sie in meinen Armen zu halten, weckt mein Verlangen, sie unwiderruflich zu beanspruchen. „Sie haben mir nichts getan, außer mich in eine Zelle zu sperren. Sie schienen zu denken, ich sei ein Haustier."

Wäre ich nicht so verstimmt gewesen, hätte ich über den ärgerlichen Ton in ihrer Stimme geschmunzelt. „Du kommst ihnen vielleicht wie ein Haustier vor. Ich bezweifle, dass sie jemals zuvor einen Menschen gesehen haben."

Die Kabinentür öffnet sich vor uns, als sie ein kleines Schnauben vernehmen lässt.

Ich lege sie sanft auf das Bett und beginne, sie zu betrachten, wobei ich die Stirn runzeln muss, als ich zu dem dunkelroten Fleck auf ihrem Hals komme. Medik hatte ihr und mir versichert, dass es nur eine Art Ausschlag sei, aber es sieht so aus, als ob es schlimmer geworden sei.

„Juckt das noch?", frage ich und mein Finger schwebt darüber.

Dawn schüttelt den Kopf: „Nicht wirklich. Es sieht schlimmer aus".

Sie errötet ein wenig, ihre Augen sind leicht nach unten gerichtet, als sie von mir wegschaut. Es gefällt mir nicht, dass sie mir nicht in die Augen sehen will. Bevor der Vgotha sie mitnahm, war sie traurig, aber jetzt scheint sie nicht mehr so ... wenn überhaupt, dann ist die Emotion, die ich bekomme, Entschlossenheit.

„Sonst noch etwas?", frage ich und streiche ihr mit den Händen über die Arme.

„Nein, ich sagte doch, mir geht's gut ... schau, hör auf, fass mich einfach nicht mehr an." Plötzlich zuckt sie zurück und lässt mich mit leeren Händen und schockiert dastehen.

Vor ein paar Semizyklen noch hätte ich sie über mein Knie gelegt und ihr den Hintern versohlt, bis sie mein Recht anerkennt, sie zu berühren, wie es mir auch immer gefällt. Aber jetzt? Nachdem sie gerade zu mir zurückgekehrt ist, nur um meine Berührung zurückzuweisen?

„Was haben sie dir angetan? Was haben die Vgothas getan, dass du meine Berührung nicht willst", frage ich fordernd, erhebe mich und trete zurück, um ihr den Raum zu geben, den sie offensichtlich braucht.

„Nichts, ich sagte bereits, sie haben mir nichts getan." Auch sie steht auf, ihr Blick trefft auf meinen, ihre Augen groß, blau und voller Tränen: „Aber ich kann es nicht ertragen, dass du mich berührst, als ob ich dir etwas bedeute, ich kann nicht hier sitzen und so tun, als ob zwischen uns alles in Ordnung wäre, wenn es das nicht ist."

„Du bedeutest mir ...", beginne ich, aber sie unterbricht mich.

„Du sorgst dich um deinen *Tribut*", sagt sie, der Sarkasmus in ihrer Stimme verspottet die Zärtlichkeit, die ich so sehr genieße, „Du sorgst dich um mich als deinen Tribut, aber mehr nicht. Jemand ist gekommen und hat dein glänzendes Spielzeug mitgenommen, und du freust dich, dass ich wieder da bin, aber ich bin dir nicht wirklich wichtig. Das hast überdeutlich gemacht, bevor ich entführt wurde, und ich kann nicht damit umgehen, dass du so tust, als hätte sich etwas geändert, nur weil ich dir für eine Weile weggenommen wurde."

Ich starre sie an, meine Panzerung ein stumpfes Grau, während ich versuche zu verstehen, was sie mir sagt. Natürlich liegt mir etwas an ihr, sie ist mein Tribut. Sie ist meine Zukunft. Meine Dawn. Ich war bereit, meinen Posten aufzugeben, um sie zu retten. Ich verstehe nicht, wie sie denken kann, sie würde mir nichts bedeuten. Ihre Worte ergeben für mich keinen Sinn.

„Was willst du von mir?" Meine Worte sind eine überraschte Bitte um eine Erklärung. Keines ihrer Handbücher beschreibt etwas Derartiges. Ich dachte, ich hätte mir meinen Platz als ihr Meister verdient, aber …

Ich verstehe nicht, was falsch ist, also weiß ich nicht, wie ich es richtig machen kann. Aber was auch immer es ist, ich werde es tun.

Große blaue Augen schauen zu mir auf, voller Tränen.

„Ich will nach Hause", flüstert sie. „Zurück auf die Erde. Ich will nicht dein Tribut sein".

Etwas in mir bricht und zerreißt mich mit einer größeren Kraft als jede Waffe, die sie gegen mich hätte einsetzen können. Ich würde ihr alles andere geben, nur nicht das.

Aber es ist das, was sie will.

Da ich meiner Stimme nicht traue, nicke ich und wende mich ab, ziehe mich zurück, weil ich nicht weiß, was ich sonst tun soll. Die Qual, die in meiner Brust hochkriecht, ist mir eindringlich vertraut. Ich habe sie gespürt, als ich das letzte Mal alles verloren habe.

Dawn

Es ist die richtige Entscheidung.

Das sage ich mir selbst, auch wenn der Ausdruck auf Gavrils Gesicht, das traurige Grau seiner Rüstung und meine eigenen Bedürfnisse mich dazu bringen, ihn zurückrufen zu wollen. Oder ihm hinterherzurennen.

Meine Schulter zwickt, genau dort, wo der rote Fleck ist, und ich lege meine Hand darüber. Als ich Gavrill sagte, dass ich zurück auf die Erde wollte, spürte ich dort plötzlich starke Schmerzen, und ich fange an zu glauben, dass Medik mit dem harmlosen Ausschlag falsch liegt, aber das ist im Moment nicht so wichtig. Ich bin mir nicht sicher, ob irgendetwas noch wichtig ist.

Langsam lasse ich mich wieder auf die Couch sinken und rolle mich zu einem kleinen Ball zusammen.

Ich hatte mir am Anfang geschworen, dass ich fliehen würde. Dass ich einen Weg zurück zur Erde finden würde. Das war es, was ich tat. Ich kann nicht hierbleiben, verliebt in einen Außerirdischen, der mich nur als Besitz betrachtet.

Schon bald wird er einen anderen Tribut erhalten.

Eine, die sich tatsächlich mit dieser Erfahrung einverstanden erklärt hat, auch wenn sie es für einen Witz hielt, als sie es tat.

Es wird nicht – kann nicht – ich sein. Ich kann nicht damit umgehen, in jemanden verliebt zu sein, der mich nur als Gebärmaschine für seine Babys sieht. Jemand, der mich gerne bis zur Bewusstlosigkeit vögelt, sich aber gerade dann von mir entfernt, wenn es so aussieht, als würden seine Gefühle geweckt.

Die Tür schwingt auf, und ich schaue nicht einmal auf. Wenn mein verdammter Tsenturion-Meister eine kleine Untergebene haben will, die ihn begrüßt, kann er einen Sexroboter replizieren und programmieren. Vielleicht könnte Frllil einen für ihn bauen.

„Tribut?", ruft eine leise Stimme nahe der Tür. Nicht Gavrill, sondern der Doktor.

„Hier", hebe ich eine Hand, zu müde, um ihn nochmal zu bitten, mich Dawn zu nennen.

Der ältere Tsenturion nähert sich mir vorsichtig. „Fühlst du dich wohl?"

„Es geht mir gut", ich richte mich auf, um es zu beweisen. „Die Vgotha haben mir nichts getan."

„Der Commander will, dass ich dich untersuche und befrage."

„Okay. Gut." Ich setze mich und lasse mich von ihm scannen, drehe meinen Kopf und biete mein Handgelenk an, als ich dazu aufgefordert werde. Ich denke immer noch darüber nach, Frllil zu kontaktieren und ihn zu bitten, für Gavrill eine Sexpuppe zu machen, vielleicht eine, die Gavrills Spermien ausbrüten kann, bis sie eine weibliche Tsenturion-Eizelle replizieren. Oder noch besser, Frllil könnte ihn klonen. Das ist genau das, was das Universum braucht, zwanzig Millionen hartgesottene Gavrills, die Schiffe kommandieren und jeden Winkel des bekannten Universums bewachen.

„Dawn ..." Mir ist klar, dass Medik schon seit einiger Zeit meinen Namen ruft. Ich blinzle und konzentriere mich auf sein besorgtes Gesicht. „Deine Vitalzeichen sind normal, aber es scheint einige anhaltende Auswirkungen auf deinen Bewusstseinszustand zu geben ...“

„Da war ein Gas. Oder ein Zauberspruch oder so etwas“, erkläre ich die Art und Weise, wie Tor mich mit seiner Stimme zu hypnotisieren schien.

„Ich habe von einer Droge gehört, das dies tun kann. Sie stammt von einem Pilz, den eine alte Zivilisation auf ihrem Planeten gezüchtet hat. Wenn man genug von dem Pilz zu sich nimmt, gibt die Haut ein Pheromon ab, das die Leute um einen herum anfällig für Suggestionen macht.

„Das klingt ungefähr richtig.“

„Der Pilz wurde zusammen mit dem Planeten zerstört. Die Vgothas müssen sich ein Exemplar besorgt und es gezüchtet haben.“

„Das würde Sinn ergeben“, entgegne ich. „Ihr ganzes Schiff war wie ein Garten.“ Eher wie eine überdachte Marihuana-Farm.

„Der High Commander wird einen vollständigen Bericht über deine Erfahrungen haben wollen, aber er wird dich später dazu befragen.

Ich nicke. Natürlich tut er das. Auf diese Weise können er und Bogdan sich an die Aufgabe machen, die Vgotha zu vernichten. Es hat keinen Sinn, mehr Tribute zu importieren, wenn der Erzfeind einfach all ihre hübschen, niedlichen Spielzeuge kaputtmacht.

„Ich denke, es wäre vielleicht gut für dich, dich auszuruhen“, fährt Medik fort.

Ich zucke mit den Achseln. „Ich kann es jetzt tun, solange die Erinnerung noch frisch ist.“

„Ich halte das nicht für klug. Körperlich bist du gesund, aber da scheint ein anhaltendes Unwohlsein zu sein“.

„Nein, ich fühlte mich schon so, bevor die Vgotha mich mitnahmen. Ich hatte nur nicht den Mut, darüber zu sprechen." Mit der Reise durch das Gewitter hat sich das erledigt. Nachdem meine Familie gestorben war, versteckte ich mich im Haus meiner Großmutter und knüpfte nie enge Beziehungen, als ob ich den Schmerz vermeiden könnte, wenn ich keine Beziehungen hätte.

Jetzt weiß ich es besser. Das Leben ist brutal und gefährlich. Und es ist schön. Ich kann mich davor verstecken, oder ich kann tief Luft holen und die Fahrt genießen.

Es bedurfte nur einer Reise in eine andere Galaxie, um mir klarzumachen, wie man auf der Erde leben sollte.

„Gibt es etwas, das ich tun kann?", erkundigt sich Medik.

Ich atme tief ein und ignoriere den Schmerz, der in meiner Brust aufsteigt. „Ja, tatsächlich. Kannst du damit beginnen, mir dieses Halsband abzunehmen? Und da du so sehr in das Tribute-Programm involviert bist, kannst du Frllil für mich kontaktieren?

Er richtet sich auf. „Der Jabol?"

„Ja." Ich balle meine Hände zu Fäusten, um mir nicht die Brust zu reiben. „Ich sagte gerade zu Gavrill, dass ich zurück zur Erde will. Ich muss nur mit Frllil sprechen, um zu sehen, wie wir das bewerkstelligen können."

„Du möchtest gehen?" Medik scheint schockiert zu sein und an diesem einen Punkt festzustecken.

„Ich glaube nicht, dass es für mich einen Grund gibt zu bleiben", sage ich leise und schaue auf meine Fäuste, wie sie in meinem Schoss ruhen. Der Schmerz in meiner Brust wächst, ein leerer Schmerz, der Tränen in meinen Augen aufsteigen lässt. „Alles, was er wirklich braucht, ist eine Gebärmutter und eine Frau, die bereit ist, ihre Gene einzubringen. Er braucht mich nicht ... und ich kann das nicht mehr tun. Ich kann es einfach nicht."

Eine Pause. Ich halte meinen Kopf gesenkt und schaue nicht auf, weil ich weiß, dass ich Enttäuschung in Mediks

Gesicht sehen werde. Nach einem langen Moment spricht er wieder.

„Ich dachte, du und der Commander hätten eine beginnende Bindung."

Ich zucke zusammen. Ja, das dachte ich auch, aber das zeigt nur, wie wenig wir beide wussten.

„Ich glaube ehrlich gesagt nicht, dass er dazu in der Lage ist, und auf keinen Fall werde ich Kinder mit einem Mann haben, der mich wie ein Objekt behandelt. Du müsstest mich festschnallen und mich betäuben." Ich blicke auf Medik, als fordere ich ihn heraus, es zu versuchen. Obwohl meine Antibaby-Spritze das noch mindestens einen Monat lang verhindern wird. Ich erwähne das aber besser nicht.

Er seufzt. „Das würde nicht zu gesunden Kindern führen."

„Nein, wird es nicht." Ich räuspere mich und habe ein wenig Mitleid mit dem alten Außerirdischen. „Ich werde es nicht freiwillig tun, aber ich wette, eine andere Frau würde darauf eingehen. Ich kann mit Frllil zusammenarbeiten, sehen, ob wir Kontakt aufnehmen und jemand anderen für Gavrill finden können."

„Das würdest du tun?" Mediks Anzug verfärbt sich vor Überraschung.

Möchte ich das? Auf keinen Fall. Aber werde ich? Ja. Ich gehe jetzt. Ich ... okay, ich werde ehrlich sein, wenn auch nur zu mir selbst – ich liebe ihn. Ich will, dass er alles hat, was ich ihm nicht geben kann. Wird es schwer sein, meine Nachfolgerin zu wählen? Ja. Und trotzdem werde ich es tun.

„Er verdient das Leben, das er will. Eine Gefährtin und Kinder. Ich will, dass er das bekommt." Eifersucht erstickt mich fast, aber ich schiebe sie weg. Es hat keinen Sinn, eifersüchtig zu sein, wenn es meine *Entscheidung ist.*

„Wenn du wirklich so denkst, werde ich sehen, was ich tun kann –"

„Ich danke dir."

„– wenn du mir sagst, warum du gehen willst."

Ich seufze und reibe mir die Schulter. Sie tut immer noch weh, obwohl zumindest weniger, nach dem ersten stechenden Schmerz.

„Schau, das funktioniert nicht. Ich weiß, du willst, dass ich die Gefährtin des Commanders bin und so weiter, aber ...", ich zucke mit den Achseln, um meine aufgewühlten Emotionen zu verbergen, „ich glaube nicht, dass es möglich ist."

Medik schweigt, während ich die wunde Hautstelle unter meinem Nacken massiere und einen Weg suche, wie ich ihm das erklären kann. *Der Sex ist großartig, aber ich bedeute ihm nichts. Ich kann nicht tausend Jahre lang wie eine Nebenbei-Affäre fühlen.*

„Ich dachte darüber nach, als ich auf dem Vgotha-Schiff war – ich war etwas, das sie sicher verwahrten und sorgfältig behandelten. Ich hätte genauso gut ein Möbelstück sein können." Meine Kehle und mein Brustkorb ziehen sich zusammen und lassen meine Stimme etwas krächzen. „So denkt auch Gavrill von mir. Ich bin lustig und unterhaltsam und hübsch anzusehen, aber ich bedeute ihm nicht mehr als ... ein Pokal auf einem Regal."

Neben mir bewegt sich Medik, als ob er etwas sagen will, unterbricht mich aber nicht.

„Ich habe nicht einmal geglaubt, dass er mich retten würde", sage ich ihm, und die Traurigkeit steigt wieder auf, das Gefühl der Verlassenheit brennt mir in den Augen, während die Tränen aufsteigen. „Deshalb bin ich geflohen. Ich dachte nicht, dass er mich holen würde. Warum mich retten, wenn er einfach einen weiteren Tribut bekommen kann?" Ich balle und öffne meine Fäuste und versuche, etwas Blut durch sie hindurchfließen zu lassen, und vermeide es dabei, Medik in die Augen zu sehen. „Das sollte er tun. Mich ersetzen. Mit so jemandem kann ich nicht zusammen sein. Das werde ich auch nicht. Mit ihm Kinder zu haben – vergiss es."

Würde er sich überhaupt um seine Kinder kümmern? Oder würde er sie als kleine Soldaten sehen, die dazu da sind, sich für die Durchführung der Tsenturion-Mission ausbilden zu lassen?

Das Schweigen sinkt schwer zwischen uns herab.

„Er sorgt sich", sagt Medik nach einem langen Moment. Seine Stimme ist sanft, aber aufrichtig. „Er war sehr mitgenommen, als du entführt wurdest."

„Das ist nur, weil die Vgotha etwas genommen haben, von dem er dachte, es gehöre ihm. Es ist ein einfaches Spiel. In ein paar Zyklen werde ich ihm komplett egal sein. Vielleicht wird er dankbar sein, dass ich geholfen habe, das Tribute-Programm zu starten." Meine Schulter zuckt vor Schmerz, und ich reibe über die wunde Haut. „Es gibt wahrscheinlich viele Frauen auf der Erde, die glücklich wären, sein Tribut zu sein, auch wenn er sie nie lieben wird. Aber ich nicht." Allein der Gedanke daran bereitet mir Übelkeit. Ich habe in meinem Leben zu viele Menschen verloren. Ich bin bereit, wieder zu lieben. Ich kann mir allerdings nicht vorstellen, ein Leben mit jemandem zu teilen, der mich nie zurücklieben wird.

Irgendwie muss ich meinen Körper wieder in seinen Normalzustand und mich selbst zurück auf die Erde bringen. Wenn mir Medik nicht hilft, mit Frllil Kontakt aufzunehmen, dann muss ich wahrscheinlich Gavrill darum bitten. Allein der Gedanke daran ist schmerzhaft, aber wenn es sein muss, werde ich es tun.

Medik und ich sitzen eine Weile still da. Ich kann ihm immer noch nicht in die Augen sehen. Es fühlt sich an, als würde ich innerlich bluten, die Schmerzen scharf wie Glassplitter, die meine Brust durchschneiden.

Als Medik endlich wieder spricht, sagt er etwas, das ich nicht erwartet habe.

„Wenn ich dir beweisen könnte, dass du Gavrill wichtig bist? Würdest du dann bleiben?"

Ich beginne, den Kopf zu schütteln. „Ich weiß nicht ... wie willst du das beweisen?" Dummes Herz. Dumme Hoffnung, die in meiner Brust aufblüht. Dumm, dass ich gefragt habe.

„Sagen wir einfach, ich könnte. Liegt dir so viel an ihm, dass du dann bleiben könntest?"

Ich blinzle ein paar Mal, aber ich kann nicht verhindern, dass ein paar Tränen kullern.

„Ja", flüstere ich. „Ich würde bleiben. Ich will ihn ... aber nur, wenn er mich will. *Mich*. Dawn. Nicht nur einen Tribut, sondern mich als mich selbst."

Medik nickt mit einem zufriedenen Lächeln. „In diesem Fall muss ich dir etwas zeigen."

19

Gavrill

Auf der Brücke starre ich auf den Bildschirm, der den leeren Raum zeigt, wo einst das Vgotha-Schiff war und uns köderte. Um mich herum führen die Krieger Scans durch, und versuchen, es wiederzufinden.

Es ist sinnlos. Der Feind ist wieder verschwunden und hat sein verlassenes Schiff mitgenommen. Vielleicht war sogar das eine List, vielleicht gab es mit dem Schiff von vornherein gar kein Problem. Wir haben dieses Schармützel verloren, genauso wie wir es versäumt haben, unsere Flanke und die wertvollste Person an Bord zu schützen. Ich sollte wütend sein und all meine Energie darauf verwenden, den Feind zur Strecke zu bringen. Stattdessen kann ich mich kaum dazu durchringen, mich auf etwas anderes zu konzentrieren als auf die Stimme von Dawn, die in meinem Kopf widerhallt.

Mein Tribut. Der Gedanke macht mich traurig. Es ist nur Wunschdenken. Weil sie nicht mehr die Meine sein will.

Sie möchte gehen. Selbst wenn sie das nicht kann, will sie mich nie wiedersehen. *Ich dachte nicht, dass du meinet-*

wegen kommen würdest. Habe ich sie, als ihr Meister, so sehr enttäuscht?

Ich reibe an einer juckenden Stelle an meinem Arm, die sich anfühlt, als würde sie im Takt meines Herzschlags pochen. Die Ränder schmerzen, während die Nanotech versucht, die seltsame Wunde zu heilen. Ab und zu spüre ich einen stechenden Schmerz, wie Nadeln, die in eine Wunde piksen.

Kalexstons Panel piepst, als der Scanvorgang beendet ist. „Keine Spur von den Vgotha, Commander", berichtet er.

„Ich wusste es", murmelt Bogdan. Ich bemerke nur am Rande, wie er mich anschaut, aber mir fällt nichts ein, was ich erwidern könnte. Er räuspert sich und spricht lauter. „Was ist mit der Vgotha-Kapsel, die der Tribut gestohlen hat?"

„Meine Crew führt immer noch Vorprüfungen durch. Es scheint ein lebender Organismus zu sein", sagt Miths. Mein Interesse ist geweckt, aber nur auf eine sehr entfernte Art und Weise.

„Empfindungsfähig?", fragt Kalexston fasziniert.

„Unbestimmt. Es scheint einige Abschirmfähigkeiten zu haben, die unsere Scanner umgehen können", fährt Miths fort. „Commander, erbitte Erlaubnis, unsere Scanner so zu modifizieren, dass sie diesen, ähm, Organismus, wahrnehmen können."

Ich winke mit der Hand. Zu meiner Linken wird Bogdan wütend. Er ist um eine Schlacht betrogen worden, er wird die Kapsel nicht zerstören dürfen, und er ist verärgert. Ich sollte ebenfalls so empfinden, aber es ist, als wäre ich gefühllos.

Vielleicht sollte ich zurücktreten und ihm das Kommando übergeben, um der Mission willen, solange ich in diesem Zustand bin, aber ... Ich kann mich nicht dazu durchringen, das zu tun. Ohne Dawn habe ich nichts, wofür es sich zu leben lohnt, als endlose Zyklen von Patrouillen.

Der Schmerz durchbohrt mich wie ein Schuss in die Brust, und ich ziehe eine Grimasse. Hätte ich gewusst, dass ich einen Tribut bekommen würde, nur um sie zu verlieren, hätte ich dem Programm nie zugestimmt.

Nein, das ist eine Lüge. Denn die wenigen Zyklen, die ich Dawn in meinen Armen hielt, sind all diese Schmerzen wert.

„Commander, hast du deinen Tribut zu den Vgotha befragt?" Bogdan dreht sich um und sieht mich an. Er sieht fast reumütig, aber auch entschlossen aus. Ich antworte nicht, aber er erkennt an meinem Gesichtsausdruck, wie die Antwort lautet. Er seufzt. „Bitte um Erlaubnis, sie zu befragen. Oder kann Miths das vielleicht tun, da seine Crew an der Kapsel arbeitet?"

„Nein", befehle ich, aus meinem Bedürfnis heraus, sie zu schützen. „Lass sie in Ruhe."

„Commander, ich muss protestieren, der Tribut ..."

„Ich habe Nein gesagt. Ich werde sie selbst befragen. Später." Viel später. Wenn ich es ertragen kann, wieder in ihrer Gegenwart zu sein, obwohl ich weiß, dass sie nicht mehr die Meine ist. Die Schmerzen in meiner Brust werden immer stärker, und meine Rüstung leuchtet auf, bevor ich meine Gefühle kontrollieren kann.

Bogdan wendet sich ab und murmelt etwas, das wie „zu sehr an eine Gebärmaschine gewöhnt" klingt.

„Sie ist keine Gebärmaschine. Sie verlässt das Tribute-Programm und kehrt zu ihrem Heimatplaneten zurück", kündige ich auf der Brücke an. Irgendwann werde ich es ihnen sagen müssen, und ich glaube nicht, dass ich noch mehr Schmerz empfinden kann als jetzt, also kann ich es genauso gut jetzt tun.

„Was?“ Kalexston keucht, und hässliche gelbe Streifen schießen durch seinen grauen Anzug.

„Du hast das erlaubt?“, fragt Miths.

„Es war ihre Entscheidung“, sage ich über das verstörte Gemurmel meiner Mannschaft hinweg.

„Aber was ist mit ...“ Kalexston beißt sich auf die Zunge, er will offensichtlich fragen, ob das Programm fortgesetzt wird.

„Das kannst du nicht tun“, protestiert Bogdan, eine abrupte Umkehrung seiner bisherigen Position. Ich bin so taub, dass ich nicht einmal Überraschung empfinde, obwohl der Rest der Brücke ihn ansieht, als sei ihm ein zweiter Kopf gewachsen. „Der Erhalt unserer Rasse ...“

Ein leises Rauschen signalisiert die Ankunft des Aufzugs und das Öffnen der Türen, damit jemand die Brücke betreten kann. Ich kann nicht einmal die Energie aufbringen, nachzusehen, ob es Corin ist, der zu seiner Schicht erscheint.

„Ich dachte, du wolltest, dass wir uns auf unsere Pflicht konzentrieren“, sage ich zu ihm, wobei meine bitteren Worte voller Spott sind. Ich hatte nicht erwartet, dass mein Zweiter Offizier wegen des Endes des Tribute-Programms so erschüttert sein würde. „Du hieltest Dawn für eine Ablenkung. Du dachtest, ich solle weniger Zeit mit ihr verbringen. Du dachtest, sie sei unwichtig und dass jede Frau als mein Tribut akzeptabel wäre. Du hast dich geirrt. Dawn hat meinem Leben einen Sinn gegeben. Sie hat mein Leben besser gemacht, hat mich besser gemacht, sie ist der einzige Tribut, den ich will ... und ich habe sie enttäuscht.“

Meine Hand liegt über meinem Arm, wo sich das stechende Mal unter meiner Panzerung befindet, und es fühlt sich an, als ob die Nanotechnologie endlich funktioniert, denn es beginnt sich warm und prickelnd, und nicht mehr schmerzhaft, anzufühlen. Ich schaue mich um, und sehe, dass die Krieger alle in die Richtung des Aufzugs starren. Ich drehe mich um und bekomme fast einen Schock, als Dawn auf die Brücke tritt, mit großen Augen, einem aufmerksamen und entschlossenen Ausdruck auf ihrem Gesicht, und Medik hinter ihr im Fahrstuhl.

～

Dawn

„DAWN?" Gavrill erhebt sich von seinem Kommandantenstuhl. Sein Gesicht sieht aus, als wäre es aus Granit gemeißelt. Wenn ich seine Worte nicht mit meinen eigenen Ohren gehört hätte, hätte ich nie geglaubt, dass er gerade über mich gesprochen hat. Dass er gerade alles bestätigt hat, was ich auf dem Video gehört habe. Sein Gesichtsausdruck verändert sich, er sieht besorgt aus. „Stimmt etwas nicht?"

„High Commander, ich bitte um Entschuldigung", ruft Medik aus dem Aufzug und klingt viel zu glücklich, als dass jemand glauben könnte, dass er es mit seiner Entschuldigung ernst meint. „Ich konnte sie nicht davon abhalten – sie verlangte, hierher zu kommen."

Ich mache einen Schritt auf Gavrill zu, meine Augen sind auf ihn gerichtet. Niemand sonst ist wichtig.

„Wolltest du dich gegen mich austauschen?" Meine Stimme ist heiser. Ich kenne die Antwort bereits, aber es fühlt sich wie ein Traum an. Ich möchte es ihn sagen hören, zu *mir*. Gezielt und bedeutungsvoll. Die Worte aus dem Video, das der Arzt mir gezeigt hat, klingen noch immer in meinem Kopf: *Dawn ist mehr als nur ein Tribut.*

Sein Anzug glitzert, als er nickt.

„Für mich. Und nicht irgendein Tribut. Du wolltest mich.“

„Ja.“

Ich würde tausend Mal mein Leben geben, um Schaden von ihr abzuwenden.

„Ich dachte, du sorgst dich nicht um mich“, krächze ich. Mein Gesicht ist nass. Ich wische mir auf dem Weg zu Gavrill über die Wangen. Der Rest der Brücke hat sich in Nichts aufgelöst.

Als ich mich ihm nähere, greift Gavrill nach mir, dann nimmt er sich zurück. Seine Hände schweben zwischen uns, wollen, aber wagen es nicht, mich zu berühren.

„Dawn“, seine Stimme ist heiser, „Ich kann nicht … Ich werde nicht ohne dich leben. Es gibt nichts, was ich nicht für dich tun würde. Wenn ich dich verliere … wird es keine andere geben.“

Sie ist meine Gefährtin.

„Du liebst mich“, flüstere ich. „Nicht nur deinen Tribut, sondern mich.“

Er runzelt seine Stirn und ist verwirrt. „Du bist – mein Tribut. Ich verstehe nicht.“

Genau das ist der springende Punkt unserer Fehlkommunikation, das ist mir jetzt klar. Seine Stimme liebkost praktisch die Worte „mein Tribut“, und er merkt nicht einmal, dass ich mich, wenn ich so genannt werde, fühle, als ob ich als Individuum nicht geschätzt werde. Für ihn ist es die liebevollste Zuneigung, die er mir entgegenbringen kann.

Ich habe es nur nicht bemerkt.

„Ich liebe dich auch“, würge ich die Worte heraus. „Ich möchte bleiben und dein Tribut sein.“

Seine Augen weiten sich, seine Rüstung blitzt zu einem reinen, glänzenden Gold auf.

Ich keuche, als der Fleck auf meiner Schulter plötzlich brennt – das Gefühl ist so intensiv, dass ich nicht sagen kann, ob es schmerzhaft oder angenehm ist, und ich schreie auf. Ich bedecke die Stelle mit meiner Hand, als der Druck sich in Hitze verwandelt und mich umhüllt. Gavrill steht mir gegenüber und spiegelt meine Bewegung wider, seine große Hand bedeckt einen Fleck auf seinem Unterarm. Ich starre ihn an, während die Trauer und die Anspannung des vergangenen Zyklus dahinschmelzen und ein warmes Gefühl durch meinen Körper strömen lassen. Ich taumle auf ihn zu, plötzlich nicht gewillt, noch eine Sekunde länger ohne seine Berührung zu bleiben. Er streckt die Hand aus, um mich aufzufangen, meine Hände fallen in seine, und seine Rüstung gleitet zurück, bis zu seinen Ellbogen. Ich starre auf das tiefgoldene Symbol auf seinem Unterarm, das dunkler ist als der Rest seiner Haut. Wenn er ein Mensch wäre, wäre es, als hätte er ein Tattoo oder so etwas bekommen.

„Dawn." Ehrfurcht erfüllt seine Stimme. Ehrfurcht, Schock und reine Freude. Ich kann praktisch fühlen, wie es durch mich pulsiert ... nein, nein, ich *kann* es *wirklich* fühlen – seine Emotionen. Sie sind von meinen eigenen getrennt, mir völlig fremd, und doch fühlt es sich irgendwie auch richtig an. Seine Hand gleitet zu der markierten Stelle auf meiner Schulter und umrahmt sie mit seinen Fingern, und ich verrenke meinen Nacken, um sie zu sehen. Der juckende rote Fleck ist verschwunden. An seiner Stelle befindet sich ein leuchtend goldenes Mal, ein Kreis mit zarten Winkeln, wie der Schliff eines Diamanten.

„Was..." Ich lasse seine Hand los, um das Symbol zögerlich mit einem Finger zu berühren. Es tut nicht mehr weh oder juckt oder sonst was. Das glatte Design fühlt sich an, als wäre es schon immer da gewesen, wie eine alte Tätowierung. Und der Unterarm von Gavrill trägt ein identisches Tattoo.

Gavrill streckt die Hand aus, um den goldenen Kreis auf meiner Schulter nachzuzeichnen, wobei seine Berührung auf meinem ganzen Körper eine Gänsehaut auslöst. Okay, wenn er ihn berührt, fühlt es sich ganz anders an, und ein Glücksrausch breitet sich in meinem Körper aus.

„Das Band", sagt er leise. Meine Augen weiten sich, wir sehen uns an. Plötzlich durchströmt mich ein Gefühl, eine Flutwelle raubt mir den Atem. Ich halte mich an Gavrill fest und zittere ein wenig, während ich versuche, meine Gefühle einzuordnen. Eine seltsame Leichtigkeit hat die schlimme Qual ersetzt. Statt hohlem Schmerz ist da jetzt ein starkes Glühen, das wie ein Herzschlag pulsiert und direkt zu ...

Ich starre Gavrill an. Er ist da am Rande meiner Sinne wie ein fünftes Glied, nur größer, stärker und voller Wärme. Der Schmerz in meiner Brust ist verschwunden, erfüllt von einer Präsenz, einem zweiten Herzschlag, einem vollkommenen Frieden.

„Heilige Hölle." Meine Stimme ist belegt. „Bedeutet das, was ich denke, dass es bedeutet?"

„Wir teilen ein Zeichen." Gavrill streicht mir mit ehrfürchtigen Fingern über die Schulter. Sein Gesicht spiegelt meine eigene Ehrfurcht wider.

„Es ist ein Heli-Kristall", haucht Medik, „der die ewige Einheit symbolisiert". Er und der Rest der Offiziere an Deck starren uns an.

„Das Band ist vollständig", murmelt Gavrill und zieht mich zu sich heran. Ich spüre eine Besorgnis in seinen Emotionen. „Bist du jetzt sicher, dass du bei mir bleiben willst?"

„Ja." Ich drücke meine Fingerspitzen gegen seine Brust, schaue zu ihm auf, damit er die Aufrichtigkeit in meinen

Augen sieht, und wünsche mir, dass er mich so leicht fühlen kann wie ich ihn. „Ich wollte nie gehen. Ich wollte nur dir gehören."

„Du gehörst mir", sagt er und lächelt mich an. Niemand seufzt, aber ich schwöre, die gesamte Brückencrew summt praktisch vor Genugtuung über die Romantik des Augenblicks, völlig hingerissen von dem Drama, das sich zwischen Gavrill und mir abspielt. „Meine Gefangene. So wie ich deiner bin. Das Band knüpft uns aneinander."

„Was ist mit deiner Pflicht?"

„Du bist meine tsenturische Gefährtin. Wir werden es herausfinden. Gemeinsam." Das Band zwischen uns summt ein wenig und erfüllt mein Herz mit fröhlicher Musik. Ich trete einen Moment zurück, die Hand auf meiner Brust, während Wärme über mich strömt. Gavrill lässt mich gehen, als ob er versteht, dass ich einen Moment zum Verschnaufen brauche. Um in dieser unglaublichen Flut der Liebe meinen Halt zu finden. Die Leinwand über meinem Kopf zeigt nichts als schwarzen, leeren Raum. Mein Herz klopft gegen meine Handfläche, während ich mich in der neuen Strömung wiederfinde, die zwischen uns fließt. Ich bin immer noch ich, und er ist immer noch er selbst, aber wenn wir uns hingeben, sind wir auch eins. Es reicht, um ein Leben lang die Einsamkeit zu überwinden.

Ich drehe mich wieder zu Gavrill um. Mein Blick trifft seinen, und eine neue Welle der Wärme erfüllt mich. Ein Stich, und sie könnte sich aus meiner Haut ergießen und die Brücke, das Schiff, den schwarzen samtenen Raum bis zum nächsten Stern und darüber hinaus füllen.

Ich öffne meinen Mund, um ihm all dies zu sagen, aber er weiß es bereits. Alles, was ich sagen könnte, würde rührselig klingen. Es gibt keine Worte, um es zu beschreiben.

Vielleicht werde ich welche erfinden. Ich habe tausend Zyklen, um mir etwas einfallen zu lassen.

Um mich herum blitzt goldenes Licht aus den Anzügen der Krieger und lässt die Brücke aussehen, als wären wir in warmes Sonnenlicht getaucht. Alle, sogar die von Bogdan. Die ganze Rasse profitiert von dem Wissen, dass unsere Verbindung vollständig ist.

Es ist trotzdem ein wenig peinlich, dass so etwas Intimes vor aller Augen passiert ist.

„Ich, äh, habe deine Schicht unterbrochen." Ich erröte und werde etwas schüchtern, als die Blicke aller auf mich gerichtet sind.

„Ja", Gavrill passt sich meinem neutralen Ton an. „Aber die Unterbrechung hat sich gelohnt."

„Ich bin nicht in Schwierigkeiten, weil ich ohne Erlaubnis auf die Brücke gekommen bin?"

Schalk glänzt in seinen Augen, und er tritt auf mich zu. Ach, Mist. Ich muss nicht im Einklang mit seinen Gefühlen sein, um zu wissen, was seine Absichten sind.

„Das habe ich nicht gesagt. Schließlich", fährt er in einem lauteren Ton fort, „können wir Krieger nicht zulassen, dass unsere Tribute das Protokoll mit Füßen treten. Wenn wir in das Quartier zurückkehren, muss ich dich wohl bestrafen."

Ich hebe mein Kinn, um etwas Trotziges zu sagen, als der Aufzug hinter mir sich öffnet. Ich drehe mich um, um zu sehen, ob Medik gegangen ist, aber nein, er steht neben der Tür. Corin steigt aus dem Lift aus. Uh oh.

„Zum Glück", sagt Gavrill, während ich den Kopf zurückwerfe, um ihn anzuschauen. „Ich bin jetzt offiziell außer Dienst." Das verschmitzte Lächeln, das er mir zuwirft, bringt mich dazu, meine Oberschenkel zusammenzudrücken, während meine Hände sich nach hinten bewegen, um meinen Po zu bedecken. Gavrill deutet auf eine Stelle vor ihm und befiehlt leise: „Komm her!"

Ich zögere, mein Kopf dreht sich zurück zur Tür und zum Aufzug ...

„Dawn", warnt Gavrill. Eine Sekunde, bevor ich beschließe, loszurennen, kommt er vorwärts und duckt sich im letzten Moment, um seine Schulter in Höhe meines Bauches zu bringen. Er hebt mich leicht hoch mit dem Griff eines Feuerwehrmanns, während ich quieke.

„Corin, du hast das Kommando, da mein Tribut meine Aufmerksamkeit erfordert", kündigt er an. Auf der Brücke ertönt Jubel, zusammen mit einigen schmutzigen Vorschlägen, die mich heftig erröten lassen. Mit einer Hand greift Gavrill mir an die Arschbacke und hält mich fest, während er auf Bogdan zeigt.

„Du bist der Nächste", sagt Gavrill zu ihm, und ich habe die Genugtuung, den Anzug des mürrischen Kriegers weiß werden zu sehen. Ich lache, während ich auf Gavrills Schultern balanciere. Er klatscht mit der Hand gegen meinen Hintern, und ich keuche.

„Ich bin noch nicht fertig mit dir, du Ungezogene", knurrt der High Commander, als er mich zum Lift trägt, wobei seine harten Finger fest in die weiche Arschbacke drücken. „Es ist Zeit, dass du lernst, deinen Meister zu respektieren."

Meine Muskeln verkrampfen sich in gespannter Erwartung.

~

GAVRILL

. . .

KAUM GLEITET die Tür zu unserem Quartier zu, werfe ich Dawn auf das Bett. Ich greife den Saum ihres Kleides und zerre es ihr vom Körper, zerreiße es direkt in der Mitte, während ich die Nanotechnik ihres Gürtels zurückweichen lasse und ihren Körper entblöße. Mein Schwanz steht in einem spitzen Winkel von meinem Körper ab, meine *Seela* zittern und bewegen sich in der Luft und wollen zu ihr. Anstatt Dawns Hüften zu fassen und in ihren Körper einzudringen, lege ich mich über sie, mein Körper auf ihrem, aber noch nicht in ihr.

„Du gehörst mir", sage ich und stütze mich auf meine Unterarme und zeichne den goldenen Rand ihres Zeichens nach. Eine wahre, vollständige Tsenturion-Bindung. Ich kann sie in meinem Kopf spüren – glücklich, warm, liebevoll ... Sie füllt eine Leere, von der ich nicht einmal wusste, dass sie da war. Es ist seltsam, meine Gefühle mit ihr zu teilen, aber es fühlt sich auch richtig an.

„Ja", atmet sie und hebt ihr Gesicht für einen Kuss. Ich senke meinen Kopf, um ihre Lippen zu nehmen, halte aber kurz inne und streiche meine gegen ihre, während ich nach oben greife, um ihre Brustwarze zu kneifen. Sie quietscht angesichts des kleinen Schmerzes, aber ich spüre auch ihre Erregung trotz des Protests.

„Ja, was?"

„Ja, Meister", kichert sie. Ich rolle uns beide herum und erhebe mich, um sie über meine breiten Oberschenkel zu legen, ihr Hintern nach oben gedreht. bereit für meine Handfläche.

Klatsch! Klatsch! Klatsch!

Der Klang hallt von den Wänden wider, durchsetzt von ihren Schreien. Ich male ihre Backen mit meiner harten Hand rosa und versohle sie schnell, aber nicht hart. Die Erregung, die von ihr ausgeht, steigert sich, und mein

Schwanz sehnt sich danach, in ihr zu sein. Ich halte lange genug inne, um dem Trainer zu befehlen, die Falte zwischen ihren Backen zu befeuchten und ihr hinteres Loch zu füllen.

Als ich sie auf meinem Schoß weiter nach vorne schiebe, streicheln meine *Seela* ihre Klitoris und ihre feuchten Falten und necken ihre empfindlichen Stellen, während ich wieder anfange, ihr den Hintern zu versohlen. Diesmal kommt meine Hand härter nach unten, auf bereits rosa Wangen.

Klatsch!

„Gavrill! Gavrill! Bitte!"

Klatsch!

Sie schaudert, als meine *Prime-Seela* ihre Klitoris umkreist, während meine Hand gegen ihren zarten Hintern klatscht. Der Anblick ihres Trainers, der ihre roten Backen teilt und sich in ihren Arsch gräbt, treibt mich zu größeren Höhen.

Klatsch!

~

Dawn

„MEISTER, *bitte ... ich brauche dich!*"

Ich habe das Gefühl, dass ich kurz davor bin, vor all den Empfindungen, die mich erfüllen, zu explodieren. Der Schmerz, die Lust ... mein Verlangen, seine Leidenschaft ...

Klatsch!

„*Meister!*" Ein Schluchzen steigt in meiner Kehle auf. Mein Hintern verkrampft sich um den Trainer, als er in mir dicker wird und leicht summt, wie ein Vibrator.

Als er mich plötzlich aufhebt und wieder auf den

Rücken legt, schreie ich auf, weil der Trainer tiefer eindringt, während mein wundes Gesäß durch den Aufprall meines Gewichts auf das Bett brennt. Dann liegt er auf mir, sein Schwanz stößt in mich hinein, seine Hände drücken meine über meinen Kopf und halten sie dort fest, während sein Mund sich auf meinen senkt.

Oberschenkel an Oberschenkel, Hüfte an Hüfte, Brust an Brust. Zeichen an Zeichen. Das Vergnügen pulsiert von meinem Zeichen zu seinem.

Er stößt hart und schnell. Meine Beine schlingen sich um ihn, während seine Zunge gegen meine gleitet. Ich spüre ihn in mir, wie er mich dehnt und ausfüllt. Die Nanotech in meinem Arsch summt schneller, schwillt an, während ich seinen Schwanz umklammere. Meine Klitoris pulsiert gegen seine *Prime-Seela*, während sie mich jedes Mal streichelt, wenn er in mich eindringt.

Ich wölbe mich, meine Brüste reiben an seiner Brust, während seine Hände meine Handgelenke fester umschlingen. Als unsere Leidenschaft wächst, fühle ich, wie sich seine *Seela* an meiner Muschi festhält. Die Ranken ziehen uns näher aneinander und fügen uns zusammen, während wir beide in Ekstase schreien. Der Aufstieg und das Abebben unserer gemeinsamen Orgasmen fließt zwischen uns, Lust auf Lust, seine und meine zusammen, bis sich die Intensität hundert-, tausendmal verstärkt.

Ich sehe keine Sterne ... ich sehe Galaxien.

Aber langsam kehren wir zum Schiff zurück, zueinander. Unser Atem verlangsamt sich. Die Ekstase ebbt ab. Ich schnappe nach Luft und schmiege meinen Kopf an seine Schulter. Ich fühle ein Zittern am ganzen Körper.

„Dawn. Meine Dawn. Mein Tribut." Seine Lippen bewegen sich über meine Schläfen, und ich spüre die vollkommene Liebe, die Ehrfurcht, das Glück, das jedes Wort durchdringt.

Jetzt verstehe ich, dass es keine Rolle spielt, ob er mich mit meinem Namen oder mit meinem Titel anspricht. Beides bedeutet für ihn das Gleiche – seine *Liebe*.

„Mein Gavrill", flüstere ich zurück und spitze meine Lippen, um die Unterseite seines kantigen Kinns zu küssen. „Mein Meister."

Meine Liebe.

Allen Widrigkeiten zum Trotz haben wir unser Happy End gefunden ... und ich fühle mich nicht mehr so schlecht wegen des Tribute-Programms. Jede Frau sollte die Chance haben, dasselbe Glück zu finden.

EPILOG

Pareena

Piep. Piep. Piep. Ich hätte nie gedacht, dass das Summen von Krankenhausmaschinen zum Soundtrack meines Lebens werden würde. Aber das Geräusch, zusammen mit dem Rasseln des Atems in meiner Brust, sagt mir, dass ich am Leben bin. Der Ton ist süß, weil ich ihn nicht mehr lange hören werde.

In Krankenhäusern ist es nie still. Ein nicht enden wollender Strom von Ärzten, Krankenschwestern und Mitarbeitern der Verpflegungsdienste kommt herein, prüft die Krankenblätter, bringt die Essenstabletts und holt sie ab. Die Ärzte runzeln die Stirn. Die Krankenschwestern murmeln „Wie geht's dir, Liebes" und zwingen sich zum Lächeln, während sie meine Kissen aufschütteln und meine Vitalzeichen überprüfen. Die Leute vom Food Service sagen nichts, wenn sie die Tabletts abholen und ich den Großteil meiner Mahlzeit nicht gegessen haben. Ich schaffe nur ein paar Bissen am Tag, ein weiteres Zeichen dafür, dass ich den Rest meines Lebens in Minuten und Stunden messen kann, und nicht in Wochen und Jahren.

Ich war früher so beschäftigt. Früher war ich einer der Angestellten im weißen Kittel, die an den Türen der Patienten vorbeieilen. Ich hasste es, zu spät zu kommen, zu warten und Smalltalk zu machen. Ich hatte so viel Zeit, dass ich den Luxus besaß, mich darüber zu beschweren, dass ich keine Zeit hatte.

Jetzt werden meine Sekunden durch das *tropf, tropf, tropf* meiner Infusion gemessen. Ich habe nichts anderes zu tun, als zu dösen oder mir dumme Sitcoms auf dem winzigen Fernseher anzusehen, der in der Ecke meines Zimmers hängt. Ich bin sowohl zu früh als auch zu spät für meinem Tod, ich warte nicht gerne. Ich habe nichts mehr zu tun als zu sterben.

Meine Finger krabbeln an die Bettkante und finden die glatte Oberfläche meines neuen besten Freundes – ein glänzend schwarzer E-Reader. Ich weiß nicht, wer ihn auf meinem Krankenhausbett liegen gelassen hat, aber er ist voller Geschichten, die ich mir nie zuvor zu lesen gestattet hatte. Diejenigen, die ich in der Bibliothek gemieden hatte – diejenigen mit kräftigen Typen ohne Hemd auf dem Umschlag, mit sehnigen Muskeln und einer weiteren Wölbung, die die Vorderseite ihrer engen Hosen dehnt. Ich war immer versucht, sie zu lesen, aber es war mir zu peinlich. Ich war so ein elitärer Feigling. Ich habe so viel verpasst.

Der Tribut erhebt sich aus der Jabol-Kapsel. Ihr Körper ist geschmeidig und stark, alle Narben aus ihrer Vergangenheit sind verschwunden. Ihre Haut leuchtet und ihr Haar fällt in glänzenden Wellen bis zu ihrer Taille.

Das ist definitiv ein Hirngespinst. Ich habe schon lange keine Haare mehr gehabt. Die Chemo hat mir alle Haare genommen, sogar meine Augenbrauen.

Ihr tsenturischer Meister steht auf dem Empfangsdeck, um sie zu begrüßen. Sein Anzug umschließt und betont seinen starken Körper, glitzernd grau, was seine Ungeduld widerspiegelt. Als sein weiblicher Tribut naht, schimmert der Anzug silbrig glänzend. Bis sie den langen Weg zurückgelegt hat, um vor ihm zu stehen, hat sich das Silber in Gold verwandelt.

Sie ist ein würdiger Tribut.

Ich beende die Geschichte und seufze. Eine Tsenturion-Braut zu werden, klingt gerade jetzt großartig. Repariere all meine Unvollkommenheiten und heile meine Krankheit. Ersetze die Krebszellen durch gesunde. Wirf noch ein Paar Augenbrauen dazu, und es würde sich lohnen, sich entführen zu lassen.

Ich klicke zurück zum Anfang der Geschichte und bin bereit, sie noch einmal zu lesen, aber während ich zum ersten Kapitel streiche, blinkt der E-Reader einige Male. Ein neuer Bildschirm erscheint.

Befragungsphase einleiten.

Neue Wörter bilden sich auf dem Bildschirm: *Bist du Dr. Pareena Singh?*

Ich werde schlagartig richtig wach und schaue mich im leeren Krankenhauszimmer um. Wie hat das Gerät meinen Namen erfahren?

Der E-Reader zwitschert ein wenig, als ob er mich daran erinnern möchte, die Frage zu beantworten. *Bist du Dr. Pareena Singh?*

Ich klicke auf „Identität bestätigen" und gebe nach Aufforderung meinen vollständigen Namen und Titel ein. Seit ich nach dem Scheitern der ersten Chemo-Runde nicht mehr als Psychologin arbeite, habe ich mit meinem Titel nicht mehr benutzt. Das Personal hier weiß nicht, dass ich einen Doktortitel habe.

Es fühlt sich gut an, erkannt und anerkannt zu werden. Ich drehe den E-Reader um und achte auf Anzeichen dafür, dass sich jemand daran zu schaffen gemacht hat. Wer immer ihn mir geschickt hat, muss ihn mit meinem Namen programmiert haben.

Eine weitere Frage erscheint auf dem Bildschirm. *Hast du Kinder?*

Was zum Teufel? Das ist distanzlos. Ich sollte das Ding aus Protest wegwerfen. Stattdessen tippe ich wütend auf „Nein". Mir muss wirklich langweilig sein.

Eine weitere Frage erscheint auf dem Bildschirm. Das Ding zwitschert weiter, also antworte ich weiter.

Mehr als eine Stunde später lege ich mich erschöpft in den Kissen. Ich habe über hundert Fragen beantwortet. Sie kamen einfach, immer weiter, und fragten mich aus, über meine Familie, meine Karriere, sogar ob ich eine Katze hätte oder nicht. Das erinnerte mich an eine Dating-Seite, auf der ich mich durch eine meiner Freundinnen angemeldet hatte – alle Fragen beantworten, und sie stellen dir deine wahre Liebe vor. Nach meiner Diagnose hörte ich auf, mich zu verabreden. Ich wollte meine wahre Liebe nicht finden, nur um ihm dann zu sagen, dass ich nur noch ein paar Jahre zu leben hatte.

Ich schließe meine Augen für einen Moment, bis das Gerät ungeduldig piept. Neue Wörter schwimmen über den Bildschirm.

<Nach rechts streichen, um entführt zu werden>

Das ist neu. Der Text blinkt mir zu, grün.

<Nach rechts streichen, um entführt zu werden>

Das muss das seltsamste Computerspiel sein, das je erfunden wurde.

<Nach rechts streichen, um entführt zu werden>

Nun, was kann es schaden? Ich berühre den Bildschirm mit einem Finger und drücke ihn leicht darauf, um ihn zu stabilisieren. Meine Hände sind knochig mit hervorstehenden Venen. Sie sehen aus, als gehörten sie einer viel älteren Frau.

<Doktor Pareena Singh> Mein Name läuft noch einmal über den Bildschirm. *<Nach rechts streichen, um entführt zu werden>*

Was soll's. Ich liege in diesem Krankenhausbett und sterbe an Krebs, Stadium IV. Mein E-Reader will, dass ich nach rechts streiche, um ein dummes Spiel zu spielen?

Ich habe nichts zu verlieren.

Ich lege einen zitternden Finger auf den Bildschirm. Der E-Reader gibt ein ermutigendes Zwitschern von sich, während ich meinen Finger langsam nach rechts gleite. Der Bildschirm beginnt zu leuchten.

Passiert jetzt etwas mit meinen Augen? Die Ärzte haben nichts davon erwähnt, dass meine Augen möglicherweise betroffen sind, aber ich bin mir nicht sicher, ob das etwas zu bedeuten hat. Heutzutage sagen sie mir vieles nicht mehr, wenn sie meinen, ich müsse es nicht wissen.

Ich kann meinen Blick nicht losreißen, um den Rufknopf für die Krankenschwester zu finden, obwohl ... es ist, als ob der Bildschirm in Regenbögen zerbricht und mein Gesichtsfeld ausfüllt ... und es ist wunderschön. Etwas zerrt an mir, zieht an meinem Körper.

Sterbe ich endlich? Ist dies das Licht, auf das ich zugehen soll?

Ich öffne meinen Mund, um nach Hilfe zu rufen – ich bin noch nicht bereit, aber da ist keine Luft, und plötzlich fühlt es sich an, als wären enge Bänder um meine Brust, die mich zum Licht ziehen. Ich bin verzweifelt, Tränen laufen die Wangen hinunter. Ich hatte gehofft, meinen Tod akzeptieren zu können, aber jetzt habe ich keine Wahl.

Ringe aus Licht platzen vor mir, als die Dunkelheit näher rückt. Der Schmerz, der sich dank des Morphiums zum Glück weit entfernt anfühlt, wirbelt in mir, während ich auseinanderbreche.

Mein letzter Gedanke ist traurig.

Ich bin noch nicht so weit.

EIN KLICK AUSSERIRDISCHER TRIBUT, Buch 2 in der Reihe Tsenturion Masters!

AUSSERIRDISCHER TRIBUT

~Nach rechts streichen, um entführt zu werden~

Vor zwei Minuten lag ich in noch meinem Krankenhausbett und wartete darauf, an Krebs zu sterben, während ich auf einem mysteriöserweise aufgetauchten E-Reader eine großartige Sci-Fi-Romanze las.

Jetzt bin ich in einer anderen Galaxie, krebsfrei. Die Außerirdischen haben mich entführt, weil sie wollen, dass ich die Braut eines ihrer Krieger werde. Seltsam. Das Ganze klingt sehr nach der Geschichte, die ich gerade gelesen habe ...

Nur, der mürrische Krieger, der mich besitzen soll, **will gar keine Gefährtin.**

Haftungsausschluss: Die Autorinnen sind nicht verantwortlich für tatsächliche Entführungen durch Außerirdische, die sich nach dem Kauf dieses Buches ereignen könnten.

~

„Okay", sage ich. „Ich bin also ein Tribut ... und was jetzt?"

Frllil beobachtet mich mit einem Hauch ängstlicher Vorsicht, und ich gewöhne mich langsam an sein seltsames Aussehen, aber es ist immer noch unheimlich, wenn er breit lächelt. Es kommt einem echten, menschlichen Lächeln sehr nahe, aber die Tatsache, dass es so menschenähnlich ist, macht es irgendwie eher beunruhigender. Das ist der Uncanny-Valley-Effekt – oder die Akzeptanzlücke –, aber das Wissen darum macht es nicht weniger seltsam.

„Ich muss sagen, du nimmst das viel besser auf als der letzte Tribut", sagt er und klingt sehr erleichtert.

„Gibt es eine Möglichkeit zu entkommen?" Ich frage, weil er anscheinend erwartet, dass ich etwas sage.

Frllil schüttelt den Kopf. Sein Gesichtsausdruck ändert sich nicht – es tut ihm nicht leid. Wenn überhaupt, sieht er zufrieden aus. „Es gibt keine Möglichkeit für dich, in das Wurmloch zu gelangen, durch das du gekommen bist, und eine Rückreise wäre auch nicht ratsam, selbst mit den Verbesserungen, die ich an deiner körperlichen Form vorgenommen habe."

Ich zucke mit den Achseln. „Dann ist Widerstand zwecklos. Was also kommt als Nächstes?"

„Jetzt beginnen wir mit deinem Training."

Alien Tribute: Lesen Sie die Geschichte von Bogdan und Pareena!

ANMERKUNG DER AUTORINNEN

Es waren einmal in einem Coffeeshop, weit, weit weg, zwei Autorinnen, die trafen sich, um über das Lesen von Büchern, das Schreiben von Büchern, das Veröffentlichen von Büchern, Cosplay und noch mehr Bücher zu sprechen. Das Gespräch wandte sich dann ganz natürlich und selbstverständlich riesigen außerirdischen Schwänzen zu.

Okay, vielleicht ist es nicht ganz genau so passiert, aber bei Suppe und Salat begannen wir, den Keim einer Geschichte zu legen. Diese Saat hat Wurzeln geschlagen, und jetzt halten Sie dieses Buch in den Händen. Wenn es Ihnen gefällt, lassen Sie es uns bitte wissen – wir haben Pläne, die Serie fortzusetzen, beginnend mit Bogdans Buch. Wenn Sie uns nerven, bekommen Sie es vielleicht sogar schon früher ...

Liebe Grüße an unsere Lektorin Miranda, unsere Autorenfreunde und Familien, die uns unterstützt haben, an die Goddesses und Angel Legion auf Facebook. Und an Sie, die Sie dieses Buch bis zum Ende gelesen haben.

XOXO

Golden & Lee

ÜBER LEE SAVINO

Lee Savino ist US-amerikanische Bestsellerautorin, Mutter und Schokoholic.

Warnung: Lesen Sie nicht ihre Berserker-Serie, sonst werden Sie süchtig nach den riesigen, dominanten Kriegern, die vor nichts zurückschrecken werden, um ihre Gefährtinnen in Besitz zu nehmen.

Ich wiederhole: Die Berserker-Saga. Nicht. Lesen. Schon gar nicht den heißen Auszug auf der nächsten Seite ...

Laden Sie ein kostenloses Buch von www.leesavino.com herunter (Lesen Sie das auch nicht! Zu heiß, zu sexy, zu knisternd).

VERKAUFT AN DIE BERSERKER

Am Tag, als mich mein Stiefvater an die Berserker verkaufte, erwachte ich im Morgengrauen, und er blickte anzüglich auf mich herab. »Steh auf.« Als er dazu ansetzte, mich zu treten, schüttelte ich hastig die schlaftrunkene Benommenheit ab und rappelte mich auf die Beine.

»Ich brauche deine Hilfe bei einer Lieferung.«

Nickend spähte ich zu meiner Mutter und meinen Geschwistern, die tief und fest schliefen. Mir gefiel es nicht, wenn sich mein Stiefvater in der Nähe meiner drei jüngeren Schwestern aufhielt, aber wenn ich den ganzen Tag mit ihm unterwegs wäre, dann wären sie in Sicherheit. Ich hatte mir angewöhnt, einen Dolch bei mir zu tragen. Zwar wagte ich nicht, den Mann zu töten – wir brauchten ihn, damit er uns ernährte und beschützte –, aber wenn er mich noch einmal angriffe, würde ich kämpfen.

Der zweite Gemahl meiner Mutter hasste mich, seit er zuletzt versucht hatte, mich zu nehmen, und ich mich zur Wehr gesetzt hatte. Damals war meine Mutter zum Markt gegangen, und als er versuchte, mich zu packen, schnappte etwas in mir über. Ich wollte mich nicht noch einmal von ihm anfassen lassen. Erbittert setzte ich mich zur Wehr, trat um mich und kratzte, bis ich schließlich einen Topf aus Eisen zu fassen bekam und meinen Stiefvater mit heißem Wasser versengte.

Er brüllte wie am Spieß und sah aus, als wollte er mich verletzen, aber er blieb auf Abstand. Als meine Mutter zurückkam, tat er so, als wäre alles in Ordnung, aber seine Blicke folgten mir voll Hass und mit einem verschlagenen Ausdruck.

Er bezeichnete mich offen als hässlich und machte sich über die Narben lustig, die meinen Hals verunstalteten, seit mich ein wilder Hund angegriffen hatte, als ich klein war. Ich achtete nicht darauf und hielt mich von ihm fern. Hänseleien wegen meines hässlichen Gesichts hörte ich schon, seit die Wunden verheilt und zu einer Masse silbrigen Narbengewebes an meinem Hals geworden waren.

An jenem Morgen wickelte ich mir ein Kopftuch über die Haare und meinen narbigen Hals, dann folgte ich meinem Stiefvater, trug seine Waren die alte Straße hinab. Zuerst dachte ich, wir wären unterwegs zum großen Markt. Als wir jedoch die Gabelung erreichten und er einen mir unbekannten Pfad einschlug, zögerte ich. Irgendetwas stimmte nicht.

»Hier lang, Töle.« Er hatte sich angewöhnt, mich mit verschiedenen Bezeichnungen für »Hund« anzusprechen. Als Begründung hatte er mir genannt, dass ich nur noch Laute von mir gab, die sich wie das Grunzen eines Tiers anhörten, ich also praktisch ein Tier wäre. Er hatte recht. Der Angriff damals hatte mir durch die Verletzung am Hals die Stimme geraubt.

Wenn ich ihm in den Wald folgte und er mich zu töten versuchte, könnte ich nicht einmal schreien.

»Ein reicher Mann hat darum ersucht, dass ihm die Waren vor die Tür geliefert werden.« Er marschierte weiter, ohne zurückzuschauen, ob ich ihm folgte.

Ich habe mein gesamtes Leben im Königreich Alba verbracht, aber als meine Mutter nach dem Tod meines Vaters wieder geheiratet hatte, waren wir ins Dorf meines Stiefvaters im Hochland am Fuß der hohen, abschreckenden Berge gezogen. Es kursierten Geschichten über etwas Böses, das angeblich in den dunklen Winkeln des Höhenzugs hauste, aber ich hatte sie nie geglaubt.

Dafür wusste ich, dass genug Monster direkt vor unseren Augen lebten.

Je länger wir marschierten, desto tiefer sank die Sonne am Himmel und desto ausgeprägter wurde meine Ahnung, dass mich mein Stiefvater überlisten wollte. Es gab keinen reichen Mann, der auf diese Waren wartete. Mittlerweile war mein Stiefvater so weit vorausgegangen, dass ich ihn nicht mehr sehen konnte.

Als der Weg eine Kurve beschrieb und mein Stiefvater hinter einem Felsblock hervorsprang, um mich zu überrumpeln, war ich zwar halb darauf gefasst, doch bevor ich meinen Dolch ziehen konnte, schlug er mich so hart, dass ich fiel.

Ich erwachte an einen Baum gefesselt.

Das Licht der Sonne war geschwunden, die Abenddämmerung setzte ein. Stumm kämpfte ich gegen die Fesseln an. Panische Laute drangen aus meiner Kehle. Mein Stiefvater trat in Sicht. Einen Wimpernschlag lang verspürte ich Erleichterung über ein vertrautes Gesicht – bis mir einfiel, welche Gräuel dieser Mann meinem Körper antun wollte.

Was immer er vorhatte, es verhieß nichts Gutes für mich und meine jüngeren Schwestern. Wenn ich nicht überlebte, würde sie letztlich dasselbe Schicksal ereilen wie mich.

»Du bist wach«, stellte er fest. »Gerade rechtzeitig für den Verkauf.«

Wieder zerrte ich an den Fesseln, doch sie gaben nicht nach. Als sich mein Stiefvater näherte, bemerkte ich, dass mein Kopftuch fehlte, das ich mir um den Hals gewickelt hatte, um die Narben zu verstecken. Aus Gewohnheit drehte ich den Kopf weg, zog die hässliche Seite an die Schulter.

Mein Stiefvater schmunzelte.

»So hässlich«, verhöhnte er mich. »Einen Ehemann könnte ich niemals für dich finden, aber wenigstens habe ich jemanden aufgetan, der dich überhaupt nimmt. Eine Gruppe Krieger auf der Durchreise hat dich gesehen. Sie wollen ihre Lust an deinem Körper ausleben. Wer weiß, wenn du sie erfreust, lassen sie dich vielleicht am Leben. Aber ich bezweifle, dass du diese Männer überleben wirst. Sie sind Fremde, Söldner, hergekommen, um für den König zu kämpfen. Berserker. Falls du Glück hast, stirbst du schnell, wenn sie dich in Stücke reißen.«

Ich hatte die Geschichten über die Berserker gehört. Furchterregende Krieger aus alten Zeiten. Sie schienen nie zu altern und segelten über die Meere in unser Land, plünderten, töteten, versklavten, kämpften für unsere Könige ebenso wie für ihre eigenen. Nichts vermochte, sie aufzuhalten, wenn sie in blutrünstige Raserei verfielen.

Ich bemühte mich, mir meine Angst nicht anmerken zu lassen. Berserker waren ein Mythos. Viel eher hatte mich mein Stiefvater an einen Trupp vorbeiziehender Soldaten verkauft, die sich mit meinem Körper vergnügen wollten, bevor sie mich tot zurücklassen oder weiterverkaufen würden.

»Ich hätte dich schon längst verscherbeln können, wenn ich dich nackt ausgezogen und dir einen Sack über den Kopf gestülpt hätte, um diese Narben zu verbergen.«

Seine Hände betatschten mich, und ich schrak vor seinem widerlichem Atem zurück. Er schlug mich, dann zerrte er an meinem Zopf, bis mir die Haare offen über das Gesicht und die Schultern fielen.

Da ich gefesselt war, konnte ich ihn nur vernichtend anstarren. Ich konnte zwar nichts tun, um den Verkauf zu verhindern, aber ich hoffte, mein wilder Gesichtsausdruck würde ihm verraten, dass ich bis zum Tod kämpfen würde, falls er versuchte, mich mit Gewalt zu nehmen.

Seine Hand wanderte abwärts auf meine Brüste zu, als sich am Rand der Lichtung ein Schatten regte. Die Bewegung erregte meine Aufmerksamkeit, und ich erschrak. Mein Stiefvater trat zurück, als die Krieger zwischen den Bäumen hervorströmten.

Mein erster Gedanke war, dass es sich nicht um Menschen, sondern um Tiere handelte. Sie schlichen vorwärts, dunkle Schemen, beinah eins mit den Schatten. Einige trugen Tierfelle und blieben im Hintergrund, drücken sich am Rand des Walds herum. Zwei in Kriegeraufmachung kamen näher, bis an die Zähne bewaffnet. Einer besaß dunkles Haar, der andere eine lange, schmutzig-blonde Mähne und einen dazu passenden Bart.

Ihre Augen leuchteten mit einem furchterregenden Licht.

Als sie sich näherten, erfasste uns der Geruch von rohem Fleisch und Blut, und mir drehte sich der Magen um. Ich war froh, dass mir mein Stiefvater den ganzen Tag nichts zu essen gegeben hatte, sonst hätte ich meine Eingeweide auf den Boden entleert.

Die Züge meines Stiefvaters und sein Ton nahmen

diesen schmeichlerischen Ausdruck an, den er immer dann hatte, wenn er auf dem Markt etwas verkaufte.

»Guten Abend, meine Herren.« Kriecherisch verbeugte er sich vor dem Größten der Neuankömmlinge, dem Blonden mit Haar, das sich über seine Brust ergoss.

Die Männer blieben stumm, aber der Blonde trat näher, richtete den Blick seltsamer, goldener Augen auf mich.

Die Gesichter dieser Fremden erwiesen sich als recht ansehnlich, aber ihre muskelbepackten Gestalten und ihre schnelle, geschmeidige Art, sich zu bewegen, ließen mir den Atem stocken. So kraftstrotzende Männer hatte ich noch nie zuvor gesehen. Neben ihnen nahm sich mein Stiefvater wie ein hässlicher Zwerg aus.

»Das ist die Frau, die ihr wolltet«, sagte meine Stiefvater. »Sie ist gesund und stark. Sie wird euch eine gute Sklavin sein.«

Wären meine Fesseln nicht so fest angezogen gewesen, mein Körper hätte vor Grauen gezittert.

Ein dunkelhaariger Krieger stellte sich neben den Blonden, und die beiden wechselten einen Blick.

»Ihr habt nach der mit den Narben verlangt.« Mein Stiefvater nahm mein Haar und zog mit einem Ruck meinen Kopf zurück, entblößte die schrecklich anzusehende, silbrige Haut. Ich schloss die Augen, presste vor Schmerz und Erniedrigung bittere Tränen zwischen den Lidern hervor.

Als Nächstes bemerkte ich, dass sich der Griff meines Stiefvaters lockerte. Ein Grunzen ertönte. Als ich die Augen aufschlug, stellte ich fest, dass der dunkelhaarige Krieger an meiner Seite stand. Mein Stiefvater lag ausgestreckt auf dem Boden, als wäre er gestoßen worden.

Der blonde Anführer stupste mit einem Stiefel die Seite meines Stiefvaters.

»Steh auf«, verlangte der Blonde mit einer Stimme, die eher einem Knurren glich als einem menschlichen Laut. Mir gerann das Blut in den Adern. Mein Stiefvater rappelte sich auf die Beine.

Der Schwarzhaarige schnitt meine Fesseln durch, und ich sackte nach vorn. Ich wäre gefallen, aber er fing mich mühelos auf, stellte mich auf die Füße und ließ die Arme um mich gelegt. Es gab gewiss kleinere Frauen als mich, doch er war ein Riese. Muskeln traten an seinen Armen und seiner Brust hervor, während er mich behutsam festhielt. Ich starrte ihn an, ließ sein rabenschwarzes Haar und die seltsam goldenen Augen auf mich wirken.

Er zog mich näher an seinen kraftvollen Körper.

Mein Stiefvater stimmte indes Gewimmer an. »Ich wollte euch nur die Narben zeigen ...«

Wieder dieses furchterregende Knurren von dem Blonden. »Du rührst nicht an, was uns gehört.«

»Ich will sie gar nicht anrühren«, spie mein Stiefvater hervor.

Unwillkürlich schmiegte ich mich an den Mann, der mich festhielt. Ein Fremder, dem ich noch nie zuvor begegnet war, fühlte sich für mich sicherer an als mein Stiefvater.

»Ich will mich nur vergewissern, dass ihr zufrieden seid, meine Herren. Wollt ihr sie ausprobieren?«, erkundigte sich mein Stiefvater in gehässigem Ton. Er hätte zu gern gesehen, wie ich in Stücke gerissen wurde.

Ein Knurren rumorte unter meinem Ohr, und ich hob den Kopf. Wer waren diese Männer, diese großen Krieger, die mich gekauft, für mich bezahlt hatten? Die Arme um meinen Körper waren stark, mächtig. Aus ihrem Griff gab es kein Entrinnen. Aber die goldenen Augen, die auf mich herabblickten, wirkten freundlich. Der Krieger fuhr mit dem Daumen über meine Lippen. Seine Finger fühlten sich viel zu zärtlich für einen so großen, gewalttätig aussehenden Kämpfer an. Unter dem Mief von Blut verströmte er einen sauberen Geruch von Schnee und klirrender Kälte.

Er drückte das Gesicht an meinen Kopf und atmete tief ein.

Der Blonde beobachtete uns.

»Sie ist es«, verkündete der Schwarzhaarige mit knurrender, so unglaublich kehliger Stimme. »Das ist die Richtige.«

Eine seiner Hände legte sich seitlich an meinen Kopf und meinen Hals, drückte mein Gesicht in einer schützenden Geste an seine Brust.

Ich schloss die Augen und entspannte mich an der soliden Wärme des Kriegerkörpers.

Gold klimperte, und der Handel wurde vollzogen. Ich war verkauft.

~

FAST SOFORT BEGANN DER KRIEGER, mich wegzuziehen.

Ich kämpfte gegen aufsteigende Panik an und wünschte, mein Stiefvater wäre nicht das letzte vertraute Gesicht, das ich sah.

»Leb wohl, Brenna.« Mein Stiefvater grinste, als die Krieger an ihm vorbeiströmten und ihrem blonden Anführer in den Wald folgten.

»Wartet.« Der Blonde blieb stehen. Prompt packten die anderen Krieger meinen Stiefvater. »Ihr Name ist Brenna?«

»Ja. Aber ihr habt sie gekauft. Nennt sie, wie ihr wollt.«

Der dunkelhaarige Krieger zog mich weiter. Halb folgte ich ihm, halb stolperte ich neben ihm einher. Meine Fingernägel bohrten sich in meine Handflächen, um zu verhindern, dass ich in Panik verfiel. Gegen den Hünen neben mir zu kämpfen, kam nicht infrage. Ebenso wenig Sinn hätte der Versuch, vor ihm wegzulaufen.

Der Blonde gesellte sich zu uns, und die beiden Krieger zogen mich in den dunklen Hain. Schreckliche Gedanken fluteten meinen Geist. Ich gehörte diesen Männern – sie würden sich an mir vergehen, ihre Lust an meinem Körper befriedigen und mir dann die Kehle durchschneiden, bevor sie mich für die Wölfe zurücklassen würden.

Tränen traten mir in die Augen, sowohl vor Zorn als auch vor Angst.

Plötzlich blieben die zwei Männer im Einklang stehen und hielten mich zwischen ihnen fest. Trotzig schloss ich die Augen, und Tränen quollen unter den Lidern hervor.

Während der Heilung damals nach dem Angriff brachte ich noch ein paar Laute heraus – grausige Geräusche, die wie von einem Tier klangen. Ich fand sie so hässlich, dass ich gänzlich aufgehört hatte, etwas von mir zu geben. Manchmal, wenn ich allein war, tauchte ich in den Fluss, öffnete den Mund und versuchte zu schreien. Aber es drang kein Mucks mehr hervor. Meine Kehle schien meine Stimme vergessen zu haben.

Im Augenblick hörte man in dem Hain nur meine raue Atmung.

Ich spürte die Krieger zu meinen beiden Seiten. Ihre imposanten Gestalten ragten hoch über meinen zierlichen Körper auf. Ich war wesentlich kleiner als sie, nahm mich neben ihren hünenhaften Erscheinungen winzig aus.

Im Moment hielt ich mir vor Augen, dass ich weiteratmen und mich diesen Männern unterwerfen musste. Sie könnten mich mit einem einzigen Hieb töten.

Mein Herz hämmerte so wild, dass es schmerzte. Ich war bereit zu sterben.

Aber als sie mich berührten, erwiesen sie sich als zärtlich. Eine Hand strich erst über mein Haar, dann streichelte sie meine Kieferpartie. Eine andere stützte mich von hinten, während wieder eine andere mein Kinn ergriff und meinen Kopf hin und her drehte. Die Hand hinter mir sammelte mein Haar zusammen. Ich hielt den Atem an, während mich die zwei mächtigen Krieger betasteten.

Mir fiel auf, dass sich der Geruch von Blut verflüchtigt hatte, abgelöst von etwas anderem, einem animalischen Moschusduft, den ich als wesentlich angenehmer empfand.

Ein Finger fuhr meinen Hals entlang, näherte sich dem Narbengewebe, und ich atmete scharf ein. Dann fielen die Hände von mir ab.

Die Gesichter neigten sich mir zu. Ich spürte den Atem auf der Haut, als sie ausgiebig an meinem Haar schnupperten.

»So gut«, meinte einer der beiden und stöhnte.

Ich konnte nicht verstehen, was vor sich ging. Einerseits fürchtete ich mich davor, von ihnen genommen zu werden, aber ich konnte mir nicht erklären, warum sie es nicht taten.

»Es wirkt«, murmelte der eine zum anderen. »Die Hexe hatte recht.«

Als sie die Köpfe neigten und beide an mir rochen, schlug mein Herz durch ihre Nähe plötzlich schneller. Tief in mir regte sich etwas. Verlangen. Nur ein paar Minuten allein mit diesen Männern, und ich würde mit ihnen intimer werden, als ich es je mit jemandem geworden war.

Zugleich beugten sie mir die Köpfe zu. Als sie sich dicht an meinen Hals schmiegten, breitete sich ein Kribbeln über meine Haut aus.

Da spürte ich sie, diese ungebetene Regung in meinen Lenden. Schon seit ich zu einer Frau geworden war, erfüllte mich ein ausgeprägtes Verlangen. Jeden Monat musste ich gegen den Drang ankämpfen, mir einen Mann zu suchen und mich mit ihm zu vereinen. Ich sah abscheulich aus und war zu einem Dasein als einsame Ausgestoßene verdammt. Dennoch erwachte mein Körper bei jedem Vollmond zum Leben und wurde von Wogen brodelnder Lust heimgesucht, bis ich beinah verzweifelt genug wurde, mir den nächstbesten Mann zu schnappen und ihn anzuflehen, mir Söhne zu schenken.

Hitze breitete sich durch mich aus, bis ich ein Japsen hörte – einer der Krieger zuckte weg und trat einen Schritt zurück.

»Sie ist bereit«, ertönte sein Grollen. Statt mir Angst einzujagen, erregte mich der Klang seiner Stimme.

Was ging bloß vor sich?

»Nicht hier, Bruder«, brummte der Blonde.

Ohne eine Erwiderung zog mich der Dunkelhaarige weiter.

Eine Weile marschierten wir vor uns hin, rückten durch den Wald vor und überquerten einen Bach. Die Lust in mir ließ unterwegs nach, denn ich fühlte mich schwach vor Hunger und Furcht. Schließlich stolperte ich nur noch auf vor Erschöpfung tauben Füßen vor mich hin.

Der dunkelhaarige Krieger blieb stehen. Ich zuckte zusammen, denn ich rechnete damit, dass er mich mit Gewalt dazu anspornen würde, den Weg fortzusetzen.

Stattdessen drehte er meinen Kopf so, dass ich ihn ansehen musste. Wieder näherten sich mir seine Hände, strichen mein Haar zurück. Mir zog sich alles zusammen, als ich erkannte, was er tat: Er betrachtete meine Narbe.

Unwillkürlich ruckte ich mit dem Kopf, und er ließ mein Kinn los, bot mir Wasser an. Er hielt den Schlauch, während ich trank, und als ich genug hatte, hielt er mir Dörrfleisch hin, fütterte mich aus seiner Hand. Ich starrte in die seltsamen goldenen Augen, konnte nicht verhindern, dass sich die Fragen in meinem Gesicht zeigten: *Wer seid ihr? Was habt ihr mit mir vor?*

Als ich fertig war, legte er eine Hand auf seine Brust und gab einen kehligen Laut von sich, den ich nicht verstand. Er wiederholte ihn zweimal, bevor er die Hand stattdessen auf meine Brust legte.

»Brenna.« Ich konnte meinen Namen zwar kaum verstehen, dennoch nickte ich.

Der Ansatz eines Lächelns krümmte seine vollen Lippen. Mit einem Schulterzucken streifte er das graue Fell ab, das er trug, und wickelte es um meine Schultern, bevor er mich wieder in den Kreis seiner starken Arme zog.

Mein Herz schlug schneller. Die Wärme des Fells sickerte in meinen müden Körper, und der große Mann hielt mich weiter fest. Obwohl ich mich immer noch fürchtete, wartete ich gehorsam in der Umarmung des dunkelhaarigen Kriegers. Ich wagte nicht, mich zu wehren.

Ein Rascheln ging durch das Unterholz um uns herum, und die anderen Krieger umzingelten uns. Ich schmiege mich an meinen schwarzhaarigen Aufpasser. Er hielt mich fest und drehte mich zu dem Krieger herum, bei dem es sich um den Anführer zu handeln schien.

Der Blonde war so riesig, dass ich den Kopf weit in den Nacken legen musste, um ihm ins Gesicht zu sehen. Er kam näher, und ich erzitterte so heftig, dass ich wohl gefallen wäre, wenn mich der Dunkelhaarige losgelassen hätte. Jeder Instinkt in mir schrie, dass ich einen Wilden vor mir hatte, eine Bestie, ein gefährliches Monster, und dass ich die Flucht ergreifen müsste.

Als er sich mir entgegenstreckte, zuckte ich zusammen.

Seine Hand hielt inne.

Er schluckte, als müsste er sich erst daran erinnern, wie man die Stimme benutzte.

»Brenna.« Mein Name gleich einem leisen Knurren. »Wir wollen dir nichts tun.«

Ich musterte ihn. So groß die anderen Krieger sein mochten, der Blonde gehörte zu den beeindruckendsten. Er bewegte sich leichtfüßig und anmutig, seine Muskeln traten dabei deutlich hervor. Lange Strähnen blonder Haare streiften seine breiten Schultern. Die Hälfte seiner kantigen Gesichtszüge bedeckte ein Bart. Am hervorstechendsten fand ich die breiten, goldenen Brauen über den verblüffenden Augen.

Als sein Blick dem meinen begegnete, leuchteten sie.

Seine Hände berührten mein Gesicht, ein Daumen streichelte meine Lippen. Er drehte meinen Kopf hin und her, strich mir das Haar vom Hals. Ich schloss die Augen und wusste, was er sah, nämlich die silbrig-weißen Striemen und das knorrige Gewebe – Narben einer Wunde, die mir die Stimme genommen hatte und beinah auch das Leben.

An den Angriff selbst erinnerte ich mich kaum noch. Ein großer, dunkler Schemen hatte mich aus den Schatten angefallen. Dann waren Schmerzen gefolgt. Heftige Schmerzen. Meine Mutter hatte mir später erzählt, dass ich tagelang an der Schwelle zum Tod gewesen war. Niemand dachte, dass ich überleben würde, doch das tat ich.

Einige hätten es anders für besser gehalten. Obwohl ich mich von dem Angriff erholte, blieben mir die Narben, die mein Gesicht und mein Leben verunstalteten. Die Jungen jagten mich gern die Straße entlang und warfen mit Dingen nach mir. Als ich heranwuchs, lernte ich, mit den Schatten zu verschmelzen. Und wie man sich unscheinbar bewegte, ohne Aufmerksamkeit zu erregen. Und später, nachdem meine Mutter meinen Stiefvater geheiratet hatte, musste ich zudem lernen, wie man kuschte und sich versteckte.

Ihr Körper ist ja recht hübsch anzusehen, hatte mein Stiefvater einmal gemeint. *Man braucht ihr nur einen Sack über den Kopf zu ziehen, damit man ihren Anblick ertragen kann.*

Mein neuer Besitzer neigte meinen Kopf weiter hin und her, betrachtete die Narbe eingehend. Er nickte, wirkte zufrieden. »Das Mal des Wolfs«, brummte er.

Ein Raunen ging durch die versammelten Krieger, und sie rückten näher. Der Schwarzhaarige hielt mich mit den kräftigen Armen um meinen Körper fest.

Ich wünschte, ich könnte fragen, was der blonde Krieger damit meinte.

Die Männer umzingelten mich, starrten auf meine abscheulichen Narben.

Als der Blonde mein Kinn losließ, senkte ich schnell den Kopf und schämte mich. Wieder spürte ich seine großen, rauen Handflächen, die mich zwangen, aufzuschauen, doch diesmal hielten sie mein Gesicht.

Ich schloss die Augen. Nicht einmal schreien konnte ich. Von nun an gehörte ich diesem Mann. Wenngleich ich mich mit einem Leben als entstellte Außenseiterin abgefunden hatte, unerwünscht und ungeliebt, hätte ich nie gedacht, einmal zur Sklavin zu werden.

»Brenna.« Ein Befehl folgte als raues Knurren. »Sieh mich an.«

Irgendwie gehorchte ich und begegnete dem steten Blick des Anführers. Etwas in jenem goldenen Schimmer bannte mich, und ich fühlte mich ruhiger.

»Fürchte dich nicht.« Sein Adamsapfel hüpfte einen Herzschlag lang auf und ab, als müsste er überlegen, wie man Worte bildete. »Ist es wahr, dass du nicht sprechen kannst?«

Ich nickte.

»Kannst du lesen oder schreiben?«

Ich schüttelte den Kopf. Eine seltsamere Unterhaltung hatte ich in meinen neunzehn Lebensjahren noch nie geführt.

Der Blonde wirkte enttäuscht und wechselte einen Blick mit dem Krieger, der mich festhielt.

Eine Stimme ertönte an meinem Ohr, immer noch rau und kehlig, aber etwas deutlicher als zuvor. »Wir möchten einen Weg finden, mit dir zu reden.« Der Sprecher drehte mein Gesicht zu ihm. Wieder zuckte ich zusammen, als er die Hand hob, doch er untersuchte nur die Narben so, wie zuvor der Blonde.

Als er fertig war, hatten sich alle Krieger bis auf den Blonden entfernt. Dunkles Haar berührte meine Wange. Erschrocken wurde mir klar, dass ich einen Bluterguss im Gesicht haben musste, wo mich mein Stiefvater geschlagen hatte.

Der Blond rückte näher. Aus seiner mächtigen Brust drang ein Laut, der stark einem Knurren ähnelte.

»Brenna«, sagte er. »Wir werden dir nicht wehtun. Das schwöre ich. Niemand wird dir je wieder wehtun.«

Der Dunkelhaarige nahm einige Strähnen meines Haars in die Hand, hielt sie zart fest und hob sie vor sein Gesicht. Nachdem er meinen Geruch eingeatmet hatte, sah er mich mit leuchtenden Augen an und sagte mit klarer Stimme: »Du gehörst jetzt uns.«

DER REST der Nacht blieb mir nur verschwommen in Erinnerung. Wir marschierten in dichter Dunkelheit durch die

Wälder, folgten einem Pfad. Die Krieger gingen vor und hinter mir, ich befand mich wohlbehalten in der Mitte.

Letztlich überwältigte mich die Erschöpfung, und ich stolperte. Sofort hob mich der Dunkelhaarige auf seine Arme, und die Gruppe beschleunigte die Schritte. Er drückte mein Gesicht an seinen Hals.

Ich musste eingeschlafen sein, denn als ich erwachte, trug mich der Blonde. Ich schaute auf, blinzelte im Licht der Sterne und der kalten Nachtluft. Die Krieger mussten die Nacht hindurch gelaufen sein und waren noch immer in Bewegung, folgten einem Weg, der einen Berg hinaufführte. Als ich ein wenig mehr erwachte, starrte ich in die goldenen Augen des Anführers.

»Schlaf«, brummte er. »Wir sind fast zu Hause.«

Ich wusste nicht, wie lange ich schlief, jedenfalls träumte ich dabei. Das Licht der Sterne wich tiefer Dunkelheit. Ich befand mich an einem warmen, sicheren Ort. Zwei Krieger beugten sich über mich. Große Hände strichen durch mein Haar. Einer zog einen Dolch und schnitt mein Kleid auf, das er entfernte, dann begannen die Hände, meinen Körper zu streicheln. Ihre Berührungen schürten mein heißes Verlangen, und im Traum sehnte ich mich danach, ihre Körper über meinen zu ziehen, flehte sie wortlos an, mich auszufüllen.

Stattdessen lag ich regungslos da, während ihre Finger geradezu ehrfürchtig meine Haut betasteten. Ich hörte sie reden, obwohl sie nicht laut sprachen. Sie benutzten keine Worte, dennoch verstand ich sie irgendwie.

»Die Hexe hatte recht. Sie beruhigt den Wolf.«

Eine gebrummte Zustimmung, danach eine Pause. »Ich kann ihre Lust riechen.«

»Geduld, Bruder. Wir haben so lange darauf gewartet.«

Sie legten sich zu meinen beiden Seiten hin, berührten mich nach wie vor. Ihre Augen leuchteten in der Dunkelheit.

»Bruder«, sagte einer in ehrfürchtigem Ton. »Die Bestie ruht.«

»Bei mir auch.«

»Es ist so lange her.«

»Zu lange. Aber der Kampf ist vorbei. Die Bestie schläft jetzt.«

EIN BLICK, und wir wussten, sie gehört uns.

Wir sind Berserker. Furchtlose Krieger.

Und sie ist unsere Gefangene.

Die Frau, die uns zähmen kann.

Die Einzige, die unsere inneren Bestien bändigen kann.

Ihre Narben führen zu ihrer Vergangenheit.

Sie wurde verletzt.

Wurde mitten in der Wildnis an uns verkauft.

Jetzt gibt es keine Grenzen mehr.

Es liegt an uns, sie zu beschützen.

Ihr endlose Freuden zu bereiten.

Wir brauchen sie, um den Fluch zu brechen.

Sie muss wählen.

Wird sie fliehen? Oder ihren Platz als unsere wahre Gefährtin einnehmen?

. . .

ALS BRENNAS VATER sie an eine Gruppe vorbeiziehender Krieger verkauft, gilt ihr einziger Gedanke dem eigenen Überleben. Sie rechnet nicht damit, dass die zwei furchterregenden Krieger, die den Clan der Berserker anführen, Anspruch auf sie erheben. In der Gefangenschaft wird sie verhätschelt und umsorgt. Man behandelt sie eher wie eine Heilsbringerin als wie eine Sklavin. Kann Gefangenschaft zu Liebe führen? Und kann sie ihren Platz als wahre Gefährtin der Berserker akzeptieren, als sie die Wahrheit hinter dem Mythos der furchterregenden Krieger erfährt?

Verkauft an die Berserker

DIE BERSERKER-SAGA

Verkauft an die Berserker
Gepaart mit den Berserkern
Entführt von den Berserkern
Übergeben an die Berserker
Gefordert von den Berserkern

DIE FRAUEN DER BERSERKER

Alphas Versuchung: Eine Milliardär-Werwolf-Romanze
Alphas Gefahr
Alphas Preis
Alphas Herausforderung
Alphas Besessenheit
Alphas Verlangen
Alphas Krieg

***

Der Soldat, der mich verführt

Ihre Daddys – zwei Rivalen

Die Schöne und die Holzfäller

***

Unschuld mit Stasia Black (Eine dunkle Liebesgeschichte)
Das Erwachen (Unschuld 2)
Königin der Unterwelt: Eine Dunkle Liebesgeschichte
(Unschuld 3)

Die Gefangene des Biestes: Eine dunkle Romanze (Die Liebe des
Biestes 1)
Die Rache des Biestes: Eine dunkle Romanze (Die Liebe des
Biestes 2)

ÜBER GOLDEN ANGEL

Golden Angel ist eine internationale Bestseller-Autorin von prickelnd heißen Liebesromanen. Sie beschreibt sich selbst als Bibliophile mit einer „versauten" Note. Sie liebt es, Geschichten für die Figuren in ihrem Kopf zu verfassen. Bekäme sie die nämlich nicht aus ihrem Kopf heraus, würde sie mit ziemlicher Sicherheit ein bisschen verrückt werden.

Sie ist glücklich verheiratet, und eigentlich alt genug, um es besser zu wissen, aber noch zu jung, als dass es sie kümmern würde. Golden liebt Geschichten mit großem Happy End und ist riesiger Fan von starken Heldinnen und Helden, zwischen denen die Funken fliegen.

Sie glaubt fest daran, dass die Welt ein besserer Ort ist, wenn man ein wenig Magie hinzufügt.